Anika Beer
Ein Meer aus Sonnenblumen

AF177979

GOLDMANN

Buch

Die beschauliche Kleinstadt El Pont Assolellat gilt als Geheimtipp für Katalonien-Reisende. Hier betreibt Matea die kleine Pension *El Gira-sol*, benannt nach den vielen Sonnenblumenfeldern ringsum. Sie könnte mit ihrem Leben rundum glücklich sein, gäbe es da nicht den Bruch mit ihrer Schwester Riza, die vor zehn Jahren jeglichen Kontakt zur Familie abgebrochen hat. Als Ben mit seiner kleinen Tochter Flor eintrifft, hält Matea die beiden zunächst für ganz normale Touristen. Doch die kleine Flor ist stets von einer gewissen Traurigkeit umgeben, und Ben vertraut Matea schließlich an, dass ihre Mutter vor über einem Jahr spurlos verschwunden ist. Als er durchblicken lässt, dass Flors Mutter aus El Pont stammt, wird Matea hellhörig. Offenbar ist sie auf dem besten Weg, sich in den Ex ihrer Schwester zu verlieben ...

Autorin

Anika Beer wuchs umgeben von Geschichten auf: Mit drei lernte sie lesen, mit acht fing sie an, eigene Erzählungen zu schreiben. Inzwischen hat sie zahlreiche Romane für Jugendliche und Erwachsene veröffentlicht. Sie lebt mit ihrer Familie in Bielefeld und reist so oft wie möglich ans Meer.

Anika Beer

Ein Meer
aus Sonnenblumen

Roman

GOLDMANN

Penguin Random House Verlagsgruppe FSC® N001967

2. Auflage
Originalausgabe Mai 2022
Copyright © dieser Ausgabe 2022
by Wilhelm Goldmann Verlag, München,
in der Penguin Random House Verlagsgruppe GmbH,
Neumarkter Str. 28, 81673 München
Dieses Buch wurde vermittelt durch die
Literarische Agentur Thomas Schlück GmbH, 30161 Hannover.
Umschlaggestaltung: UNO Werbeagentur GmbH
Umschlagmotiv: FinePic®, München
Redaktion: Anne Fröhlich
LS · Herstellung: ik
Satz: Mediengestaltung Vornehm GmbH, München
Druck und Bindung: GGP Media GmbH, Pößneck
Printed in Germany
ISBN: 978-3-442-49198-8

www.goldmann-verlag.de

Pàtria – Heimat.

Riza

Ich wurde am schönsten Ort der Welt geboren.

Sein Name ist El Pont Assolellat – die sonnige Brücke. Alles an diesem Ort ist warm, ruhig und friedlich, als wäre er direkt aus der Erde gewachsen, während die Berge im Norden ihn schützend beobachten und das Meer in der Ferne und der Wind ihm Lieder singen. Auch die Menschen, die dort leben, sind so. Fest wie die Erde, leuchtend und sonnenwarm in ihren Farben und Stimmen, und so sicher und gelassen bis ins Innerste, weil sie ihre Berge und das Meer und den Wind so gut kennen.

Nur ich. Ich war nie so.

Schon als Kind habe ich mich anders gefühlt. Unstet. Leicht wie das Blatt einer Sonnenblume statt stark und fest wie die Erde, aus der sie gewachsen ist. Und es wurde immer schlimmer, je älter ich wurde. Ich sah zu den Bergen im Norden und zum Meer in der Ferne, und ich fühlte mich nicht beschützt. Ich fühlte mich eingesperrt. Jeden Tag habe ich mich gefragt, was dahinter liegt. Ob es dort einen anderen Ort gibt, der mich ruft? Einen Ort, an den ich gehöre? Und was für ein Ort könnte das sein, wenn nicht dieser?

Was, dachte ich, stimmte denn verdammt noch mal nicht mit mir, dass ich am schönsten Ort der Welt nicht glücklich war? Dass ich von dort fortwollte? Fortmusste?

Heute, wo ich mit dem nötigen Abstand auf El Pont Assolellat zurückblicke, weiß ich: Ich war gar nicht unglücklich. Und ich wollte auch gar nicht fort. Ich konnte nur nicht bleiben, aber das lag nicht an El Pont. Denn egal, wo ich bin, es ist immer die Ferne, die mich ruft. Meine Heimat ist kein Ort, es ist der Horizont. Und Zufriedenheit finde ich überall, solange niemand versucht, mich dauerhaft einzupflanzen und festzuhalten. Ich bin für ein Leben auf Wanderschaft gemacht, und nur so kann ich glücklich werden. El Pont hingegen wird immer der magische Ort sein, an dem ich geboren wurde. Die Sonnenblume, aus deren Blüte mich der Wind gezupft und fortgetragen hat.

Nur wäre ich damals wirklich für immer gegangen, frage ich mich manchmal, wenn die Umstände anders gewesen wären? Weniger schmerzhaft, weniger zwingend, weniger ... schuldig?

Die Antwort allerdings ist immer dieselbe:

Ja, auch dann.

Auch dann.

An: Jeriza Josell i Vives
Irgendwo auf der Welt, vielleicht in Peru

Von: Flor Josell i Vives
in Stuttgart

Liebe Mamà,

wie geht es dir? Ich muss dir was erzählen! Wir
fahren in den Pfingstferien nach El Pont! Ben hat
es mir heute gesagt. Weißt du noch, du hast immer
gesagt: Wenn wir uns mal verlieren, treffen wir uns
auf der Brücke. Es tut mir leid, Mamà, dass ich
nicht mit dir nach Südamerika mitgekommen bin.
Jetzt fahre ich nach El Pont. Komm bitte auch!

Ich vermisse dich doll, Mamà.
1000 Küsse
Deine Flor

TEIL I

DER SCHÖNSTE ORT DER WELT

Eins

Matea

Der Wind vom Meer brachte Regen. Besonders zuverlässig bei Neumond. Alle in der Küstenregion von Katalonien wussten das – es war eine schwer von der Hand zu weisende Tatsache, auch wenn die Meteorologen überall sonst auf der Welt behaupteten, der Mond könne keinen Einfluss auf das Wetter nehmen.

Von ihrem Platz ganz oben auf der Leiter vor der Pension *El Gira-sol* hatte Matea einen guten Blick auf die dramatischen Wolkenberge, die sich jenseits der terrakottafarbenen Dächer des Dörfchens El Pont Assollelat und der endlosen Sonnenblumenfelder über dem Meer auftürmten. Das Meer selbst war von hier aus nicht zu sehen. Aber man konnte es riechen. Salzig und schwer und stürmisch.

Matea befestigte auch die zweite Kette an dem frisch gestrichenen Pensionsschild und hängte die kleinere Tafel mit der Aufschrift *Zimmer frei* darunter. Dann drehte sie das Gesicht in den auffrischenden Wind, ließ sich die widerspenstigen Locken aus der

Stirn blasen und atmete tief den Geruch des nahenden Gewitters ein. Noch schien die Vormittagssonne heiß und klar in El Pont. Aber das weiße Sommerlicht hatte bereits einen gräulich gelben Ton angenommen. Der Regen würde kommen, und das schon bald. Endlich Abkühlung.

Als sie die Leiter wieder abwärts kletterte, blieb ihr Blick an einem Riss im hellen Putz des alten Gebäudes hängen, der ihr auf dem Weg hinauf gar nicht aufgefallen war. Er war lang und verästelte sich in immer feiner werdenden Linien über eine beunruhigend große Fläche. Matea runzelte die Stirn. Das war nicht gut – zumindest vermutete sie das. Irgendjemand würde sich das diesen Sommer noch ansehen müssen. Hoffentlich war es kein grundlegendes Problem mit der Wand. Für eine umfangreiche Restauration war gerade wirklich nicht genug Geld übrig. Eigentlich nie. Seit Jahren nicht.

In diesem Augenblick hörte Matea das Rattern und Rumpeln eines alten, aber kräftigen Motors, das sich durch die engen Gassen des Dorfes näherte. Sie hätte das Geräusch unter Hunderten erkannt. Und tatsächlich hielt nur kurz darauf der knallrote Pritschenwagen ihres Bruders Enric vor dem Eingang der Pension. Auf der Ladefläche häuften sich Bündel frisch geschnittener junger Sonnenblumen neben einigen festgezurrten Kisten.

Die blecherne Hupe des Pritschenwagens ertönte

zweimal. Dann verstummte der Motor, die Fahrertür öffnete sich, und Enric sprang heraus. Sein schwarzes Tanktop war durchgeschwitzt, und auch auf seinen kräftigen, tief gebräunten Armen glänzte der Schweiß. Seine dunklen Haare klebten ihm feucht in der Stirn.

»*Bon dia*, Mati!« Er ließ die hintere Klappe der Ladefläche herunterkrachen. Die braunen Augen in dem markanten Gesicht mit dem dunklen Wochenbart blitzten vergnügt. »Da hast du dir ja ein spektakuläres Wetter für den Saisonbeginn ausgesucht.«

Matea stieg die letzten Sprossen hinab und griff nach der Sackkarre, die neben dem Eingang lehnte. »Ein Festessen schmeckt zur Not auch bei Dauerregen«, erklärte sie grinsend. »Aber wahrscheinlich zieht das Gewitter bis zum Fest sowieso durch. Hast du meine Nachricht wegen des Öls gelesen?«

»Eine Zwölferkiste zusätzlich, jawohl, Schwesterherz.« Enric stellte die erste Kiste auf der Sackkarre ab. Die Flaschen darin klirrten. »Aber leider zu spät, da war ich schon unterwegs. Ist es dringend? Dann schicke ich dir später Arnau vorbei.«

Matea winkte ab. »Arnau ist ein Goldstück, aber er muss nicht extra deswegen kommen. Ich nehme die Kiste morgen mit, wenn ich die Baguettes bei euch abhole.«

»Na dann, einverstanden.« Enric lud weitere Kisten auf die Sackkarre. Mehr Öl und Sonnenblumenkerne für die Küche des *Gira-sol* – und etliche Tiegel und Gläschen mit Cremes und anderen Pflegeartikeln, die Enrics Ehemann Arnau in der Kosmetikwerkstatt herstellte, die an den Hof angeschlossen war. Die Produkte waren ein absoluter Verkaufsschlager in dem kleinen Souvenirladen der Pension, und Matea musste ihren Vorrat unbedingt noch aufstocken, ehe in weniger als einer Woche die Feriengäste der Hauptsaison wie ein Heuschreckenschwarm darüber herfallen würden.

»Arnau sagt, er wünscht sich Nugat im Tausch.« Enric grinste. »Und zwar eine ordentliche Menge, damit er auch mal etwas davon abbekommt.«

Matea lachte. »Hinter der Kasse steht ein Beutel mit gemischtem Bruch, da ist für euch alle genug drin. Geh einfach rein, wenn du die Blumen nach hinten gebracht hast. Ich bin dann sicher schon oben.« Sie kippte die Sackkarre auf ihre Räder und deutete zum Abschied zwei Küsse rechts und links in die Luft an, als befände sich Enrics Gesicht direkt vor ihrem.

Enric klopfte sich grinsend auf den Bauch, ehe er sich die Arme mit Sonnenblumenbündeln belud und sich damit auf den Weg in den Innenhof machte. »Mmmh! Ich bin mir trotzdem nicht sicher, ob etwas davon den Hof erreichen wird.«

»*Bribó!* Du bist ein Gauner.« Matea schickte ihm einen letzten Luftkuss hinterher. »Also dann, wir sehen uns morgen! *Adéu*, Brüderchen!« Damit schob sie die voll beladene Karre durch die blau gestrichene Holztür hinein in die Pension.

Nachdem sie die Kisten ins Lager gebracht und einen Teil der Ware in Küche und Laden verräumt hatte, machte sich Matea wie jeden Tag auf einen letzten Rundgang durch die Gaststätte, den Laden und die leerstehenden Zimmer, ehe sie ihre studentische Aushilfe an der Rezeption ablöste. Derzeit waren nur zwei der sieben Unterkünfte des *Gira-sol* belegt, aber das würde sich in nur einer Woche schlagartig ändern. Ab dem kommenden Samstag, wenn die Hauptsaison begann, würde die kleine Pension drei Monate lang fast durchgehend voll belegt sein, und auch das Restaurant in Erdgeschoss und Hinterhof hatte schon Wochen im Voraus täglich etliche Tische vorreserviert.

Jetzt aber war noch alles ruhig, wie ein letztes Innehalten. Ein Atemholen, während der nahende Sturm in Mateas Brust ihr ebenso greifbar schien wie die Wolkentürme über dem Meer draußen. Matea liebte dieses Gefühl. Niemals sonst fühlte sich die Arbeit in der Pension so richtig und verheißungsvoll an wie in den letzten Tagen vor dem großen Ansturm.

Im Eingangsbereich vor dem Rezeptionstresen blieb sie schließlich stehen und ließ die Finger über die Platte aus geöltem Olivenholz gleiten. Die Vormittagssonne fiel durch die gelben Vorhänge gedämpft herein und heizte die Luft in dem kleinen Raum langsam auf, aber die Terrakottafliesen waren noch kühl. Zwei Türen entfernt brodelte in der Küche die Espressomaschine; im Restaurant plauderten einige späte Frühstücksgäste. Die Regale des kleinen Ladens in der Nische neben dem Eingang waren voll bis obenhin mit den Pflegeprodukten, Lebensmitteln und Snacks, die Matea und ihre Familie aus Sonnenblumen herstellten. Daneben hingen leuchtend bunte Schmuck- und Kleidungsstücke – handgefertigt von Mateas ehemaliger Schulfreundin Anita, die inzwischen als Modedesignerin eine exklusive kleine Boutique in Barcelona führte.

Matea lächelte. Risse in der Fassade oder nicht, die Pension war bereit. Nur noch ein paar Tage, nur noch ein paar letzte Vorbereitungen, und schließlich das große Festessen, das traditionell am letzten Freitagabend der Nebensaison im Innenhof stattfand.

Dann konnte die Hauptsaison beginnen.

An: Jeriza Josell i Vives
Irgendwo auf der Welt, vielleicht in Spanien

Von: Flor Josell i Vives
in Stuttgart

Liebe Mamà,

heute fahren wir endlich! Ich sitze schon im Auto.
Ben hat gesagt, wir fahren über Nacht, weil es
kühler ist und nicht so viele andere Autos auf der
Straße sind. Es ist jetzt sieben Uhr abends! Ben
sagt, die Fahrt wird sehr lang. Es ruckelt zu sehr,
ich kann nicht gut schreiben. Ich hoffe, du kommst
auch nach El Pont. Wir sind morgen da. Bitte,
bitte komm auch.

Ich hab dich so lieb, Mamà!
Deine Flor

Zwei

Ben

Es regnete. Ben beugte sich ein wenig vor und spähte angestrengt auf die Straße, die sich in Serpentinen um zerklüftete Felsnasen wand – oder zumindest auf das, was er durch den Wasserschleier auf der Windschutzscheibe davon erkennen konnte. Die Scheibenwischer fegten auf höchster Stufe hastig hin und her, aber das machte fast keinen Unterschied. Immerhin wurde es allmählich hell. Was um alles in der Welt hatte er sich nur dabei gedacht, die Nacht durchzufahren? Und wieso hatte er eigentlich geglaubt, frühzeitig von den großen Straßen abzufahren, wäre eine gute Idee? So stark konnte der Verkehr dort um diese Uhrzeit gar nicht sein.

Um Geld zu sparen, natürlich, gab er sich selbst die Antwort. Und Zeit. Der Urlaub war kurz und teuer genug, und das mitten in der Hauptauftragszeit für Malerarbeiten im Außenbereich. Ben hatte lange hin und her gerechnet, ehe er sich endgültig für diese Reise entschieden hatte. Er konnte sich den

Ausfall leisten, irgendwie, das eine Mal. Was er aber definitiv nicht einkalkuliert hatte, waren die Nerven, die ihn die Serpentinenstraßen kosten würden. Und der Regen. Und die nahezu absolute Dunkelheit hier in den Bergen.

Die Musik zumindest beruhigte ihn ein wenig. Joaquín Sabina. Er hatte den Sänger durch Riza kennengelernt und – anders als die etwas zu fröhliche Popmusik, die sie sonst bevorzugte – sofort gemocht. Seine raue Stimme passte in die Nacht. Vor allem aber vermittelte sie Entschlossenheit; die Gewissheit, dass das, was Ben hier tat, richtig und wichtig war. Mindestens für Flor.

Er warf einen raschen Blick in den Rückspiegel. Flor schlief gegen das Seitenfenster gesunken, ihre gestreifte Strickjacke unter dem Ohr zu einem Ball zusammengeknüllt. Ein paar feine Strähnen ihres wirren braunen Haars hatten sich in ihren Wimpern verfangen, der Mund war leicht geöffnet, und sie schnarchte leise. Neben ihr, aus den kleinen Händen gerutscht, lag der Brief an ihre Mutter in dem bunten Umschlag von Flors Lieblingsbriefpapier.

Ben lächelte still, ignorierte den Stich in der Brust und konzentrierte sich wieder auf die Straße. Vor einigen Kilometern hatte er ein Schild passiert, das ihm sagte, dass sie die französisch-spanische Grenze überquerten. Der letzte Meilenstein. Immerhin das Land war jetzt schon mal das richtige. Und der Regen ließ endlich nach, oder kam es ihm nur so vor? Nein, die Scheibenwischer bewegten sich langsamer. Das heftige Prasseln wurde zu einem leichten Trommeln und schließlich zu einem sanften Tröpfeln. Kurz darauf hörte es ganz auf.

Als eine weitere halbe Stunde später der graue Morgen anbrach, stoppte Ben den Wagen an einem Aussichtspunkt in der Außenbahn einer besonders engen Serpentine. Er schnallte sich ab, rutschte hinüber auf den Beifahrersitz und kurbelte die Lehne so weit wie möglich nach hinten, bis das Kopfteil fast auf Flors Schoß lag. Flor regte sich und murmelte etwas, aber sie wachte nicht auf, sackte nur noch ein bisschen tiefer gegen das Fenster und hörte auf zu schnarchen.

Ben schloss die Augen. Alles war still. So unglaublich still, nachdem sich stundenlang Motorengeräusch, Regengetrommel und Gitarrenmusik vermischt hatten.

Endlich ... ein bisschen Ruhe.

Das war sein letzter Gedanke, bevor er einschlief.

»Ben? Du, Ben?«

Flors Stimme war ganz nah. Den Worten folgte ein spitzer kleiner Finger, der die Furchen seiner Ohrmuschel nachfuhr. So weckte sie ihn immer. Weil oft nichts anderes half gegen seinen »Schlaf des Todes«, wie sie es nannte. Ben hatte keine Ahnung, woher sie den Ausdruck hatte, und auch nicht, wie sie auf den Finger-ins-Ohr-Trick gekommen war. Aber der kalte Schauer, der ihn dabei überlief, wirkte jedes Mal.

Ben blinzelte, schüttelte sich und knurrte unwillig – er war zu müde, um festzustellen, in welcher Reihenfolge. »Guten Morgen«, nuschelte er, als er sich einigermaßen sortiert hatte.

Flor kicherte zufrieden. Irgendwie hatte sie es geschafft, sich aus dem Gefängnis zwischen ihrem Kindersitz und Bens provisorischem Bett zu befreien, und hockte nun auf dem mittleren Sitz der Rückbank. »Guten Morgen, Schlafnase!«

Ben angelte in der Mittelkonsole unter dem Radio nach seinem Handy. Eine Nachricht von Telefónica, *Willkommen in Spanien!* Die Uhr auf dem Display zeigte 08:13 Uhr. Er hatte nicht mal drei Stunden geschlafen. Und es lagen noch zwei Stunden Fahrt vor ihm, davon eine auf Serpentinenstraßen. Und das war noch optimistisch gerechnet. Aber die Morgensonne knallte auf das schwarze Autodach, und es wurde schon jetzt stickig warm hier drin. Noch mal einzudösen war sicher keine gute Idee. Ben stöhnte und rieb sich über das Gesicht.

»Darf ich raus?« Flor war inzwischen zur Tür auf der Fahrerseite gekrabbelt und zog ihre Sandalen an.

Ben unterdrückte ein weiteres Gähnen. »Musst du mal?«

Flor schüttelte den Kopf. »Man kann das Meer

sehen!« Die Aufregung verlieh ihrer Stimme einen hellen Klang. Ben blinzelte verwirrt. Das Meer? Sie waren mitten in den Bergen, was erzählte dieses Kind?

Schwerfällig richtete er sich auf und sah Flor hinterher, die bereits die Tür aufstieß und auf den ockerfarbenen Schotter hinaushüpfte. »Sei vorsichtig«, rief er ihr im letzten Moment noch nach, »es ist vielleicht steil am ...«

Da fiel die Tür schon hinter ihr zu.

Ächzend stieß Ben die Beifahrertür auf und wuchtete sich ebenfalls aus dem Auto.

Und da sah er es.

Zwischen den Bergen hindurch blitzte es, ein winziges Stück tiefes, sattes Blau in weiter Ferne, das am Horizont mit dem Himmel verschwamm.

Ben hatte nie viel über das Meer nachgedacht, nicht mal jetzt, wo er praktisch auf dem Weg dorthin war. Nun aber brachte der Anblick etwas tief in ihm zum Schwingen, das sich sogar gegen seine schwere Müdigkeit durchsetzte.

Er stellte sich neben Flor, die am Rand der Aussichtsplattform auf die Stufen vor einem Münzfernglas geklettert war und sichtlich frustriert hindurchzuspähen versuchte.

»Hast du einen Euro, Ben?«

Ben schmunzelte und fingerte sein Portemonnaie aus der Seitentasche seiner Cargohose. »Für dich doch gern, Mäusekind.«

»Hey!« Flor verzog das Gesicht. »Du sollst mich doch nicht mehr so nennen!«

»Schon gut, schon gut. Ist mir so rausgerutscht. Entschuldige.« Er reichte ihr das Geldstück. Flor warf es in den Schlitz und presste hingebungsvoll die Augen gegen die Okulare.

»Wooooow«, flüsterte sie. »Es ist *so blau!*«

Und dann sagte sie nichts mehr, was ungewöhnlich für sie war. Sie stand nur da und starrte durch das Fernglas, bis das Geldstück klappernd durchfiel und die Okulare sich wieder verschlossen.

»Och!«, machte Flor enttäuscht. »Hast du noch einen?«

Ben schüttelte mit einem bedauernden Lächeln den Kopf. »Leider nein.« Er hätte selbst gern einen Blick durch das Fernglas geworfen. Es war, als ob dieser kleine, ferne Fleck Blau nach ihm riefe, und fast glaubte er, schon von hier den Geruch von Salz und Fisch wahrzunehmen. Aber er hatte ohnehin das Gefühl, dass Flor diesen ersten Schatz ihres Spanien-Abenteuers für sich allein brauchte. Schließlich war es ihre Reise.

»Aber wie wär's?«, fragte er also stattdessen und deutete auf einige Picknicktische in der Nähe. »Nehmen wir heute Frühstück mit Luxusaussicht?«

Und natürlich war das keine Frage, die tatsächlich eine Antwort erforderte. In Windeseile hatte Flor ihren Kinder-Wanderrucksack von der Rückbank geholt und schüttete auf einen der groben Holztische alles, was von den Süßigkeiten, die Bens Mutter ihr als »Proviant« eingepackt hatte, noch übrig war. Ben stapelte belegte Brote, Käsewürfel, gekochte Eier und Gemüsesticks aus seinem eigenen Rucksack daneben, dazu je eine Thermoskanne Früchtetee und Kaffee, und wischte das Wasser von einer der Holzbänke. Ein leichter Morgenwind strich über ihren Picknickplatz, warm und ein bisschen feucht – das war alles, was noch an den heftigen Regen der vergangenen Nacht erinnerte. Am strahlend blauen Himmel hingegen war inzwischen nicht einmal mehr eine einzige Wolke zu sehen.

»Das ist das beste Frühstück aller Zeiten!«, schwärmte Flor und biss genüsslich in ihren Schokoladenkeks. Nach der Lagerung im warmen Auto war der Kakaoüberzug geschmolzen, und Flors Gesicht und Hände waren innerhalb von Sekunden völlig verschmiert. Während sie aß, legte Ben dankbar die Hände um den mit Milchkaffee gefüllten Deckel der Thermoskanne. Diese Nacht würde ihm noch eine Weile in den Knochen sitzen.

»Ist es eigentlich noch weit?« Flor schob sich ein Stück Tomate in den Mund und einen Zimtcracker gleich hinterher.

»Ein Stück noch.« Ben unterdrückte ein Seufzen und schlürfte an seinem Kaffee. »Heute Mittag sind wir da.«

Flor kaute nachdenklich. »Hm. Und kommen wir am Meer vorbei?«

»Ich glaube nicht. El Pont liegt ja im Inland. Wahrscheinlich bekommen wir das Meer nur von hier aus den Bergen zu sehen. Aber wir können von El Pont aus hinfahren«, fügte er schnell hinzu, als er Flors enttäuschte Miene sah. »Mit dem Auto ist man ganz schnell an der Küste.«

Flors Gesicht hellte sich wieder auf. »O ja! Vielleicht mit Mamà!« Sie hielt inne, und wieder fiel ein Schatten über ihr Gesicht. »Glaubst du, dass sie schon da ist?«

Jetzt konnte Ben das Seufzen nicht mehr unterdrücken. Flor fragte ihn das bestimmt zum hundertsten Mal, und er hätte ihr so gern eine ermutigende Antwort gegeben. Schon gar nicht wollte er von ihren Fragen genervt sein. Aber an Riza zu denken, war für ihn nun einmal mit einer ganz eigenen Art von Schmerz verbunden. Enttäuschung, vor allem, und gleich danach Unverständnis, gepaart mit einem dumpf nagenden Gewissen. Es war ein Schmerz, der ihn reizbar machte, und es war nicht immer leicht, das zu verbergen, auch wenn Flor natürlich nichts dafür konnte.

»Ich weiß es nicht«, sagte er darum wie jedes Mal, und wie jedes Mal meinte er damit eigentlich: »*Ich glaube es nicht.*« Denn selbst wenn er geglaubt *hätte,* dass Riza nach El Pont kommen würde, sobald sie erfuhr, dass ihre Tochter auf dem Weg dorthin war – woher sollte sie davon wissen? Ben und Riza hatten den Kontakt sehr gründlich abgebrochen, nachdem sie darauf bestanden hatte, aus seinem und Flors Leben zu verschwinden. Und so viele Briefe Flor ihr auch schrieb – wie sollten sie eine Frau ohne Adresse erreichen?

Flor, die mit ihren acht Jahren Lebenserfahrung so klug war und so viel von Menschen verstand, dass Ben noch eine Menge von ihr lernen konnte, begriff das natürlich. Sie hörte ohnehin immer genau heraus, was er meinte. Selbst wenn es etwas anderes war als das, was er tatsächlich sagte. Meistens wurde ihr Gesicht traurig, wenn er ihre Träume von einem Wiedersehen mit ihrer Mutter auf diese Weise zurückwies, und sie blieb dann für eine Weile still. Heute aber legte sie die Stirn in nachdenkliche Falten.

»Aber meinst du, sie können sie vielleicht *anrufen*? Also, ihre Familie, meine ich. Wir können meine katalanische Oma suchen, oder, Ben? Vielleicht hat sie ihre neue Nummer und kann sie erreichen, und vielleicht kommt sie *dann* nach El Pont!« Wieder war da dieser helle Ton der Aufregung in ihrer Stimme, als hätte sie auch zwischen den Bergen ihres eigenen Zweifels ein blau schimmerndes Stück Meer entdeckt.

Ben zwang sich zu einem Lächeln. Er brachte es nicht über sich, sie noch einmal anzulügen. Aber das Funkeln in ihren Augen kaputtmachen wollte er auch nicht. Vielleicht hatte sie ja sogar recht, wer wusste das schon so genau. »Wir werden es sehen, Flor«, sagte er, trank den letzten Schluck Kaffee und schraubte die Kanne wieder zu. »Bist du fertig? Dann lass uns weiterfahren, damit wir heute noch ankommen.«

Glücklicherweise wirkte diese Art von Aktionismus sofort bei Flor. Sie sprang auf. »Okay! Ich räume schon mal ein!« Sie begann mit flinken Fingern zielsicher ihre Süßigkeiten in ihren leuchtend grünen Rucksack zu werfen. Ein spitzbübisches Funkeln trat in ihre Augen, als sie Ben wieder ansah. »Aber jetzt darf ich die Musik aussuchen!«

Drei

Matea

Der Regensturm war tatsächlich gekommen. Von kurz nach Mitternacht bis in die frühen Morgenstunden hatte der Wind eine wahre Regenwand vom Meer bis in die Berge geschoben, die von der Küste bis weit ins Inland hinein alles unter Wasser gesetzt hatte.

Doch genauso plötzlich, wie er gekommen war, war der Sturm auch wieder verschwunden. Noch bevor die ersten Frühaufsteher in El Pont sich regten, und sogar bevor die ersten Sonnenstrahlen die letzten Wolken über dem Meer in ein golden leuchtendes Schauspiel verwandelten, legte der Wind sich schlafen und hinterließ nichts als einen frischen Schimmer überall da, wo der Regen den Staub der Sommerhitze weggewaschen hatte, und eine Ahnung feuchter Kühle in der Morgenluft.

Matea hatte sich ein dünnes Stricktuch um die Schultern geschlungen, ehe sie das Lastenrad aus dem Schuppen bugsiert und sich auf den Weg zum

Sonnenblumenhof gemacht hatte. Der Hof lag gut acht Kilometer nördlich von El Pont, inmitten seiner Sonnenblumen- und Gerstenfelder auf einem der sanften Hügel, die die Ausläufer der Pyrenäen bildeten. So früh am Tag war Matea noch ganz allein auf der abgelegenen Landstraße, der Fahrtwind fuhr ihr unter den Rock und durch die Haare, und es fühlte sich an, als ob die Welt ihr allein gehörte. Alles war still bis auf das Zwitschern der Vögel in den Feldern, und in der Ferne leuchteten die ockerbraunen und staubgrünen Hänge der Berge in der Morgensonne.

Auf dem Hof allerdings hatte der Tag der Familie Bessó i Tosell um diese Zeit längst begonnen. Das erste Wesen, das Matea entdeckte, war die alte Ziege Esmeralda, die ihr mit gewohnt ungestümer Zärtlichkeit meckernd den Kopf in die Kniekehlen stieß, kaum dass Matea vom Rad gestiegen war.

»*Bon dia*, Esmeralda!« Matea kraulte dem Tier die struppige Stirn und sah sich um. »Wo ist denn der Rest der Familie?«

Wie auf Kommando öffnete sich die Tür des Pferdestalls, und Mateas Schwager Arnau Bessó i Montjuic erschien im schattigen Durchgang, gefolgt von seiner elfjährigen Tochter Gemma und dem siebenjährigen Levo. Alle drei trugen Stallkleidung, und die Kinder führten jedes ein gesatteltes und aufgezäumtes Pony am Zügel.

»Ah, *bon dia*, Mati!« Arnau hob die Hand und

grinste breit. Seine von großzügig versprengten Sommersprossen umgebenen Augen wurden dabei ganz klein. »Wir warten schon seit Stunden auf dich.«

»Tante Mati!«

Matea kam nicht dazu, Arnau eine schlagfertige Antwort zu geben, weil Levo kurzerhand sein Pony stehenließ, auf sie zustürmte und sich in ihre Arme warf, als hätte er sie seit Monaten nicht gesehen – dabei waren es bloß zwei Tage. Seine Schwester verdrehte die Augen, griff nach den Zügeln von Levos Pony und seufzte laut über so viel Überenthusiasmus. Matea wusste, dass sie sich genauso freute, sie zu sehen, aber Gemma war jetzt in einem Alter, in dem man sich kontrollierte. Es zählte, was die anderen Kinder in der Klasse über einen dachten. Das war dieser schwierige Schwebezustand zwischen Noch-Kind-sein und Nicht-mehr-als-Kind-gesehen-werden-wollen: Einerseits konnte sie sich begeistert mit ihrem Bruder über den Hof jagen und ins Heu springen, andererseits war es aber auch enorm wichtig, dass ihre rabenschwarzen Haare samstagmorgens um acht unter dem Reithelm hübsch aussahen. Und dass sie mit den Tieren verantwortungsvoller umging als ihr kindischer kleiner Bruder. Matea verstand diesen Konflikt sehr gut, deshalb verbarg sie ihr Schmunzeln, indem sie Levo auf den Arm nahm und die Nase in sein zerzaustes Haar drückte, während sie ihn zurück zu seiner Schwester trug.

»*Hola*, ihr Hübschen.« Sie setzte Levo ab und drückte auch Gemma – sehr viel würdevoller, aber nicht weniger innig. »Reitet ihr aus?«

Jetzt endlich erschien auch auf Gemmas Gesicht ein strahlendes Lächeln. »Ja! Papi wartet mit Aguila und Caramelo am Sandplatz auf uns. Dann reiten wir über die Felder und schauen, ob der Regen etwas kaputt gemacht hat.« Sie wandte sich an Arnau. »Du kannst ruhig mit Mati ins Haus gehen, Papà. Bis zum Sandplatz schaffen wir es schon allein.«

Arnau warf Matea einen vielsagenden Blick zu und machte ein scherzhaft leidendes Gesicht. »Was fällt euch eigentlich ein, so schnell groß zu werden? Na schön. Aber dass du mir gut auf Levo aufpasst, Gemma. Und Levo, du hältst Burrito bitte von jetzt an fest, verstanden?«

»*Sí*, Papà!« Levo kletterte seinem Vater wie ein Äffchen auf den Arm und drückte ihm etliche schmatzende Küsse auf die Wangen. »Bis später! Bis später, Tante Mati!«

»Bis später, ihr zwei!«

Matea und Arnau sahen den Kindern nach, wie sie die Ponys vom Hof führten, den Pfad an der kleinen Koppel entlang, der zum Sandplatz führte, wo Enric offenbar bereits mit einem seiner neuen Ponys trainierte.

»Wenn ihr schon so lange wach seid, müssen die Baguettes ja seit einer Ewigkeit fertig sein«, sagte

Matea, als sie schließlich um eine Biegung verschwunden waren, und grinste Arnau herausfordernd an.

Arnau machte eine wegwerfende Handbewegung. »Wenn du wüsstest, was ich heute schon alles geschafft habe! Ich bin seit vier Uhr wach und habe den Regen bewundert, Mati.«

Er schloss die Stalltür. »Na los, komm rein. Und sag nicht, du hast keine Zeit. Ich habe nicht nur Baguette, sondern auch Brioche gebacken, und für einen Kaffee ist immer Zeit.«

Matea lachte. »Dagegen lässt sich schlecht argumentieren. Ein kurzer Kaffee. Einverstanden.«

Sie folgte Arnau über den Hof zum Wohngebäude. Der Sonnenblumenhof war seit Generationen im Besitz der Familie Bessó – sie waren eine urkatalanische Familie, auch wenn das vermutlich niemand vermutet hätte, der Arnau mit seiner hellen, sommersprossigen Haut und dem kurzrasierten karottenroten Haar zum ersten Mal begegnete. Von Fremden wurde er oft für einen britischen Touristen gehalten, der »für die Liebe« nach Katalonien gezogen war. In Wahrheit kannten sich Arnau und Enric bereits aus der Vorschule und waren seit ihrem siebzehnten Lebensjahr ein Paar. Daran hatte sich auch nichts geändert, als Arnau nach dem Schulabschluss entschied, dass er nicht Landwirt werden, sondern in Girona Chemie studieren wollte. Enric hatte sich an seiner Stelle zum Land- und Pferdewirt ausbilden lassen und in Barcelona Agrarwissenschaft studiert, auch wenn das eine jahrelange Fernbeziehung für die beiden bedeutet hatte. Falls das überhaupt möglich war, dann hatte diese Prüfung sie letztendlich nur noch enger zusammengeschweißt – bis sie am Ende des Studiums heirateten, gemeinsam den Hof übernahmen und in den darauffolgenden Jahren gegen alle Widerstände ihre zwei Kinder adoptierten. Arnau war also nicht »für die Liebe« nach El Pont gezogen, durchaus aber, genau wie Enric, für sie hierher zurückgekehrt, und sie waren ohne Zweifel die perfekteste Happy Family, die es auf der Welt geben konnte, da war Matea sich hundertprozentig sicher.

Sie folgte Arnau in die urgemütliche Küche mit ihren blauweiß gemusterten Wandkacheln und den robusten Naturholzmöbeln. Der riesige Steinofen nahm einen großen Teil der hinteren Wand ein und strahlte immer noch Hitze ab, obwohl Arnaus Minibaguettes mit Sonnenblumenkernen in der Tat schon fertig und herrlich duftend auf der Arbeitsfläche lagen, zusammen mit drei nicht weniger verführerischen Brioche-Zöpfen. Arnau arbeitete mit seinen Rezepten in der Küche nicht weniger präzise und akribisch als in seiner Kosmetikwerkstatt draußen im ehemaligen Schweinestall, oder als er es in einem Chemielabor getan hätte, hätte er sich für eine Laufbahn in der Industrie entschieden. Seine Ergebnisse gerieten niemals weniger als perfekt. Auf dem Gaskochfeld stand bereits der vorbereitete Kaffeekocher. Von der Eckbank mit den bunten Filzkissen blinzelte ihnen der schwarze Kater Pepinillo entgegen, und Matea wusste sofort, dass sie auf keinen Fall weniger als eine Stunde hier verbringen würde.

»Also«, sagte Arnau, schaltete den Herd ein und öffnete den Kühlschrank. »Welche Marmelade möchtest du zur Brioche? Erdbeer, Holunder, Stachelbeer? Oder lieber Honig?«

Nein, korrigierte Matea sich belustigt, eine Stunde war definitiv zu kurz gegriffen. Aber sie entschied, dass sie sich das heute noch einmal gönnen durfte. Sie war früh aufgebrochen an diesem Morgen, und das Team in der Pension kam wunderbar ohne sie zurecht. Außerdem war es der letzte wenigstens halbwegs normale Samstag vor der Hauptsaison. Heute Nachmittag schon würden die Vorbereitungen für das Fest am nächsten Freitag losgehen, und ab dann würde sie über Wochen und Monate kaum Gelegenheiten mehr haben, gemütlich herumzusitzen, zu plaudern und Kraft zu tanken.

Daher würde sie diese jetzt ausgiebig nutzen.

Tatsächlich saß sie immer noch in der Küche und trank ihren mittlerweile vierten Kaffee, als im Hof das Klappern von Hufen ertönte und ankündigte, dass Enric und die Kinder von ihrem Ausritt zurückkehrten. Nur kurz darauf schritten Füße in schweren

Stiefeln durch den Flur. Matea fühlte sich geradezu ertappt – nicht so sehr vor Enric, sondern vielmehr vor sich selbst. Vielleicht hatte sie doch ein wenig zu sehr die Zeit aus den Augen verloren.

»So spät schon.« Sie stand auf und stürzte hastig den Rest ihres Kaffees hinunter, gerade als Enric den Raum betrat. Auf dem Gesicht ihres Bruders erschien augenblicklich ein breites Grinsen.

»Aha! Festgequatscht, wer hätte das gedacht.« Er ging hinüber zu Arnau und drückte ihm einen festen Kuss auf den Mund, ehe er sich eine Tasse aus dem Regal angelte und den Rest aus der Kanne auf dem Herd hineingoss. »Ich bin gleich wieder draußen bei den Kindern«, erklärte er, schob sich ein Stück Brioche in den Mund und spülte mit Kaffee nach. »Aber ich war mir doch ziemlich sicher, dass ich dir hier noch wenigstens kurz Hallo sagen kann, Mati. Und dich daran erinnern, die Kiste mit dem Öl mitzunehmen.«

»Mmh, auf einen verschwitzten Mann haben wir hier nur gewartet. Auf einen Besserwisser ganz besonders.« Arnau grinste und setzte ungerührt neuen Kaffee auf. »Mach dich doch nützlich und stell Mati die Kiste schon mal aufs Rad.«

»Klug und organisiert, dafür liebe ich dich. Und für deinen Hintern, wie du weißt.« Enric erwiderte das Grinsen. »Ich seh dich draußen, Schwesterherz. Und nicht trödeln!« Schon war er wieder aus der Küche.

Matea trat zu Arnau und half ihm, die Minibaguettes in Papiertüten zu packen. »Also siebzehn Uhr passt euch?«, versicherte sie sich noch einmal, obwohl sie das in den letzten zwei Wochen schon mindestens zehnmal besprochen hatten. »Das würde mich wirklich absolut retten.«

»*Sí, clar!*«, sagte Arnau auf seine unübertroffen geduldige Art und drückte ihr die Tüten in den Arm. »Die Kinder werden um fünfzehn Uhr von meinen Eltern abgeholt und sind den Nachmittag über versorgt. Außerdem: Wenn einer deine Bühne aufbaut, muss das ja wohl ich sein. Ich gehöre auf die Bretter, das weißt du doch.«

Matea lachte und drückte ihm Küsse auf beide Wangen. »Eines Tages überredest du mich doch noch zu dieser Karaoke-Show im Restaurant.«

»Du sagst es.« Er hob vielsagend den Zeigefinger. »Eines Tages, Mati. Eines Tages ist es so weit. Und auch du wirst dann singen.«

»Ha, davon träumst du! Bis später, Goldstück.«

»Bis später, *estrelleta meva.*«

Und mit einem letzten Winken verließ Matea die Küche und folgte den krümeligen Dreckspuren, die Enrics Stiefel hinterlassen hatten, nach draußen.

Enric wartete, wie versprochen, mit der Kiste Öl neben ihrem Fahrrad, einen Fuß auf den Lastenkorb gestellt und in irgendeine Nachricht auf seinem

Handy vertieft. Vermutlich stammte sie von einem seiner Abnehmer für die jungen Sonnenblumen, die jetzt täglich geerntet wurden – wenn sie nicht für die Kernernte später im Jahr stehen blieben. Matea musste lächeln. Es machte sie jedes Mal glücklich, ihren großen Bruder so zu sehen, wie er, ganz eins mit sich und seinem Leben, auf seinem Hof stand und in dem aufging, was er sich mit dem Mann, den er liebte, aufgebaut hatte. Er wirkte so sicher und in sich ruhend. Matea wusste nur zu gut, dass das nicht immer so gewesen war. Trotz aller Entschlossenheit war Enrics Weg bis hierher ein langer und steiniger gewesen. Er hatte seinen Traum von einer Pferdefarm in den Bergen aufgeben und gegen einen neuen eintauschen müssen und sich gegen Religion, verstaubte traditionelle Werte, Missgunst und viel zu viel Bürokratie durchgesetzt, um die Familie zu gründen, die er und Arnau sich wünschten. Matea hatte all das Zweifeln, das *Verz*weifeln und den Frust hautnah miterlebt. Sie wusste, wie oft Enric kurz davor gewesen war, alles hinzuwerfen und aufzugeben. Aber am Ende hatte er es nie getan. Er hatte gekämpft, um Arnau, um sich, um ihre gemeinsame Zukunft, und darum gönnte Matea ihm sein Glück von ganzem Herzen.

Als er ihre Schritte hörte, sah Enric auf und ließ mit seinem typischen breiten Grinsen das Handy in der Hosentasche verschwinden. »Jetzt aber schnell,

Schwesterherz. Bevor dein Küchenmonster vor Wut in die Luft geht, weil zum Mittagsgeschäft keine Baguettes da sind.«

Matea legte die Gebäcktüten in den Lastenkorb und griff nach dem Lenker. »Du weißt, niemand fährt so schnell wie ich.«

Enric lachte. »Natürlich, du alter Bleifuß. Gut so. Wäre ja ein Jammer, wenn Yemayá zu gestresst wäre, um ordentlich zu kochen. Schließlich wollen wir nachher auch noch verpflegt werden, nachdem wir für dich geschuftet haben.«

Sein Lachen verstummte. Für einige Sekunden entstand ein unerwartetes, seltsam unbehagliches Schweigen. »Kein Zeichen von Riza bisher, übrigens«, sagte er dann. »Ich schätze, sie kommt wohl auch dieses Jahr nicht zum Fest.«

Matea spürte, wie ihr ein bisschen kälter wurde, obwohl die Sonne inzwischen hoch genug stand, um ihre Haut mit einem feinen Schweißfilm zu überziehen, ehe sie auch nur ein einziges Mal in die Pedale getreten hatte. Das glücklich-zärtliche Gefühl ihrem Bruder gegenüber war plötzlich fort, von einer Sekunde auf die andere einfach verpufft. Denn wann immer es um ihre Schwester ging, war es, als stünden sie an verschiedenen Ufern eines Flusses, der zu laut rauschte, als dass sie einander irgendwie hätten verstehen können.

»Denkst du wirklich immer noch, das könnte je

passieren?« Matea hörte ihre eigene Stimme leise und seltsam dumpf klingen. Seit neun Jahren ging das nun schon so. Das ganze Jahr über schwiegen sie das Thema tot, aber sobald das Fest zur Saisoneröffnung näher rückte, grub Enric es jedes Mal wieder aus. Er konnte es ebenso wenig ruhen lassen, wie Matea es je wieder anrühren wollte.

Auch jetzt zuckte Enric die Achseln, eine deutliche Spur zu gelassen, um überzeugend zu sein. »Das hat sie zumindest gesagt. Ich sehe keinen Grund, warum sie dieses Versprechen nicht halten sollte.«

»Vielleicht, weil sie seit neun Jahren nicht ein einziges Mal auf dem Fest aufgetaucht ist?« Die Worte platzten lauter aus Matea heraus als beabsichtigt. »*Deu meu*, Enric, lass die Sache endlich ruhen! Sie kommt nicht zurück, weiß der Himmel, wieso!«

Ein harter, bitterer Zug lag mit einem Mal um Enrics Mund. »Sie ist immer noch unsere Schwester, Mati. Ich werde nie aufhören, es mir zu wünschen. Du etwa?«

Die Frage klang herausfordernd. Anklagend geradezu. Matea wusste genau, warum. Und doch hatte sie keine Antwort darauf. So viele Jahre verfluchte sie Riza jetzt schon – für ihren Verrat und dafür, dass sie einfach davongelaufen war, als Matea sie am dringendsten gebraucht hätte. Und zugleich vermisste sie ihre große Schwester so schmerzlich, dass sie nicht hätte sagen können, welches der Gefühle die Oberhand gewinnen würde, sollte sie ihr eines Tages tatsächlich wieder gegenüberstehen.

Enric hingegen hatte diese Zweifel nicht. »Vielleicht bist *du* ja diejenige, die das alles endlich ruhen lassen sollte«, setzte er nach, als Matea etliche Sekunden später immer noch schwieg. »Vielleicht wagt sie sich dann irgendwann wieder hierher.«

Der Vorwurf traf Matea tief, an einer nach all den Jahren noch immer empfindlich wunden Stelle. Wie im Reflex legte sie die Hand auf ihren Bauch, während sie Enric anstarrte und ihr Tränen in die Augen stiegen. Weil seine Worte wehtaten. Aber vor allem, weil sie nicht abstreiten konnte, dass er irgendwie recht hatte.

»Na, wenigstens gibt einer von uns die Hoffnung nicht auf«, brachte sie endlich heraus und zerrte den Lenker des Lastenfahrrads etwas zu energisch in Fahrtrichtung, sodass die Ölflaschen in ihrer Kiste bedenklich klirrten. »Bis später.«

»Mati ...« Die Spannung in Enrics Schultern löste sich, und in seinen Augen konnte Matea sehen, dass er wusste, er war zu weit gegangen. »Ich ... das war unfair von mir. Ich hätte das nicht sagen sollen. *Ho sento. Molt.*«

Aber Matea presste bloß die Lippen zusammen, packte den Lenker fester und stieg aufs Rad.

»Mati!« Enric trat ihr in den Weg. Er sah aus, als würde er gleich anfangen zu weinen. »Bitte. Es ist nicht deine Schuld. Das denke ich wirklich nicht. Das weißt du doch, oder?«

Aber Matea schüttelte nur den Kopf. »Schon gut. Ich muss jetzt einfach kurz allein sein.« Sie warf ihm einen Luftkuss zu und rang sich ein Lächeln ab. Sie nahm es ihm ja nicht übel; nicht wirklich, nicht nachhaltig. Und er ihr hoffentlich auch nicht. »Wir sehen uns nachher.«

Enric nickte. Er sah erleichtert aus, wenn auch immer noch ungewohnt traurig. »Um siebzehn Uhr, wie versprochen.« Er machte einen Schritt zur Seite, um ihr den Weg freizugeben. »Fahr vorsichtig, Schwesterherz.«

Matea nickte. »Auch versprochen.«

Und noch immer mit einem Knoten im Magen, aber zumindest ein wenig besänftigt, fuhr sie endlich vom Hof.

Vier

Matea

Matea kam kaum drei Kilometer weit, ehe sie über eine Scherbe fuhr und ihre Heimfahrt damit ein plötzliches und darüber hinaus ziemlich unwürdiges Ende nahm. Beinahe wäre sie mitsamt dem Rad und seiner Fracht in den Wassergraben gefallen, der das Feld begrenzte. Im letzten Moment konnte sie vom Sattel springen und den Lenker mit aller Kraft in der Spur halten.

»*Tonto burro!*«, schimpfte sie und inspizierte verdrießlich den völlig platten Vorderreifen des Lastenfahrrads. »Du blöder Drahtesel, hättest du nicht ausweichen können? Was ist eigentlich los mit dir?« Ärgerlich vor sich hin murmelnd sammelte sie die Überreste der zersprungenen Glasflasche ein, die unschuldig funkelnd am Rand der Fahrbahn gelegen und ihren Reifen aufgeschlitzt hatten, und warf sie in den Lastkorb. Wer immer diese Flasche aus dem Autofenster geworfen hatte, konnte froh sein, dass Matea gerade nicht in der Nähe gewesen war. Als wären die nagenden Gedanken, die Enric ihr vorhin in den Kopf gepflanzt hatte, nicht genug. Jetzt war auch noch ihr Rad erst mal hinüber und ihre Laune auf einem absoluten Tiefpunkt. Die Kirsche auf der Sahne war die blanke Ironie, dass der Unfall direkt neben einer der wenigen Bushaltestellen an der *Carrer* passiert war. Bloß, dass der nächste Bus erst in einer halben Stunde hier vorbeikommen würde. Wenn er pünktlich war. Was er nicht sein würde, denn das war er nie.

Matea seufzte schwer und schob ihr Fahrrad zum Unterstand der Haltestelle, um es dort wenigstens anzuschließen. Was sollte sie jetzt tun? Es fehlten noch fast fünf Kilometer bis zurück nach El Pont. Eigentlich keine zu lange Strecke, um zu Fuß zu gehen. Aber mit einer Zwölferkiste Sonnenblumenöl und zwei großen Tüten frisch gebackener Minibaguettes sah die Sache ganz anders aus. Und die Zeit wurde auch knapp, wenn sie um zwölf Uhr die Baguettes in der Küche des *El Gira-sol* abliefern wollte.

Matea zog ihr Handy aus der Tasche. Arnau würde jetzt in der Werkstatt sein und Enric irgendwo auf dem Hof bei der Arbeit. Ihre Mutter hatte eine Freundin zu Besuch und blieb bis nachmittags mit ihr in Roses. Anita hingegen hatte ihre Ankunft erst für ein oder zwei Uhr mittags angekündigt. Außerdem kam sie aus der entgegengesetzten Richtung. Viel Hoffnung hatte Matea also nicht, schnell einen privaten Shuttleservice aufzutreiben.

Da sah sie auf der leeren Landstraße zwischen den leuchtenden Sonnenblumenfeldern ein Auto näher kommen. Ein schwarzer Kleinwagen mit deutschem Kennzeichen. Matea überlegte nicht lange. Sie steckte das Handy weg und streckte den Daumen aus.

Tatsächlich wurde das Auto langsamer und hielt schließlich direkt neben ihr an. Die hintere Seitenscheibe fuhr nach unten, und ein Kindergesicht kam zum Vorschein, mit blitzenden dunklen Augen und von der Reise zerzaustem goldbraunem Haar. »*Necessites ajuda?*«

Matea warf noch einen verblüfften Blick auf das Nummernschild. Sie hatte sich darauf vorbereitet, sich an ihrem mehr als gebrochenen Schuldeutsch versuchen zu müssen, notfalls mithilfe englischer Vokabeln. Ausgerechnet von einem Kind in akzentfreiem Katalanisch gefragt zu werden, ob sie Hilfe brauchte, hatte sie nicht erwartet.

Sie lachte erleichtert und spürte, wie sich ihre Stimmung zumindest ein bisschen aufhellte. »*Sí!* Mein Fahrrad hat einen Platten, und ich muss dringend nach El Pont Assolellat.«

»Nach El Pont? Dahin fahren wir auch.« Die zweite Stimme kam vom Fahrersitz. Sie war tief und hatte einen unverkennbaren deutschen Akzent, den Matea aber nicht unangenehm fand. Kurz darauf senkte sich auch das vordere Seitenfenster, und jemand lehnte sich über den Beifahrersitz, um zu ihr herauszusehen. »Hallo. Ich bin Ben, und das ist meine Tochter Flor. Sollen wir Sie mitnehmen?«

»Er ist mein Bonuspapa«, verkündete Flor von der Rückbank aus. »So sagt man in Schweden zu seinem Stiefvater.«

Ben seufzte, aber es klang mehr liebevoll als genervt. »Und sie weiß immer alles besser.«

Matea unterdrückte ein kleines Lachen. Ben wirkte auf Anhieb sympathisch, wenn auch etwas übernächtigt; das kurze aschbraune Haar stand ihm struppig vom Kopf ab, und unter seinen Augen lagen tiefe Ringe. Selbst sein Lächeln schien müde zu sein, und trotzdem lichtete es die Schatten auf seinem Gesicht wie ein Sonnenstrahl zwischen Regenwolken. Es war ansteckend.

»Danke!«, beeilte sie sich zu sagen. »Sie retten mir gerade wirklich den Tag! Oh, und ich habe da diese Kiste und die Tüten auf dem Fahrrad ... bekommen wir die vielleicht auch noch mit? Das wäre fantastisch!«

Ben hob die Schultern. »Na klar, auf dem Rücksitz ist Platz. Soll ich helfen?«

Matea winkte rasch ab. »Danke, das geht schon. Moment!« Eilig lief sie zurück zu ihrem Fahrrad, hob die Kiste heraus und stapelte die Brottüten obenauf.

Ben war inzwischen ausgestiegen und hatte ihr die

hintere Tür auf der Fahrerseite geöffnet. Erst jetzt, wo er stand, sah Matea, wie groß er war. Er musste mindestens eins neunzig groß sein, mit breiten Schultern und sehnig muskulösen Armen. *Typisch deutsch*, dachte Matea und musste fast über ihren eigenen Gedanken lachen. Es stimmte nun mal. Deutsche Touristen waren oft groß und laut. Laut allerdings wirkte Ben nicht gerade – und sehr wahrscheinlich war er mit seiner katalanischen Stieftochter auch kein typischer deutscher Tourist.

Rasch schüttelte sie den Gedanken ab. »Danke schön, das ist wirklich nett.« Sie schob die Kiste mitsamt den Tüten auf die Rückbank.

»Oh, das riecht aber gut!«, ertönte prompt wieder die helle Stimme vom Rücksitz. »Darf ich davon essen?«

»Flor!«

Diesmal erlaubte Matea sich das Lachen. »Ach, kein Problem. Das sind kleine Sonnenblumenbaguettes. Nimm dir gern eins, wenn du magst! So kann ich mich wenigstens revanchieren.« Sie drehte sich wieder zu Ben. »Oh, ich habe mich ja noch gar nicht vorgestellt. Ich bin Matea.«

Für einen etwas zu langen Moment starrte Ben sie einfach nur an. »Matea?« Er blinzelte.

Matea grinste belustigt. »Ganz genau.«

Ben blinzelte noch einmal. Dann kehrte das Lächeln auf sein Gesicht zurück. Es wirkte jetzt etwas verlegen. »Entschuldigung. Ich bin wirklich müde von der Reise. *Encantat,* Matea!« Er schloss die hintere Tür. »Also, dann fahren wir, oder?« Ohne eine Antwort abzuwarten, setzte er sich wieder auf den Fahrersitz.

Matea umrundete rasch das Auto, um auf der anderen Seite einzusteigen. Aufatmend ließ sie sich in den Beifahrersitz sinken. Die kühle Luft im Wagen war eine echte Erleichterung nach der Hitze draußen. Von der Abkühlung durch den Regen der vergangenen Nacht war schon wieder gar nichts mehr zu spüren.

»Fahrt ihr wirklich nach El Pont?«, fragte sie, als Ben den Motor startete und das Auto sich wieder in Bewegung setzte. »Ich meine: Bleibt ihr dort für eine Weile? Oder seid ihr nur auf der Durchreise? Jedenfalls, wenn ihr etwas Zeit habt, würde ich euch gern zum Mittagessen einladen, als Dankeschön. Ich leite eine Pension im Zentrum, und wir haben ein wirklich sehr gutes Restaurant.«

Ben warf ihr einen überraschten Seitenblick zu. »Eine Pension? Aber doch nicht etwa das *El Gira-sol?*«

»Oh! Doch, genau das!« Matea lachte. »Sagt bloß, ihr wohnt bei mir?«

Auch Ben lachte verblüfft. »Ja, wir haben für sieben Nächte ein Familienzimmer gebucht.«

»Ach, dann müsst ihr die 106 sein! Fantastisch, ja

dann willkommen bei uns! Freut mich wirklich, dass wir uns so begegnen.«

»Ja, freut mich auch.« Ben wirkte immer noch verwirrt, aber auf eine sehr sympathische Art. »Das ... ist ja wirklich ein Zufall, oder?«

»Ach«, Matea winkte ab. »El Pont ist recht klein, so groß ist der Zufall also nicht. Es gibt ja bloß noch zwei andere Pensionen.« Sie drehte sich im Sitz um, um Flor anzusehen. »Hast du das Reiseziel ausgesucht? Gute Wahl!«

Flor, die mit großen Augen die Sonnenblumenfelder draußen vor dem Fenster bewundert hatte, wandte den Kopf und lächelte stolz. »Ja, meine Mamà hat mir davon erzählt. Sie ist jetzt noch in Peru oder vielleicht Costa Rica oder so, aber sie kommt bald zu uns. Also, hierher, meine ich. Sie ist Katalanin, weißt du? Und ich auch! Sie hat gesagt, El Pont ist der schönste Ort der Welt, und dass sie unbedingt mal wieder dorthin möchte!«

»Oh, ich finde, deine Mamà hat recht.« Matea lächelte. »Wenn ich jemanden treffen wollte, würde ich es auch hier tun. Wann kommt sie denn?«

»Wir wissen noch gar nicht, ob sie es überhaupt schafft«, warf Ben ein. Seine Stimme klang ein bisschen angespannt, und er suchte offensichtlich nach Worten. Matea fragte sich, ob er wohl für seine Stieftochter und deren Mutter Katalanisch lernte. Die Vorstellung rührte sie.

»Also, vielleicht kommt sie. Das wäre doch hoffentlich in Ordnung, wenn in ein paar Tagen noch eine Person dazukäme? Wir zahlen dann natürlich mehr für das Zimmer, aber wir wissen noch nicht, ob ...«

»Oh, aber klar«, sagte Matea schnell. »Gar kein Problem. Nachdem ihr mir so geholfen habt, sowieso. Ehrlich gesagt bin ich froh über jedes Bett, das belegt ist – und im Familienzimmer ist ja dann noch eins frei.« Sie zwinkerte Ben zu, aber ganz konnte sie ein Seufzen nicht unterdrücken, als ihr der Riss im Putz wieder in den Sinn kam, den sie am Vortag entdeckt hatte. »Entschuldigung. Die Zeiten sind ein bisschen schwierig. Damit belaste ich euch lieber nicht.« Sie warf noch einen Blick zurück zu Flor. »Jedenfalls kann deine Mamà natürlich bei euch wohnen, wenn sie kommt.«

Ein Leuchten ging über Flors Gesicht. »Das ist toll, danke, Matea!«

»Aber klar doch.« Matea lächelte und drehte sich wieder nach vorn. »Seht mal, da vorn ist El Pont schon.«

Tatsächlich waren ein Stück voraus die Dächer und die Türme der Basílica hinter den Sonnenblumenfeldern aufgetaucht. Matea wandte sich an Ben, der mit konzentriert gefurchter Stirn auf die Straße sah. »Wo wir schon mal zusammen im Auto sitzen, könnte ich euch ja gleich auf dem schnellsten Weg zur Pension lotsen, wenn ihr wollt?«

Wie schon zuvor wirkte Bens Lächeln verhalten und etwas erschöpft, aber trotzdem ehrlich. »Ich bitte darum. Es wäre nicht der erste Ort in der Gegend, in dem ich mich verfahre.«

Matea lachte. »Kein Problem! Die Straßenführung ist in den alten Städtchen und Dörfern hier wirklich etwas speziell. In El Pont leider ganz besonders. Aber jetzt habt ihr ja mich! Also. Zur Pension fährst du am besten nicht an der nächsten Ausfahrt rechts ab, sondern erst an der übernächsten, dann direkt wieder links, und dann sage ich dir, wie es weitergeht. Einverstanden?«

Fünf

Ben

Das heiße Wasser der Dusche war eine Erlösung für Bens Schultern. Er konnte sich kaum daran erinnern, wann er zuletzt so verspannt gewesen war. Natürlich war das kein Wunder nach der durchfahrenen Nacht und dem kurzen Schlaf im Auto – aber Ben wusste, dass es nicht nur daran lag. Das kräftige Prasseln des Wasserstrahls auf seiner Haut entspannte seine Muskeln, aber nicht seine Gedanken.

Während er mit geschlossenen Augen in der winzigen Duschkabine stand, die zum Bad des Familienzimmers mit der Nummer 106 gehörte, und die Tropfen aus seinen Haaren über sein Gesicht laufen ließ, versuchte er sich innerlich zu ordnen. Nun waren sie also hier. Und er war noch genauso ratlos wie zu dem Zeitpunkt, als er sich entschlossen hatte, Flors Wunsch zu erfüllen und den Ort zu suchen, aus dem ihre Mutter stammte.

In den drei Jahren, die Ben und Riza zusammengelebt hatten, hatte sie nie viel von ihrer Heimat in

Katalonien erzählt. Nur hier und da eine Anekdote, oder zumeist eher nur eine Andeutung davon; über Menschen – Bruder, Schwester, Eltern, Freunde –, deren Namen sie hartnäckig verschwieg; von Orten, die verzaubert schienen; flüchtige Gedankenbilder aus ihrer Kindheit und Jugend, die sie hier verbracht hatte. So wenig und vage war das alles gewesen, dass Ben mehr ein Gefühl mit El Pont verband als eine wirkliche Vorstellung, wie es dort aussah. Aber jetzt, da er tatsächlich hier war, erwies sich dieses Gefühl als überraschend zutreffend, und sein zuvor so diffuses Bild füllte sich auf überwältigend intensive Weise mit Leben. Mit Hitze, Licht und Farben. Dem Geruch von Meer und Erde. Es war ein geradezu bezaubernd schöner kleiner Ort, an dem die Zeit stillzustehen schien – und der gerade deshalb für Riza unerträglich gewesen sein musste. Zumindest für die Riza, die Ben gekannt hatte.

Ben wusste nicht, warum oder auch nur wann Riza ihre Heimatstadt verlassen hatte; nicht einmal, ob es vor oder nach Flors Geburt dazu gekommen war. Hatte sie dafür genauso wenig einen echten Grund gebraucht wie für all die anderen Umzüge und Neuanfänge? Ben hatte ganze fünf davon allein in den drei Jahren mit ihr und Flor erlebt – bis er ihr gesagt hatte, dass er nicht mehr konnte. Und Flor auch nicht, *vor allem* Flor nicht, die ihrer Mutter schon jahrelang durch die Welt gefolgt war, bevor sie Ben begegnet waren. War diese Rastlosigkeit also einfach Teil von Rizas Wesen, oder hatte sie ihren Ursprung in einem besonderen Ereignis; einem, das vielleicht hier in El Pont stattgefunden hatte, wo ihre Reise durch die Welt begann? Hatte ihre Familie seit ihrem Abschied je wieder von ihr gehört? Hatten sie sich im Guten oder im Streit getrennt? Wie sollte er mit diesen Menschen sprechen, falls sie sie tatsächlich ausfindig machten?

Ben ächzte und stellte das Wasser ab. All das schien plötzlich noch so viel schwieriger, als er befürchtet hatte, jetzt, wo er wirklich hier und eine Konfrontation mit Rizas Familie womöglich in greifbarer Nähe war. Aber vielleicht konnte er es sich leisten, es zumindest noch ein kleines bisschen aufzuschieben. Kraft zu schöpfen und sich vorzubereiten. Bis morgen.

Oder wenigstens bis nach dem Essen.

Flor hockte auf dem Bett, als er zurück ins Zimmer kam, und kritzelte mit konzentriertem Gesicht in der Mappe mit dem Briefpapier, auf dem sie die Briefe an ihre Mutter schrieb. Die Fensterläden waren geschlossen, und das Sonnenlicht zwischen den Lamellen malte leuchtende Streifen auf ihre sommerbraunen Beine in den abgetragenen Jeans-shorts, auf das selbst gebatikte türkis-gelbe Shirt und ihr goldbraunes Haar.

»Hey.« Ben setzte sich neben sie auf die Bettkante. Der Luftstrom des Ventilators unter der Decke strich leicht über seinen bloßen Oberkörper, und das Zimmer war angenehm kühl – trotzdem war die Hitze in der Luft förmlich zu schmecken, und Ben hatte keinen Zweifel, dass er wieder zu schwitzen anfangen würde, sobald er nur einen Fuß nach draußen setzte. Er war sogar froh über seine Entscheidung, nach der Dusche eine kurze Hose anzuziehen. Dabei hasste er kurze Hosen.

»*Siestazeit!*«, hatte Riza ihm stets sehr nachdrücklich erklärt – selbst während ihrer Zeit in Oslo, wo die Sommer wirklich nicht übermäßig warm waren. *»Da tun wir nichts außer essen und schlafen.«*

Nun waren sie gerade erst in Rizas Heimat angekommen, und schon verstand Ben, wo dieses scheinbar unumstößliche Gesetz seinen Ursprung hatte.

Flor sah von ihrem Brief auf und begann prompt zu kichern. »Deine Haare stehen ab wie Antennen.«

Ben musste lachen. »Es sind ja auch welche. Damit kann ich hören, was du denkst.«

»Gar nicht wahr!«

»Na, und ob. Gerade denkst du ... dass du Hunger hast!«

»Haha, sehr witzig.« Flor rollte die Augen, aber das Kichern gluckste immer noch in ihrer Stimme. »Zur Siestazeit haben wir ...«

»... *immer* Hunger«, vervollständigte Ben den Satz,

grinste und stand auf, um ein frisches Shirt aus seiner Reisetasche zu ziehen. »Also habe ich recht. Außerdem hast du sowieso immerzu Hunger. Na los, gehen wir runter. Ich kann das Mittagessen schon riechen, du nicht?«

Flor schnupperte nachdrücklich und seufzte sehnsüchtig. »Mmmmh, ja.« Sie schlug die Briefmappe zu, legte sie zur Seite und rutschte vom Bett, um in ihre Sandalen zu schlüpfen. Ihr Gesicht allerdings blieb nachdenklich, während sie, wie immer etwas umständlich, an den Verschlüssen herumfummelte.

»Du, Ben?«

Ben schob die Füße in seine Flip-Flops und nahm den Zimmerschlüssel von dem kleinen dunklen Holzschränkchen neben der Tür. »Ja, was gibt's?«

Flor schien zu zögern. Und fast hatte Ben nun wirklich das Gefühl, er könnte ihre Gedanken hören. Oder zumindest spüren, was in ihrem Kopf und in ihrem Herzen rumorte.

»Ich hab mir überlegt ...«, sagte Flor vorsichtig, »also, Matea ... die war doch richtig nett, oder? Und jetzt kennen wir hier schon jemanden. Kannst du *sie* nicht mal fragen, ob sie weiß, wo Mamàs Familie ist? El Pont ist total klein, das hat sie doch gesagt. Vielleicht kennen sie sich ja. Vielleicht hat sie sogar Mamà gekannt, als sie noch hier gewohnt hat. Das ist doch eine gute Idee. Oder, Ben?«

Ben spürte, wie das bisschen Entspannung, das ihm

die Dusche gebracht hatte, sich wieder zu verflüchtigen drohte. Von wegen, er könnte sich noch etwas Erholung gönnen, ehe er weitere Schritte plante. Flor klang schon wieder so aufgeregt, und als sie nach seiner Hand griff, spürte er die kleinen Finger zittern.

»Flor ...«

»Bitte, Ben! *Bitte!*«

Ben ließ sich wieder auf die Bettkante sinken. Die alte Matratze knarzte leise. »Setz dich noch mal her zu mir, ja?« Er zog Flor neben sich und sah sie ernst an. Hoffnung, Erwartung, Angst spiegelten sich in ihren Augen. Sie war so überzeugt von ihrem Plan, so sicher, dass das der Weg war, ihre Mutter endlich wiederzusehen. Und Ben hätte sie so gern vor dieser Enttäuschung bewahrt.

Er konnte es nicht. Und doch war er bereit, alles Mögliche für sie zu tun, damit diese Traurigkeit, die sie seit einem Jahr mit sich herumschleppte, irgendwie leichter wurde. Nur ... auch er hatte seine Grenzen. Und die waren nach dem Trip hierher wirklich beinahe ausgereizt.

»Hör mal, Flor. Ich hab dir versprochen, dass wir nach Rizas Familie suchen, und das machen wir auch. Ganz fest versprochen. Aber lass uns heute erst mal in Ruhe hier ankommen, okay? Ich bin furchtbar müde, und ich kann nicht ohne Vorbereitung auf Katalanisch über solche komplizierten Dinge reden. Ich müsste Matea ja dann alles erklären, verstehst du? Warum wir hier sind, warum wir deine Familie suchen und so weiter. Und dafür brauche ich ziemlich viele Wörter, die ich mir noch aus dem Wörterbuch abschreiben und üben muss. Aber ich bin die ganze Nacht gefahren und mein Gehirn ist total Matsch.«

Das alles stimmte. Trotzdem fühlte es sich schrecklich an, Flor so zu enttäuschen. Vor allem, als er ihr hoffnungsvolles Lächeln verblassen sah.

»Gehirne sind viel mehr Glibber als Matsch«, murmelte sie mit belegter Stimme und schob die Unterlippe vor. »Aber«, versuchte sie es dann noch einmal, »ich könnte doch auch fragen ... Ich kann ihr alles erklären. Ich trau mich, ganz bestimmt! Das musst du gar nicht machen.«

Ben seufzte tief. Es war so unglaublich schwer, ihr etwas abzuschlagen. »Flor. Bitte. Es ist eine gute Idee, aber wir machen es morgen, okay? Ich kann das heute wirklich nicht mehr.« Er strich ihr über den Kopf und gab sich alle Mühe, das drückende Gewissen zu ignorieren. »Jetzt gehen wir erst mal essen, und dann schlafen wir vielleicht ein bisschen, und später schauen wir uns den Ort an und kaufen das größte Eis, das wir finden können. Einverstanden?«

»Hmm. Na gut.« Flor rutschte vom Bett, mit einem kleinen Hüpfer, als wäre gar nichts gewesen. Aber Ben hatte ihre bebenden Mundwinkel deutlich gesehen.

»Können wir dann wenigstens neues Briefpapier kaufen?«, fragte sie, als sie schon fast an der Tür war. »Und Briefmarken, und einen Postkasten suchen?«

Ben unterdrückte ein weiteres Seufzen und zwang sich stattdessen zu einem Lächeln. »Natürlich, Flor. Das machen wir. Aber erst mal essen wir, ja? Danach sieht die Welt schon ganz anders aus.«

Und dass das tatsächlich meistens zutraf, war zumindest ein tröstlicher Gedanke. Nach dem Essen, dachte Ben, würde es ihr sicher schon viel besser gehen.

Ihnen beiden.

Das Restaurant des *El Gira-sol* war, wie auch das Zimmer und der Empfangsbereich mit dem Laden, auf eine erdig-warme Art gemütlich. Die Einrichtung war hübsch, wenn auch etwas abgewetzt, und zeigte viel Liebe zum Detail – von den Schnitzereien in den dunklen Deckenbalken aus Olivenholz über die Sandsteinskulpturen auf den Wandsimsen bis zu dem großen Bild eines stilisierten Sommerwaldes, das direkt auf den rauen Stein der rückwärtigen Wand gemalt war. Alles war sichtlich in die Jahre gekommen, die Terrakotta- und bunten Mosaikfliesen auf dem Boden zum Teil gesprungen und das Mobiliar abgenutzt von den vielen Menschen, die täglich hier saßen. Aber die Liebe, mit der es instandgehalten und gepflegt wurde, war deutlich spürbar.

Ein leichter Luftzug drang durch die geöffneten Glastüren, die auf die von Platanen beschattete Terrasse im Innenhof hinausführten, und Ben fühlte sich sofort wohl.

Er berührte Flor leicht an der Schulter. »Na, willst du uns einen Platz aussuchen?«

»Ja!« Flor schoss augenblicklich davon. Auch ihre Enttäuschung schien sich durch den verheißungsvollen Duft aus der Küche verflüchtigt zu haben. Ben sah ihr nach, wie sie durch den Raum flitzte und die wenigen freien Tische inspizierte, und für einen Moment zog kribbelnde Wärme durch seine Brust. Er liebte dieses Kind. Er liebte es wirklich. Und wenn all das hier gut für Flor war, dann war es das wert.

Schließlich blieb Flor an einem Tisch stehen, der in der Ecke neben einem Bücherregal stand, gar nicht weit von den geöffneten Türen entfernt. Leuchterblumen ließen ihre Ranken mit den kleinen herzförmigen Blättern von den Boards hängen. Sonnenlicht fiel auf den Boden ganz in der Nähe, aber der Tisch selbst lag im Schatten.

»Hier!«, rief Flor. »Hier ist es am schönsten!«

Und damit, dachte Ben, hatte sie mal wieder absolut recht.

Sie setzten sich und bestellten eine Platte *tapas de gira-sol*, weil sie beide neugierig waren, was für Tapas wohl aus Sonnenblumen hergestellt werden konnten, dazu Miesmuscheln mit Reis zur Sicherheit, falls ihnen das nicht schmecken oder nicht reichen würde. Während sie warteten, knabberten sie von dem Sonnenblumenbaguette, das Matea im Auto bei sich gehabt hatte und das jetzt auf allen Tischen als Beilage bereitstand. Dazu tranken sie eisgekühlte Zitronenlimonade – zumindest, wenn Flor einmal eine Plapperpause einlegte. Ihre Enttäuschung schien für den Moment völlig verflogen. Eifrig berichtete sie Ben von dem Kartenspiel, das sie auf der Autofahrt erfunden hatte. Ben konnte den Regeln schon nach zwei Minuten nicht mehr folgen. Er hörte ihr trotzdem gewissenhaft zu und versicherte, dass er ihr später helfen würde, die Bilder auf die Karten zu zeichnen.

»Guck mal!«, rief Flor plötzlich und deutete an ihm vorbei zu der Schwingtür, die in die Küche führte. »Da ist Matea! *Hola*, Matea!« Sie stellte sich auf ihren Stuhl und winkte eifrig.

»Flor. Bitte komm ... ach, egal.« Ben sah sich rasch um, aber niemand im Raum schien sich daran zu stören oder auch nur Notiz davon zu nehmen, dass seine Tochter auf den Möbeln herumturnte, als wären sie bei sich zu Hause. Auch auf Mateas Gesicht erschien bloß ein breites Lächeln, als sie Flor und kurz darauf auch Ben entdeckte – und im nächsten Moment direkt auf sie zusteuerte. »*Hola*, Flor!«

Ben seufzte tonlos. *So viel dazu, dass ich bei unse-*

rer nächsten Begegnung sprachlich besser vorbereitet sein wollte.

Trotzdem konnte er nicht leugnen, dass er sich freute, Matea wiederzusehen. Sie hatte sich die dunklen Locken mit einem breiten rostroten Band zurückgebunden und trug eine Schürze in der gleichen Farbe, mit einer großen aufgestickten Sonnenblume. Ihre Wangen waren leicht gerötet, und sie wirkte deutlich entspannter und aufgeräumter als Stunden zuvor auf der Straße. Auf den Armen balancierte sie drei Teller und eine große Schale mit Muscheln.

»Sie hat unser Essen!«, rief Flor begeistert und machte einen kleinen Hüpfer auf ihrem Stuhl.

Ben presste die Lippen zusammen und schluckte die reflexartige Ermahnung erneut hinunter. In solchen Situationen wünschte er sich oft das Selbstbewusstsein, etwas unbesorgter dazu stehen zu können, was er Flor erlaubte und was nicht. Seinetwegen hätte sie sich auch auf den Tisch stellen können, solange sie sich vorher die Schuhe auszog, aber er ahnte, dass das nicht bei allen Mitmenschen auf Verständnis stoßen würde. In einem deutschen Restaurant wäre ja schon der Stuhl völlig undenkbar gewesen. Deshalb fühlte er sich ein wenig unwohl damit, sie einfach machen zu lassen – aber nicht unwohl genug, um ihr entgegen seiner eigenen Überzeugung etwas zu verbieten. Schon gar nicht, solange sich offenbar niemand wirklich dafür interessierte. Also ließ er sie und bemühte sich um eine unbekümmerte Miene. Vater zu sein war wirklich eine Herausforderung. Selbst nach vier Jahren hatte er den Dreh noch nicht ganz raus.

Oh Mann, Ben. Entspann dich endlich und nimm den Stock aus dem Arsch.

Matea trat an den Tisch und stellte die köstlich duftenden Platten ab.

»Na, hallo ihr zwei«, sagte sie fröhlich. »Hier ist euer Essen, ich hoffe, es schmeckt euch.«

»Es riecht superlecker!«, verkündete Flor und setzte sich endlich wieder hin. »Was ist das denn alles?«

»Gedünstete Sonnenblumenherzen, gedämpfte Sonnenblumenstängel in Knoblauchsoße, Rucola-Sonnenblüten-Salat mit gerösteten Kernen, Kartoffel-Sonnenblumen-Tortilla mit Serranoschinken und in Chili-Sonnenblumenöl frittierte Reisnester mit Kräutermayonnaise«, erklärte Matea und grinste, als sie Flors große Augen sah. »Wusstet ihr, dass man von der Sonnenblume ausnahmslos alle Teile essen kann?«

»Wow«, machte Flor ehrfürchtig.

Auch Ben lief das Wasser im Mund zusammen. »Und dann serviert von der Chefin höchstpersönlich«, sagte er und hoffte, dass es höchstens halb so steif klang, wie sich die katalanischen Worte in seinem Mund anfühlten.

»Na, das lasse ich mir doch nicht nehmen. Darf ich mich kurz zu euch setzen?«

»Aber klar.« Ben grinste schief. »Hast du Hunger? Ich fürchte, wir haben ein bisschen zu viel bestellt.«

Matea lachte. »Ach, kein Problem. Einen starken Kaffee zum Abschluss, dann geht es wieder. Und für dich natürlich einen Tee, Flor.« Sie wandte sich zu den Gästen am Nachbartisch, um ein paar schnelle Worte mit ihnen zu wechseln. Kurz darauf zog sie sich einen freien Stuhl heran und griff unbekümmert nach einer Serviette und einem Stück Tortilla.

»Also, seid ihr gut in der 106 angekommen? Ihr wollt sicher nachher noch die Gegend erkunden. Ich kann euch ein paar echte Geheimtipps geben, wenn ihr etwas Bestimmtes sucht.«

»Das beste Eis!«, platzte Flor sofort heraus und schob sich mit leuchtenden Augen ein Reisnest in den Mund. Dann wanderte ihr Blick zu Ben, und wieder sah er die Hoffnung darin – aber auch Unsicherheit, als sie sich offenbar an ihr Gespräch oben im Zimmer erinnerte. Ben hielt unwillkürlich die Luft an. »Und ... das schönste Briefpapier?«

Ben atmete auf – es überraschte ihn selbst, wie erleichtert er war, dass ihm die schwierigen Gespräche und Erklärungen für den Moment noch erspart blieben.

Matea lachte. »Oh, das ist einfach. Das schönste

Briefpapier gibt es ganz sicher hier bei uns im Laden. Er macht um siebzehn Uhr wieder auf, aber du kannst gern schon vorher schauen gehen und dir eines aussuchen. Bezahl es einfach an der Rezeption und sag, ich hätte es erlaubt. Und das beste Eis ... das ist auch nicht weit weg. Moment.« Sie zog eine weitere Serviette aus dem Holzbecher auf dem Tisch und einen Kugelschreiber aus ihrer Schürzentasche, um mit raschen Strichen etwas zu skizzieren, das tatsächlich wie eine kleine Straßenkarte aussah. Nicht, dass Ben irgendetwas darauf erkannt hätte. Aber Matea legte die Karte vor Flor hin und deutete mit dem Finger darauf.

»Siehst du, hier ist die Pension, und wenn ihr aus der Tür kommt und nach links den Berg hinaufgeht, seid ihr bald an der Rambla Sant Pau. Hier kommt ihr raus. Und da oben, an der Ecke schräg gegenüber, findet ihr dann die Carrer de Molins, dort geht ihr rein und gleich links an der nächsten Ecke ist die Gelateria *El Festuc*.« Sie malte ein dickes Kreuz an die Stelle. »Da gibt es das beste Eis im ganzen Alt-Empordà, ich schwöre es.«

Flor strahlte. »Oh wie toll, eine Eis-Schatzkarte! Danke, Matea!« Sie schnappte sich die Serviette, um sie ausgiebig zu studieren.

Matea lachte wieder, und Ben stellte fest, dass er ihr Lachen wirklich mochte. Es war ein herzliches, offenes Lachen, das alles unkompliziert und leicht machte. Ein Lachen, das Sicherheit verbreitete. Ein Lächeln stahl sich in seine Mundwinkel wie eine leise Antwort.

»Kein Problem«, sagte Matea. »Wenn ich euch sonst noch irgendwie helfen kann, sagt gern Bescheid. Habt ihr schon schöne Unternehmungen geplant?«

»Na ja.« Ben kratzte sich am Hinterkopf. »Ehrlich gesagt nicht so genau. Wir würden gern mal ans Meer, denke ich ... Wie sich das eben für echte Touristen gehört.« Er grinste schief.

»Ah, Touristenprogramm. Natürlich.« Matea zwinkerte ihm zu. »Da kann ich besonders gut helfen. Also, wenn ihr es *wirklich* touristisch wollt – die Orte Empuriabrava und Roses haben tolle Strände und sind nicht weit von hier. Aber eben tatsächlich sehr touristisch. Oder Cadaqués, wenn dir Serpentinenstraßen nichts ausmachen.«

Ben konnte nicht anders, als gequält das Gesicht zu verziehen. Rasch trank er einen Schluck Limonade, um es zu verbergen. Aber Matea hatte es offenbar trotzdem gesehen und schien sich köstlich darüber zu amüsieren.

»Schon gut, ich verstehe. Vielleicht schlage ich dir das besser an einem anderen Tag noch mal vor.« Ihre Augen blitzten vergnügt. »Aber wenn du dich irgendwie damit arrangieren kannst – ein richtiger Geheimtipp mit etwas mehr Fahrtzeit wäre Rocavella. Die haben einen denkmalgeschützten Leuchtturm, den schönsten Strand der Region und eine urbane Meerjungfrauen-Legende. Wenn man hierzulande von urban sprechen kann.«

Bei dem Wort »Meerjungfrau« wurde auch Flor sofort wieder hellhörig. »Eine echte Meerjungfrau? Wie cool!«

»Ja, so sagt man zumindest.« Matea zuckte geheimnisvoll die Schultern. »Ich zeige euch gern mal den Weg, wenn ihr hinwollt.«

Ben seufzte ergeben. »Nun müssen wir wohl.«

»Müsst ihr wohl. Tut mir leid.« Matea grinste, und es war ihr anzusehen, dass es ihr in Wahrheit kein bisschen leidtat. Und Ben wiederum musste zugeben, dass ihm die Vorstellung gefiel, mit ihr und Flor an einen kleinen ruhigen Ort am Meer zu fahren. Serpentinen hin oder her.

»Na, ich frage euch einfach in den nächsten Tagen noch mal.« Matea stand auf. »Jetzt muss ich leider zurück in die Küche und dort ein bisschen helfen. Aber wir sehen uns ja sicher bald wieder.«

»O ja«, rief Flor. »Noch ganz oft, ja, Matea?«

»Sehr gern.« Matea lächelte. »Also dann. Bis später, ihr zwei!«

Ben grinste schief und strich Flor flüchtig über den Kopf. »Bis später«, sagte auch er und spürte, wie sich erneut ein warmes Gefühl in seiner Brust ausbreitete, als er Matea nachsah, die sich mit federnden Schritten in Richtung Küche entfernte. Sie waren erst so kurz hier, und schon hatte er den Eindruck, dass Flor förmlich aufblühte. Die Farben, die Sprache, das Licht. Es war nicht zu übersehen, dass sie sich hier zu Hause fühlte. Und deshalb, bei aller Erschöpfung, allen Zweifeln und rastlosen Gedanken: Hierher zu kommen, war ganz sicher richtig gewesen.

An: Jeriza Josell i Vives
Irgendwo auf der Welt, vielleicht in Peru

Von: Flor Josell i Vives
in El Pont Assolellat

Liebe Mamà,

wir sind endlich da! Die Pension, in der wir
wohnen, ist superschön! Du solltest dir das
wirklich ansehen. Auch wenn du El Pont schon
kennst, die Pension hier kennst du ja vielleicht
noch nicht. Wir haben schon eine sehr nette Frau
kennengelernt. Sie heißt Matea. Ben fragt sie bald,
ob sie deine Familie kennt. Jetzt schauen wir uns
erst mal die Stadt an und essen das beste Eis! Ich
hoffe, ich treffe auch bald andere Kinder!

Ich drück dich fest, Mamà! Ich hab dich lieb!
Deine Flor

PS: Du bekommst jetzt zwei Briefe auf einmal,
weil ich vorher keinen Briefkasten gefunden habe.
Macht nichts, oder?

Sechs

Matea

Als Matea in die Küche zurückkehrte, stand ihre Küchenchefin Yemayá an ihrem Arbeitsplatz hinter der Ausgabe und spähte völlig ungeniert mit gerecktem Hals über die Schwingtüren hinweg in den Gastraum. Ihre schwarzen Augen blitzten. Neben ihr standen ihr Azubi Pol und die alte Küchenhilfe Nada und gaben sich ebensowenig Mühe, ihre Neugier zu verbergen.

»Könnt ihr nicht wenigstens so tun, als hättet ihr Respekt vor eurer Chefin, und erschrocken weiterarbeiten, sobald ich reinkomme?« Matea stellte kopfschüttelnd ein paar schmutzige Teller ab, die sie auf dem Weg durch den Gastraum eingesammelt hatte.

Yemayá grinste und zupfte das kürbisfarbene Bandana über ihren schwarzen Cornrows zurecht. »Auf gar keinen Fall. Dann verpassen wir ja deinen *heißen* Flirt mit dem neuen Gast. Ich hab Pol gesagt, das könnte für ihn ein einmaliger Anblick sein, da du das nur einmal in zehn Jahren tust. Außerdem bin *ich* hier die Chefin, vergessen? Deine Pension – aber meine Küche, *preciosa*.«

Matea warf ihr einen vorwurfsvollen Blick zu. Etwas in ihr war bei Yemayás Worten unwillkürlich zusammengezuckt, und ihr erster Impuls war, heftig abzustreiten. Sie flirtete nicht, mit Gästen schon gar nicht!

Aber zugegeben: Dass sie sich das letzte Mal zu frisch eingetroffenen Pensionsgästen an den Tisch gesetzt und mit ihnen gegessen hatte, war schon sehr lange her. *Tatsächlich* hatte sie das nicht mehr getan, seit …

Rasch schüttelte sie den aufkeimenden Gedanken ab. Leonel tat hier nichts zur Sache. Warum verfolgte die Vergangenheit sie heute so?

»Na schön, dann tut eben so, als hätte ich euch so richtig zusammengefaltet, und jetzt arbeitet ihr aber zackig weiter, klar?«

»*Sí, clar.*« Yemayá rührte sich nicht vom Fleck. Ihre schlanken dunklen Finger putzten und zerkleinerten die Frühlingszwiebeln, ohne dass sie auch nur hinsah. Dann richtete sie in unglaublicher Geschwindigkeit zwei Teller Tapas an, schob sie in die Durchreiche und hieb auf die Tischklingel, ehe sie eine Handvoll Mini-Champignons in eine Pfanne mit heißem Fett warf – und innerhalb von Sekunden wieder auf ihrem Platz mit der guten Aussicht auf den Gastraum stand. »Pol, nimm die Kerne vom Feuer, sonst brennen sie an.«

Sie musste nicht einmal die Stimme heben, damit der schlaksige Junge hastig zu der zweiten Pfanne auf dem Gaskochfeld sprang.

»Mati, wer ist denn das süße Kind?« Nada stand noch immer auf ihrem Beobachtungsposten neben der Tür und knetete die Kittelschürze über ihrem fülligen Bauch. Das schüttere graue Haar klebte ihr verschwitzt an den Schläfen und im Nacken.

»Das verrate ich dir, sobald du wieder an die Arbeit gehst!«, verkündete Matea und begann, das schmutzige Geschirr in die Körbe der großen Spülmaschine zu räumen.

Nada warf die Hände in die Luft. »Ach, wärst du doch auch noch so ein süßes Kind! Aber du bist so eine strenge Frau geworden!« Sie nahm sich ein Tuch und begann, das Besteck zu polieren, das gerade frisch gespült aus der Maschine gekommen war. Über den Haufen aus blitzenden Gabeln, Messern und Löffeln hinweg musterte sie Matea mit anklagendem Blick – aber die vielen Lachfältchen, die sich um ihre Augen und Mundwinkel vertieften, verrieten ihre wahren Gedanken. »Also?«

»Der süße Mann interessiert mich eigentlich viel mehr!«, verkündete Pol von seiner Kochstelle aus, ehe Matea antworten konnte.

»Woher weißt du, dass es ein Mann ist? Hast du ihn total distanzlos nach seiner Genderidentität gefragt?« Yemayá schnalzte mit der Zunge und warf einen letzten Blick in den Gastraum zu Ben, ehe sie mit raschen Bewegungen einen kleinen Haufen frischer Küchenkräuter zu hacken begann. »Davon abgesehen: Viel zu blass, in jeder Hinsicht.«

»Hört ihr bitte sofort auf, meine Gäste nach ihrem Aussehen zu beurteilen?« Matea schob energisch den vollen Geschirrkorb in die Maschine und drückte den Starthebel. Pols verlegenes Grummeln ging im Rauschen und Dröhnen der Wasserpumpe unter.

»Jedenfalls hatte ich heute Morgen draußen an der *Carrer* eine Panne mit dem Fahrrad, und die beiden haben mich per Anhalter mitgenommen«, erklärte Matea mit erhobener Stimme, um die Maschine zu übertönen. »Eigentlich wollte ich sie hierher zum Essen einladen, aber wie der Zufall es so will, haben sie ab heute sowieso für eine Woche die 106 gebucht.«

»Eine Schicksalsbegegnung!« Nada schlug verzückt die Hände zusammen. »Vielleicht bekommen wir dich doch noch unter die Haube, *nena*. Du bist jetzt über dreißig, allmählich mache ich mir Sorgen, das weißt du.«

Rumms. Schon wieder ein Stimmungskiller, dachte Matea resigniert. Erst Enric, dann Yemayá, jetzt auch noch Nada.

Für ein paar Sekunden machte sich unangenehmes Schweigen in der Küche breit, während die Spülmaschine endlich in einen ruhigen Plätschermodus wechselte. Dann erst gelang es Matea, eine gereizte

Antwort zu unterdrücken und sich sich ein Lächeln abzuringen. Nada war Ende sechzig und hatte schon für Mateas Großmutter in der Spülküche gearbeitet, ehe Matea die Pension übernommen hatte. Nada kannte Matea von klein auf, und natürlich meinte sie Kommentare wie diesen immer nur gut.

Das änderte bloß nichts daran, dass es manchmal schier unmöglich war, sie einfach zu schlucken und zu tun, als würden sie ihr nichts ausmachen. Nada stammte aus einer streng traditionellen katholischen Familie. In ihrer Welt war es ein Ding der Unmöglichkeit, dass manches Unglück eben nicht mit dem Wundermittel »guter Ehemann« in Ordnung gebracht werden konnte, auf den Matea sich »nur einlassen musste«. Diskussionen führten da zu gar nichts. Die einzige Möglichkeit, sich davor zu schützen, dass Nada hartnäckig weiter in dieser Wunde bohrte, war, ihre Kommentare hinzunehmen und ihnen am besten noch zuzustimmen. Darin hatte Matea inzwischen leider sehr viel Übung.

»Wer weiß«, sagte sie deshalb. »Eines Tages nimmt mich ja vielleicht doch noch irgendwer. Aber dieser wird es nicht sein, denn er wartet hier auf seine Frau.«

Sie schmeckte die Bitterkeit in ihren Worten kaum. Das flaue Gefühl in ihrem Magen blieb allerdings.

»Wann kommt eigentlich Anita?«, warf Yemayá ein, ehe Nada sich weiter zu dem Thema äußern konnte. Matea fing ihren mitfühlenden Blick auf, und das

Lächeln fiel ihr zumindest wieder etwas leichter. Yemayá wusste einfach immer, wie sie mit den Menschen in ihrem Umfeld umgehen musste, damit sie sich wohlfühlten. Sie schien stets zu spüren, wie es anderen ging, wann ein Thema überstrapaziert war, und was sie sagen musste, um den Druck etwas zu mildern, falls nötig. Es war eine wirklich erstaunliche und beneidenswerte Gabe.

»Irgendwann innerhalb der nächsten Stunde. – Sind die Pasteten eigentlich fertig, Pol? Und die Füllung? Mach mir doch mal bitte zwei fertig, und einen Rucolasalat dazu. Wenn Anita da ist, wollte ich ...«

»Hab ich da etwa meinen Namen gehört?«, erklang in diesem Moment eine raue Stimme von der Tür her, gefolgt von einem heiseren Lachen, und kurz darauf stand Anita in der Küche – wie immer gerade zum richtigen Zeitpunkt. Das war *ihre* besondere Gabe.

»*Hola, guaperas!*« Die braunen Augen hinter der dickrandigen Brille funkelten fröhlich. »Gebt es zu, ihr habt mich vermisst! Wo ist der Wein?«

Anita war eine kleine, aber robuste Person und lebte das Motto ihres Modelabels *Ave del Paraiso* – Paradiesvogel – in vollen Zügen aus. Sie trug nie zwei Kleidungsstücke in derselben Farbe, nicht mal, wenn es um Strümpfe ging, und kombinierte ihre Garderobe mit buntem Modeschmuck aus Naturmaterialien. Schon zu Schulzeiten war sie Mateas beste Freundin gewesen – und seit Anita in Barcelona lebte, um dort ihre Boutique zu führen, war ihr Verhältnis erstaunlicherweise noch enger geworden. Anita war es auch gewesen, die Matea mit Yemayá bekannt gemacht und Yemayá so den Job als Küchenchefin des *El Gira-sol* vermittelt hatte. Matea wollte keine der beiden je wieder missen.

»Wie schön, dass du schon hier bist!« Sie nahm Anita fest in die Arme. Auch Yemayá und Anita umarmten sich herzlich und drückten einander Küsse auf die Wangen. Yemayá, groß wie sie war, musste sich dabei herunterbeugen wie zu einem Kind.

»Oh, wie siehst du wieder aus? Ich liebe es!« Yemayá lachte und zupfte an den farbenfrohen Bändern, die Anita sich in die dicken braunen, goldblond gesträhnten Haare geflochten hatte.

»Nicht wahr? Leider dauert es ewig, die Bänder wieder herauszufummeln, deshalb denke ich, beim nächsten Mal schneide ich mir die Haare einfach ab.«

»Oh, du wirst es nicht wagen, Nini!« Nadas Küsse auf Anitas Wangen waren selbst über das Gurgeln der Spülmaschine und das Zischen von Yemayás Zwiebelpfanne hinweg zu hören. »Diese wunderschönen Haare bleiben dran.«

Anita lachte diabolisch. »Niemand wird mich aufhalten, und dann flechte ich Armbänder daraus! Und Zöpfchen, die ich mir mit Spangen in die kurzen Zotteln clippen kann. Gibt es eigentlich schon Essen? Ich sterbe vor Hunger.«

»Das sagst du immer, und bisher hast du es jedes Mal überlebt«, erklärte Yemayá ungerührt und warf eine Handvoll Kräuter zu den Zwiebeln in die Pfanne.

»Pol macht dir schon Pasteten«, erklärte Matea rasch, ehe Anita ein Klagelied anstimmen konnte, und spähte über die Schwingtüren hinweg. Der Gastraum und auch die Terrasse im Innenhof leerten sich allmählich – die Mittagszeit war fast vorbei. Nur an wenigen Tischen saßen noch vereinzelte Gäste und tranken ihre Wein- und Wassergläser aus. Dazwischen huschten die zwei Servicekräfte Julià und Carina hin und her, sammelten das schmutzige Geschirr ein und reinigten die Tische. Auch Ben und Flor waren nicht mehr zu sehen, registrierte Matea und ertappte sich dabei, dass sie das schade fand. Aber sie würden sich ja hoffentlich am Abend noch einmal begegnen. Oder spätestens morgen.

»Also, es gibt gleich Essen für dich«, sagte sie wieder an Anita gewandt. »Aber bis dahin bist du natürlich fest fürs Arbeiten eingeplant.« Sie grinste und zog eine Kiste mit Girlanden und Lichterketten aus der Ecke, die sie vorsorglich dort deponiert hatte. »Ich möchte schon mal mit dir die Lichter fürs Fest draußen aufhängen – und vielleicht auch schon die unter der Decke im Saal. Um fünf kommen Enric und Arnau, dann bauen wir die Bühne im Hof auf. Aber keine Sorge.« Sie stellte zwei frisch gespülte

Weingläser auf die Arbeitsplatte. »Wir werden dabei trinken.«

Etwa vier Stunden später zogen Enric und Matea endlich die letzten Schrauben an der Bühne fest, während Arnau bereits mit der Verkabelung der Ton-anlage beschäftigt war. Für den Soundcheck schmet-terte er ein herzzerreißendes Duett mit Anita, die mit dramatischer Geste das zweite Mikrofon zwischen den Tischen umhertrug, um die Klangqualität über-all auf dem zukünftigen Festgelände zu testen. Von hinten aus der Küche grölte Yemayá in absichtlich schräger Imitation mit, »um das Gejaule erträglicher zu machen«, wie sie sagte. Ähnlich wie bei Matea biss Arnau auch bei ihr auf Granit, wenn er versuchte, sie zu überreden, am Mikrofon zu singen. Dabei, das dachte auch Matea insgeheim oft, hatte sie eine wun-derschöne rauchige Stimme, die sogar durchklang, wenn sie bloß am Herd vor sich hin summte. Oder wenn sie *absichtlich* laut und schief sang. Aber dazu konnte Matea nichts sagen, denn dann hätte sie sich selbst widersprochen. *Wer nicht singen will, muss auch nicht,* darauf beharrte sie schließlich immer so eisern. Also lauschte sie lieber weiter heimlich von der Küchentür aus, wenn Yemayá sich ungehört glaubte.

Für den Augenblick allerdings war Arnau mit sei-ner Duettpartnerin ohnehin völlig zufrieden, und Matea bemerkte, dass auch Enric aufgehört hatte zu arbeiten und nahezu entrückt lauschte, wie sein Mann hingebungsvoll von großer Liebe sang. Matea ließ ihn, kletterte auf der Standleiter zur Lichtanlage hinauf und kümmerte sich selbst um die verbliebenen Schrauben. Es war ein gutes Gefühl, hier mit allen gemeinsam zu arbeiten und sich auf das Fest zu freuen, auch wenn es bis dahin noch fast eine ganze Woche dauerte. Vor allem aber erleichterte es sie, dass Enric die Lücke, die um diese Zeit im Jahr so besonders deutlich in den Reihen ihrer Familie klaffte, nicht noch einmal erwähnt hatte. Sie war heute wirklich oft genug an Riza und alles, was mit ihrem Abschied aus El Pont zusammenhing, erinnert worden.

In diesem Augenblick öffnete sich die Tür zum Gastraum. Überrascht wandte Matea sich um. Sie hatten vorsorglich hinter sich abgeschlossen und auch den Durchgang vom Innenhof zur Straße abgesperrt, damit keine verirrten Gäste sie bei den Vorbereitungen störten. Aber natürlich hatte Jonás, der vorn an der Rezeption saß, einen Schlüssel, falls etwas Wichtiges anfallen sollte. Nun streckte er seinen wie immer sorgfältig und akkurat zerzausten Blondschopf durch den Türspalt.

»Matea?«, rief er durch den Raum und über die Musik hinweg zu ihr herüber, als er sie entdeckt hatte.

Die Musik verstummte. Anita und Arnau hörten auf zu singen.

»Jonás«, rief Matea von der Leiter aus zurück. »Was gibt's?«

Jonás verzog ratlos den Mund. »Gracia ist hier, sie sagt, sie muss dir was zeigen.«

»Gracia?«, fragte Matea verwundert zurück. Gracia war, wie Jonás, eine der Schülerinnen und Schüler, die sie nachmittags, am Wochenende und in den Ferien bei kleineren Aufgaben in der Pension und im Restaurant unterstützten. Heute war sie für die Zimmerreinigung im ersten Stock eingeteilt.

Jonás zuckte die Schultern. »Es ist wohl dringend.«

»Ich komme.« Rasch reichte Matea den Akkuschrauber zu Enric hinunter und kletterte die Leiter wieder abwärts. »Machst du hier weiter?«

Enric nickte. »Na sicher, geh ruhig.«

»Du bist ein Schatz.«

Als Matea kurz darauf den Eingangsbereich betrat, stand Gracia tatsächlich am Rezeptionstresen und plauderte lachend mit Jonás, der sich bereits wieder an seinen Arbeitsplatz gesetzt hatte. Die schlanke Siebzehnjährige trug noch ihren Putzkittel und schien gar nicht besonders besorgt zu sein.

Matea runzelte die Stirn. »Was ist los, Gracia?«

Gracia wandte sich zu ihr um. Das Lachen verschwand von ihrem Gesicht und machte nun doch einer etwas verunsicherten Besorgnis Platz. »Oh Matea, da bist du ja.« Sie warf einen raschen Blick über die Schulter zur Treppe. »Also ... ich hab gerade oben sauber gemacht, und dabei hab ich in der 103 einen komischen Fleck an der Wand entdeckt. Ich dachte, das solltest du dir vielleicht mal ansehen.«

»Einen Fleck?«, fragte Matea – doch noch ehe sie ganz zu Ende gesprochen hatte, fielen die Puzzleteile in ihrem Kopf schon an ihren Platz. Die 103 lag an der zur Straße gewandten Seite der Pension.

Der Regen.

Der Riss im Putz.

Wasserflecken.

Matea fluchte leise. Das hatte ihr gerade noch gefehlt. »Gut, dass du Bescheid sagst. Ich ...«

»Senyora Mati!«, erklang in diesem Moment eine tiefe Stimme von der Tür her. *»Bones tardes!«*

»Senyor Xabi?« Matea drehte sich um. Die Überraschungen nahmen an diesem Tag offenbar kein Ende.

Xabi Montserrat war Briefträger in El Pont und brachte der Pension regelmäßig die Post. Allerdings tat er das üblicherweise am Vormittag und ließ sie dann einfach vorn an der Rezeption. Um diese Zeit am Nachmittag war er hingegen zumeist auf seiner Runde mit dem Elektroauto, um die Postkästen von El Pont zu leeren und die Briefe ins Verteilzentrum in Roses zu bringen. Aber hier stand er nun und hielt nur einen einzelnen Brief in einem auffallend bunten Kuvert in der Hand.

»*Hola*, Senyora Mati. Entschuldige, dass ich so hereinplatze. Hast du eine Minute Zeit für mich?« Xabi räusperte sich vernehmlich und rieb sich über die stoppeligen graumelierten Haare an seinem Hinterkopf.

Matea rang sich ein Lächeln ab. Der ältere Herr mit dem buschigen Schnauzbart war ein etwas kauziger, aber auf seine spezielle Art sehr herzlicher Zeitgenosse, der die Post in wunderbarem Bariton singend austrug. Man konnte stundenlang mit ihm tratschen, weil er einfach alles über jeden Menschen in El Pont wusste, und Matea mochte ihn wirklich gern. Gerade jetzt allerdings hatte sie wirklich keine Geduld für lange Gespräche. Sie rieb sich etwas angestrengt mit Daumen und Zeigefinger über die Nasenwurzel und sah zu Gracia, die etwas unschlüssig von einem Bein aufs andere trat und offenbar nicht wusste, ob sie nun auf Matea warten oder doch erst einmal wieder an die Arbeit gehen sollte, um halbwegs pünktlich fertig zu werden.

»Ehrlich gesagt, ist es gerade etwas schlecht, Senyor Xabi«, sagte Matea und warf einen Blick in den Gastraum. »Moment ... Arnau? Kannst du kurz herkommen?«

Es dauerte nur wenige Sekunden, bis die schlanke Gestalt ihres Schwagers im Türrahmen auftauchte. »Da bin ich, Mati. Was gibt's?«

»Ich glaube, Senyor Xabi hat ein persönliches

Anliegen. Kannst du kurz mit ihm sprechen, während ich mit Gracia nach oben gehe? Offenbar hat die Wand in der 103 eine undichte Stelle.«

Arnaus dunkle Augen weiteten sich kurz, dann nickte er. »Sicher. Geh du nur. Wir kümmern uns hier.«

Matea lächelte, auch wenn es sich flüchtig und etwas gestresst anfühlte. »Was würde ich nur ohne euch tun.«

Dann folgte sie Gracia die Treppe hinauf.

Als Matea eine knappe Viertelstunde später in den Empfangsbereich zurückkehrte, war sie mehr als ernüchtert. Nicht nur war das, was Gracia an der apricotfarbenen Tapete der 103 entdeckt hatte, tatsächlich ein Wasserfleck, nicht nur hing dieser sehr eindeutig mit dem Riss in der Fassade zusammen, und nicht nur war er noch größer, als sie befürchtet hatte. Nein, es waren darüber hinaus auch noch zwei weitere Räume betroffen, wo es demnach weitere Risse in der Fassade geben musste – Räume, die jetzt leerstanden, aber schon ab dem kommenden Samstag die ganze Saison über von Gästen belegt sein würden. Sie musste etwas tun, und zwar in dieser Woche noch! Denn natürlich konnte sie hoffen, dass es von jetzt an trocken blieb, dass die Flecken sich nicht vergrößern oder gar schimmeln würden. Aber in Wahrheit wusste sie es besser.

Der nächste Neumond würde kommen.

Und mit ihm der Regen.

An der Rezeption war von Arnau und Xabi Montserrat nichts mehr zu sehen. Aber das gelbe Postauto stand noch vor der Tür, und Matea glaubte, dort draußen ihre Stimmen zu hören. Und nicht nur die von Arnau und dem Briefträger, sondern auch die ihres Bruders.

»Enric?«, rief sie.

Die Stimmen verstummten.

»Arnau?«

»Hier draußen!«, rief Enric zurück.

Matea trat vor die Tür. Arnau und Enric standen vor dem Postauto, während der Briefträger bereits wieder eingestiegen war. Offenbar waren sie – wie mit Senyor Xabi üblich – in ein etwas längeres Gespräch verwickelt gewesen, das sich jetzt aber dem Ende näherte.

»Alles in Ordnung mit der Wand?«, fragte Arnau, kaum dass Matea die Schwelle überquert hatte, aber an seinem Blick erkannte sie, dass er nicht wirklich mit einer positiven Antwort rechnete. Auch Enric sah ihr mit besorgter Miene entgegen.

Matea schüttelte resigniert den Kopf. »Nichts ist in Ordnung«, seufzte sie. »Ich fürchte, wir müssen die komplette Fassade restaurieren lassen. Und das am besten noch diese Woche.« Sie stieß einen gequälten Laut aus. »Könnt ihr mir mal sagen, woher ich das Geld nehmen soll? Oder auch nur eine Malerfirma, die so kurzfristig Zeit hat?« Sie sah ratlos von einem zum anderen. »Habt ihr eine Idee? Fällt euch vielleicht jemand ein? Irgendwer? Irgendwas?«

Enric, Arnau und der Briefträger tauschten Blicke. Aber Matea sah ihnen sofort an, dass sie genauso ratlos waren wie sie, auch ohne dass sie es aussprachen.

Sie seufzte erneut, lang und schwer. »Dann werde ich meinen Montag wohl am Telefon verbringen müssen.« Sie wandte sich an Xabi Montserrat. »Aber sag, Senyor Xabi – was führt dich denn eigentlich hierher? Hast du wenigstens gute Nachrichten für mich?«

Der Briefträger räusperte sich verlegen. »Oh, mmh, also na ja, genau genommen ...«

»Also zumindest sind es keine schlechten«, sprang Enric ein. »Er hat dein kaputtes Rad an der Bushaltestelle an der Carrer gesehen. Und er wollte anbieten, es hierherzubringen, aber dafür bräuchte er den Schlüssel.«

»Ah. Ja, genau.« Xabi rieb sich über den Schnäuzer. »Tut mir leid, Senyora Mati. Gegen die Wasserflecken an der Wand kann ich zwar nichts tun, aber das mit dem Fahrrad ist doch wenigstens etwas, nicht wahr?«

Trotz all dem Frust und der Ratlosigkeit musste

Matea lächeln. Die Art, wie der alte Briefträger sie zu trösten versuchte, war zwar etwas speziell, aber auch irgendwie rührend.

»Ach, das ist aber lieb von dir.« Sie kramte in ihrer Rocktasche nach ihrem Schlüsselbund. »Hier.« Sie löste den Fahrradschlüssel von den anderen. »Und tausend Dank! Gerade jetzt hilft es wirklich, wenn ich nicht jedes kleine Problem selbst lösen muss.«

»Bring das Fahrrad doch raus auf den Hof zu uns. Du kannst es einfach an die Scheunenwand stellen. Arnau oder ich reparieren es dann morgen«, schlug Enric vor. »Und keine Sorge.« Er drehte sich mit einem etwas schiefen Grinsen zu Matea um. »Ich weiß, dass du das auch selbst kannst.«

Matea konnte nicht anders, sie musste lachen. So katastrophal die jüngste Entdeckung auch war, sie war immerhin nicht ganz allein damit, und von dem Gedanken wurde ihr zumindest etwas leichter ums Herz. »Es ist ja nicht so, als hätte ich auch ohne Fahrradreparatur nicht genug zu tun. Selbst ohne Löcher in meiner Wand wäre das so. Also kommt euren Große-Brüder-Aufgaben ruhig nach.« Sie knuffte Enric in die Seite.

Er revanchierte sich, indem er ihr liebevoll in die Wange kniff. »Bis du es nicht mehr aushältst, Schwesterherz.«

Xabi Montserrat lachte bellend und lehnte sich noch einmal aus dem Autofenster. »Ihr seid schon eine charmante Familie. *Adéu* dann. Und ich höre mich auch noch mal nach Malerfirmen um! Das wird schon, Senyora Mati! Wir hier in El Pont halten doch zusammen!« Er hupte zweimal, winkte ihnen zu, und kurz darauf rollte das Postauto durch die engen Straßen von El Pont davon.

Sieben

Ben

Eines musste man El Pont Assolellat definitiv lassen, dachte Ben, während er mit dem zweiten Eis des Nachmittags in der Hand durch die Gassen schlenderte und die Abendsonne beobachtete, die langsam hinter den Häusern herabsank: Es war wirklich wunderschön.

Wann und wem auch immer er daheim in Deutschland von der bevorstehenden Reise erzählt hatte, er hatte jedes Mal die gleiche Reaktion erhalten – leuchtende Augen und einen Ausruf wie: »*Oh! Costa Brava, ihr fahrt ans Meer, wie schön!*«

Wenn er dann aber erklärte, dass El Pont gar nicht direkt am Meer, sondern im Landesinneren der Küstenregion lag, war das Strahlen der Leute direkt ein bisschen blasser geworden, als wäre die unmittelbare Nähe zum Meer das Einzige, was einen Urlaubsort im Norden Spaniens perfekt machen konnte. Ja, als hätte er ihre Vorstellung eines perfekten Urlaubs zerstört oder zumindest kräftig beschmutzt. Diese Art von grobem Gedankenunfug hatte Ben schon vorher genervt. Jetzt aber stellte sich auch noch heraus, dass sie alle mit ihrer Enttäuschung völlig unrecht gehabt hatten.

El Pont *war* der perfekte Urlaubsort. Was nicht hieß, dass Ben hier einen perfekten, erholsamen Urlaub verleben würde, das war in der Tat sogar sehr unwahrscheinlich. Aber das malerische Städtchen, so wie es war, war ein echter Schatz inmitten seines ganz eigenen Meeres aus Sonnenblumen. Sein Name bedeutete *Die sonnige Brücke,* und dem machte es alle Ehre mit seinen verwinkelten Gässchen voll sonnendurchwirkter Schatten, den Häusern aus naturbelassenem Sandstein, den Blumenkästen mit Geranien und Petunien und den bunt lackierten Fensterläden. Es gab hier vielleicht keinen Strand oder rauschende Wellen – stattdessen aber einen kleinen Fluss, der mitten durch den Ortskern floss, sich sprudelnd über malerische Felsen stürzte und dazu einlud, durchs glitzernde Wasser zu waten – was Flor mit Hingabe über Stunden hinweg getan hatte, nachdem sie erst einmal einen Postkasten gefunden hatte und die Last losgeworden war, die sie in Form der Briefe an Riza mit sich herumtrug. Natürlich hatten sie auch die namengebende Brücke besucht, die ganz in der Nähe der Rambla Sant Pau als sanft geschwungener Bogen aus Bruchstein den Fluss überspannte und wirklich ein wunderschöner, sonniger Flecken

Erde war. Flor hatte einen Glückscent über die niedrige Brüstung ins Wasser geworfen und sich mit fest zusammengekniffenen Augen etwas gewünscht, das Ben leicht erraten konnte. Aber obwohl Flor in solchen Momenten sonst oft traurig und still wurde, war sie heute fröhlich, leichtfüßig und voller Lachen. Ben hätte ihr stundenlang einfach zusehen mögen, und allmählich begann er tatsächlich endgültig seinen Frieden mit dieser Reise zu schließen.

Nun wich das Nachmittagslicht allmählich der Abenddämmerung. Doch anstatt zunehmend in Stille zu verfallen, wie es in einer deutschen Kleinstadt dieser Größe passiert wäre, schienen die Straßen von El Pont erst jetzt richtig lebendig zu werden. Menschen kamen aus ihren Häusern, wanderten durch die Gassen, saßen an kleinen Tischen vor winzigen Bars oder am Flussufer, aßen und tranken, plauderten und lachten und bummelten durch die vielen kleinen Geschäfte. Der zuvor so beschauliche Ort summte plötzlich von Stimmen und Leben, als wäre er aus einem langen und tiefen Mittagsschlaf aufgewacht.

Ben dachte, dass es vermutlich an der Zeit war, in die Pension zurückzukehren. Er hatte seine Armbanduhr und auch sein Handy auf dem Zimmer zurückgelassen, deshalb hatte er nur eine vage Vorstellung davon, wie spät es war. Aber es musste mindestens acht Uhr oder vielleicht auch halb neun oder noch später sein. Für Flor wurde es allemal Zeit, und auch ihn holte die Müdigkeit der Reise allmählich mit Macht ein, obwohl sie nach dem Mittagessen beide noch eine gute Stunde im Zimmer geschlafen hatten. So schön es hier draußen auch war, besonders alt würde er an diesem Abend bestimmt nicht mehr werden. Mal ganz davon abgesehen, dass er seiner Tochter ja auch noch versprochen hatte, nach passenden Vokabeln für dieses spezielle Gespräch mit Matea zu suchen ...

»Flor!«, rief er.

Flor, die gerade einigen älteren Menschen beim Boulespielen auf einem Schotterplatz bei der Rambla zusah, drehte sich etwas widerwillig zu ihm um. »Jaaa, was ist denn?«

Ben winkte sie zu sich. »Komm, wir müssen zurück. Es ist spät, und ich muss doch noch lernen.«

Im ersten Moment hatte Flor ausgesehen, als ob sie schmollend widersprechen wollte. Aber als das Wort »lernen« fiel, verschwand der Widerstand augenblicklich aus ihrem Gesicht. »Ich komme schon!«

Und das tat sie, mit wippenden Schritten und schwingendem Pferdeschwanz. Ein wenig fragte sich Ben allmählich, wann wohl der Punkt erreicht wäre, an dem ihre Energie endgültig aufgebraucht sein und sie einfach auf der Stelle umfallen und einschlafen würde. Hoffentlich dauerte es bis dahin nicht mehr allzu lange. Er brauchte selbst sehr dringend etwas Ruhe – und Zeit, um seine eigenen Gedanken wieder hören zu können.

In der Pension standen die Türen zum Gastraum des Restaurants weit offen. Wie auch die Straßen im Ortskern war der Raum voller lachender, plaudernder Menschen. Spanische Gitarrenmusik schwebte in gedämpfter Lautstärke im Hintergrund, und es duftete köstlich nach gerösteten Sonnenblumenkernen, Gemüse und Reis.

»Oh!« Flor machte große Augen. »Guck mal, Ben, wie schön das aussieht!«

Tatsächlich erinnerten die vielen kleinen Lichter an der Decke und in den Bäumen des Innenhofs an unzählige Glühwürmchen in einem dämmrigen Wald. Ben hätte sich keine passendere Beleuchtung für einen warmen Sommerabend vorstellen können.

»Können wir noch reingehen?« Flor sah ihn bittend an. »Ich habe Hunger!«

»Hunger?« Ben hob skeptisch eine Braue. »Du hast eben eine riesige Pizza verdrückt, und das ist noch keine Stunde her. Und ein Eis zum Nachtisch!«

»Aber ich habe jetzt trotzdem Hunger!«, beharrte Flor. »Ich wachse noch!«

Ben lachte. Dann aber schüttelte er den Kopf. »Ein andermal, Flor.« Er strich ihr flüchtig über das Haar, um sich zu entschuldigen. »Das Restaurant ist morgen auch noch da.«

Flor schob die Unterlippe vor. »Aber ...«

Ben war drauf und dran, ihr ein weiteres Mal zu erklären, wie müde er war, und notfalls auch noch einmal den Vokabel-Joker zu ziehen, obwohl er sich ein bisschen schlecht dabei fühlte, sie damit zu erpressen. Da hörte er plötzlich jemanden seinen Namen rufen.

»*Hola*, Ben! Flor!«

Überrascht sah Ben sich um. Aus dem Augenwinkel nahm er wahr, dass jemand ihm zuwinkte, und kurz darauf entdeckte er draußen, an einem der Tische unter den großen Platanen, eine Gruppe von Personen – von denen eine offenbar Matea war.

»Ben, da ist Matea!«, rief in diesem Moment auch Flor. Und noch bevor Ben sie aufhalten oder auch nur irgendetwas sagen konnte, war sie schon durch den Gastraum zu Mateas Tisch geflitzt.

Ben seufzte und folgte ihr etwas langsamer. Im Näherkommen erkannte er erstaunt, dass auch zwei Kinder bei Mateas Gruppe waren, die nicht viel älter sein konnten als Flor. Überhaupt waren um diese Uhrzeit noch bemerkenswert viele jüngere Kinder unterwegs. Aber wenn man den ganzen Nachmittag verschlief, wie er es von Riza gelernt hatte, war das womöglich eine logische Konsequenz, dachte Ben. Seine Argumentation gegenüber Flor, was eine baldige Schlafenszeit anging, machte es allerdings ein wenig kompliziert.

»*Bona nit!*«, begrüßte ihn Matea fröhlich, als er herangekommen war. »Wie nett, euch zu sehen! Hattet ihr einen schönen Tag?«

»Superschön!«, rief Flor begeistert. In der kurzen Zeit, die Ben gebraucht hatte, um zum Tisch zu gelangen, hatte sie sich offenbar bereits voll in die Runde integriert. Sie saß rechts neben Matea auf dem Schoß einer jungen Frau mit dickrandiger Brille und bunten Haarbändern, fädelte Perlen auf Schnüre und plapperte eifrig mit den beiden anderen Kindern.

Ben lächelte schief. »Ja, das stimmt, er war schön. Und lang.«

Matea lachte. »Das glaube ich. Möchtet ihr euch noch zu uns setzen und ein Glas mit uns trinken?« Sie wies der Reihe nach auf die Menschen, die mit ihr am Tisch saßen. »Das ist mein Bruder Enric und sein Mann Arnau, und die beiden Goldstücke dort sind ihre Kinder Gemma und Levo. Die Frau, die gerade dein Kind assimiliert, ist meine beste Freundin Anita und natürlich auch ein Goldstück.« Sie wandte sich an die Tischrunde. »Liebe Familie, das sind Flor und Ben, die mich heute von der Straße gerettet haben.«

Freundliches Gemurmel wurde laut, und auch Ben hob grüßend eine Hand, obwohl er sich etwas linkisch dabei fühlte. »War doch klar«, sagte er.

»Trotzdem danke – oder auch jetzt erst recht. Na los.« Matea deutete auf den freien Nebentisch.

»Nimm dir einen Stuhl und setz dich. Du wirst jetzt sowieso noch warten müssen, bis Flor ihre Kette fertig gebastelt hat. Vorher lässt Anita sie garantiert nicht gehen.«

Ben schob die Hände in die Taschen und räusperte sich verlegen. »Das ist wirklich nett. Und an jedem anderen Abend wirklich sehr gern. Aber ich fürchte, für heute ist das zu viel. Flor muss dringend ins Bett, und ich auch.«

»Och nein!«, rief Flor prompt. Die Bastelei und die anderen Kinder hatten sie vollkommen in Anspruch genommen, aber auf manche Signalwörter reagierte sie einfach immer. »Bett« war eines davon.

»Können wir noch ein bisschen bleiben, Ben, bitte!« Sie hatte allerdings noch nicht ganz zu Ende gesprochen, als sie sich selbst mit einem riesigen Gähnen unterbrach, das sie bei aller Mühe nicht unterdrücken konnte.

Ben lächelte liebevoll und hob entschuldigend die Schultern. »Wir werden uns ja in den nächsten Tagen sicher noch öfter sehen. Hoffe ich. Also, ganz bestimmt. Oder?«

Ein verständnisvoller Ausdruck erschien auf Mateas Gesicht. Auch sie konnte nicht übersehen haben, wie angestrengt Flor blinzelte und dass sie allein in der kurzen Zeit am Tisch schon mindestens dreimal fast vornübergekippt wäre vor Müdigkeit.

»Na klar, das verstehe ich. Ich wünschte oft, ich

selbst wäre so vernünftig.« Sie warf einen raschen Blick hinüber zu ihrem Bruder. »Aber wie wär's – habt ihr nicht Lust, morgen früh mit uns allen bei Enric und Arnau auf dem Hof zu frühstücken? Arnau macht sowieso immer viel zu viel, das kann niemand alles essen.«

»Ja!«, rief Flor sofort. »Wir haben große Lust!«

»Na, ich weiß nicht.« Ben räusperte sich. »Wenn wir da nicht im Weg sind? Wir wollen uns nicht aufdrängen.«

»Ach, Unsinn!«, mischte sich jetzt der Mann ein, den Matea als ihren Bruder vorgestellt hatte. Sein Grinsen war breit und sehr einnehmend. »Ihr habt es euch verdient und seid sehr willkommen.«

»Wir bestehen darauf«, sagte jetzt auch Arnau, verschränkte die kräftigen Arme auf dem Tisch und beugte sich ein Stück vor. »Und ich sage euch, ihr verpasst was, wenn ihr absagt. Anita kommt in Wahrheit jedes Jahr nur für mein Frühstück her.«

»Ist wirklich wahr.« Anita grinste und schenkte sich Wein nach. »Und natürlich für den Wein und das Festessen.«

Ben hob die Brauen. »Festessen?«

»Nächsten Freitag. Wir feiern den Beginn der Hauptsaison und gleichzeitig den siebten Jahrestag der Wiedereröffnung des *Gira-sol*«, erklärte Matea. »Unsere Küchenchefin stellt ihre neuen Gerichte vor, es gibt Live-Musik und wirklich sehr guten Wein. Ich mache die Aushänge mit den Details morgen oder spätestens übermorgen. Ihr seid doch hoffentlich dabei?«

»Das klingt toll!« Ein Strahlen ging über Flors Gesicht – ganz kurz allerdings nur, ehe sie nachdenklich wurde. »Kinder dürfen aber keinen Wein«, fügte sie zweifelnd hinzu.

Levo neben ihr verdrehte die Augen. »Es gibt natürlich auch Wasser und Limo, ist doch klar. Es kommen ganz viele Kinder.«

»Und das Kinderprogramm mache ich.« Anita grinste breit. »Die Kleinen werden so viel Spaß haben wie noch nie in ihrem Leben.«

»Das klingt wirklich sehr gut.« Ben lächelte. »Wir schauen ganz bestimmt vorbei. Aber für heute ist bei uns wirklich Schluss. Na los, Flor.«

»Ach menno«, schmollte Flor. »Das ist unfair, ich bin noch nicht fertig!«

»Wir machen morgen weiter.« Anita schob sie sanft, aber bestimmt von ihrem Schoß. »Ich passe bis dahin gut darauf auf, versprochen.«

»Na gut«, murmelte Flor und ließ sich nun doch bereitwillig von Ben auf den Arm nehmen. Schon Sekunden später spürte er, wie ihr Kopf auf seiner Schulter schwer wurde. Immerhin das Einschlafen würde heute nicht lange dauern.

»Na dann, schlaft gut.« Matea lächelte ihm noch einmal zu. »Sehen wir uns morgen um Viertel vor neun am Empfang?«

Ben erwiderte ihr Lächeln. »Ja«, sagte er und stellte fest, dass er sich wirklich darauf freute. »Sehr gern.« Er rückte Flor noch einmal auf seinem Arm zurecht und sah in die Runde. »Also dann. Gute Nacht zusammen. Und bis morgen.«

Acht

Matea

Wie jedes Jahr begann der Morgen nach Anitas Ankunft für Matea viel zu früh, nachdem der Abend viel zu spät geendet hatte. Irgendwann nach Küchenschluss war auch Yemayá noch zu ihnen gestoßen, und zu dritt hatten sie noch bis weit in die Nacht hinein beisammengesessen und definitiv zu viel Wein getrunken, selbst als Enric und Arnau mit ihrer Familie längst nach Hause auf den Hof gefahren waren. Immerhin hatte sie danach rasch einschlafen können, ohne noch allzu lange über das Problem mit den Rissen in der Fassade nachzugrübeln. Aber die Nacht war und blieb viel zu kurz, und zu den Sorgen und natürlich der Arbeit, die trotz Sonntagsruhe am Nachmittag auf sie warten würde, gesellte sich nun auch noch bleierne Müdigkeit.

Trotzdem war Matea pünktlicher in der Pension, als sie es selbst nur wenige Stunden zuvor für möglich gehalten hätte. Die Uhr über dem Empfangstresen zeigte zwölf Minuten vor neun, auch wenn Matea sich fühlte, als wäre es vier Uhr nachts. Wie zu erwarten, war von Anita weit und breit noch nichts zu sehen. Aber auch von Flor und Ben fehlte jede Spur. Nur Jonás saß bereits wieder hinter dem Tresen, seine großen Kopfhörer auf den Ohren, und las in einem Buch über Kite-Surfen, während er die Stellung hielt, um im Lauf des Vormittags abreisende Gäste zu verabschieden. Hinten in der Küche klapperten Nada und Pol mit Geschirr und hielten das Frühstücksbüffet in Schwung. Ein bisschen war es, als ob die Pension selbst noch ein wenig verkatert und müde wäre und sich am liebsten noch einmal umgedreht hätte, um ein oder zwei Stunden weiterzuschlafen.

Zumindest, bis aus dem oberen Stockwerk eine helle Stimme ertönte. »Matea?«

Gleich darauf trappelten hastige Kinderschritte die Stufen hinunter – und nur wenige Sekunden später tauchte Flor am Fuß der Treppe auf. Ihre Haare waren noch schlafzerzaust, und sie trug ihre Sandalen in der Hand statt an den Füßen. Aber ihr Gesicht leuchtete wie der Sommertag selbst.

»Matea! Puh, wir dachten schon, du wärst ohne uns gefahren! Wir haben ein bisschen verschlafen, weißt du? Sogar ich, dabei bin ich sonst immer *Stunden* vor Ben wach!«

Matea musste lachen. »*Hola, Flor. Bon dia.*« Sie schüttelte den Kopf. »Und keine Sorge. Ich bin selbst gerade erst gekommen, und ich würde nie ohne euch fahren! Versprochen ist versprochen!«

»Und wird auch nicht gebrochen!«, ergänzte Flor strahlend. »Das sagen Ben und ich auch immer!«

Ein Räuspern erklang, und erst jetzt bemerkte Matea, dass auch Ben inzwischen die Treppe heruntergekommen war. Er stand im Durchgang zum Eingangsbereich, mit diesem immer etwas verlegenen Lächeln auf den Lippen. Allerdings, dachte Matea und hätte fast gelacht, waren seine Augenringe deutlich weniger tief als am Tag zuvor – und vermutlich sehr viel weniger tief als ihre eigenen.

»*Bon dia*«, sagte sie auch zu ihm, und wie schon bei ihrer allerersten Begegnung fiel ihr auf, wie ungemein sympathisch er wirkte in seinen lockeren kurzen Cargohosen, den bunten Flip-Flops mit Reisstrohsohle und dem schlichten erdgrünen Shirt, das seine sommerlich gebräunten Arme freiließ. Er versteckte nicht, dass er Tourist war, aber er war es auf eine angenehm unaufdringliche Art. Da war Matea ganz anderes gewöhnt. Gerade Sommertouristen neigten dazu, sich aufzuplustern, mit ihrem Geld anzugeben oder eine Body-Show zu veranstalten, ob ihre Mitmenschen das nun sehen wollten oder nicht. Ben hingegen – obwohl er vermutlich durchaus kein Anblick gewesen wäre, vor dem Matea sofort die Augen hätte verschließen wollen – schien keinen großen Wert darauf zu legen, dass andere in seine

Richtung sahen. Wenn er über so etwas überhaupt nachdachte, traf vermutlich eher das Gegenteil zu.

»*Bon dia*«, antwortete er. »Schön, dich zu sehen.«

In diesem Moment erklangen erneut Schritte auf der Treppe, dumpf klappernd auf Kork-Absätzen, die Matea sofort erkannte.

»*Ostres*, ich bin zu spät!« Anitas Stimme war an diesem Morgen durch die Müdigkeit noch rauer als sonst. »Dabei hab ich mir so fest vorgenommen, nicht die Letzte zu sein! Na, hallo Sonnenschein!« Sie blieb neben Ben stehen und reckte sich, um ihm zur Begrüßung Küsse auf die Wangen zu drücken – was lustig aussah, da sie so viel kleiner war als er. »Bei Tag siehst du ja noch besser aus als in der Nacht. Dabei ist es doch sonst immer umgekehrt.« Sie lachte ihr heiseres Lachen. »He, du brauchst gar nicht so rot zu werden, ich habe deine Tochter gemeint.«

Tatsächlich hatten sich Bens Ohren während Anitas Überfall an den Rändern ein wenig rötlich verfärbt. Und Matea, die es doch gewohnt war, dass Anita am laufenden Band anzügliche Bemerkungen vom Stapel ließ, spürte überrascht einen ungewohnten kleinen Stich in ihrer Brust.

Eifersüchtig? So ein Quatsch, worauf denn?

Rasch trat sie ebenfalls zu ihrer Freundin, um sie zu begrüßen. »Ah, das Taxi ist da.«

»Ganz genau so ist es.« Anita klimperte mit den Autoschlüsseln, die sie aus irgendeiner unsichtbaren

Tasche ihres bunt gestreiften Hosenrocks hervorgezaubert hatte. »Oder gibt es irgendwelche Einwände gegen diesen Fahrdienst?«

Matea musste lachen. »Da du mich niemals dein Auto fahren lassen würdest – von meiner Seite wohl nicht.«

Auch Ben schmunzelte, als er die Schultern zuckte. »Ich bin ehrlich gesagt froh, wenn ich mich so bald nicht wieder hinter ein Lenkrad setzen muss.« Er dachte kurz nach. »Aber Flor braucht noch einen Kindersitz. Hast du einen? Sonst hole ich schnell unseren.«

Aber Anita winkte mit großer Geste ab. »Einen? Machst du Witze? Ich habe Hunderte! Und zwei davon tatsächlich in meinem Auto. Auf Kindertransporte bin ich immer vorbereitet.«

Jetzt lachte auch Ben. »Einer würde uns ja schon reichen.«

Anita grinste breit. »Aber so kann sich Flor den schöneren aussuchen und den schäbigen für dich übriglassen.« Sie wandte sich zur Tür. »Also, auf geht's, *guaperos!* Auf zum Frühstück!«

Kurz darauf saßen sie zu viert in Anitas kleinem blauen Renault und fuhren dieselbe Strecke, die Matea am Tag zuvor mit Ben und Flor zurückgelegt hatte. Nur, dass sie diesmal in die andere Richtung unterwegs waren. Matea hatte Ben den Platz auf dem

Beifahrersitz überlassen, damit er seine langen Beine nicht ganz so sehr zusammenfalten musste, und hockte neben Flor auf der Rückbank. Anita hatte sämtliche Fenster heruntergelassen, und der Fahrtwind wirbelte ihnen die Haare durcheinander.

Matea hielt mit einem Seufzer das Gesicht in den Wind, bis ihre müden Augen tränten. »Ich frage mich jedes Jahr, warum ich mir das mit dem Festessen schon wieder antue. Ich meine, die ganze Woche vorher ist vom Energiemanagement her jedes Mal die Hölle, auch ohne Extraprobleme. Aber irgendwie vergesse ich das bis zum nächsten Jahr immer wieder.«

Anita lachte rau. »Ach was! Wir bringen uns bloß systematisch an den Rand des Möglichen, damit die Tage vom Morgen nach dem Fest an nur noch besser werden. Ich finde, das ist eine ziemlich kluge Taktik von uns. Und dieses Jahr haben wir einfach noch eine zusätzliche Challenge.« Ein mitfühlender Ton schwang jetzt in ihrer Stimme mit, und auch der Blick, den sie Matea über den Rückspiegel zuwarf, war ernster als gewöhnlich. »Es wird schon alles irgendwie gut werden, Schatz. Irgendwo tut sich immer eine Tür auf.«

Matea seufzte erneut. »Dein Wort in Gottes Ohr. Mir graut vor morgen, wirklich.«

»Soll ich für dich telefonieren?« Anita grinste. »Ich bin so froh, für eine Weile aus diesem touristenüberfüllten Hexenkessel von Barcelona weg zu sein, meine Tiefenentspannung kann auch ein Telefonmarathon nicht so schnell stören.«

»Pass bloß auf, sonst komme ich darauf zurück.« Matea widmete ihr einen dankbaren Blick und strich sich die windzerzausten Haare aus den Augen. »Das ist wirklich sehr lieb von dir. Aber ich weiß, wie sehr du telefonieren hasst. Ich bin sicher, du kannst dich auf andere Weise nützlich machen.«

Anita zuckte die Schultern. »Na gut. Erwischt.« Sie hob mahnend den Zeigefinger. »Aber lass dir nicht einfallen, alles allein machen zu wollen. Ich bin Arbeit gewohnt, wie du weißt.« Sie warf einen Blick zu Ben. »Entschuldige, dass wir so viel über Arbeit reden. Du hast schließlich Urlaub. Was machst du denn eigentlich beruflich? Du warst hoffentlich klüger als wir und hast dich nicht selbst und ständig gemacht? Bist du einer dieser glücklichen Angestellten mit geregeltem monatlichen Einkommen und vertraglich festgelegten Urlaubstagen?«

Ben lachte trocken. »Oh, da muss ich dich enttäuschen, leider kein bisschen. Ich ...«

»Ben ist Farbenzauberer!«, warf Flor ein und klang sehr stolz dabei. »Er macht hässliche Häuser wieder schön.«

Ben räusperte sich verlegen. »Ja, ähm ... so in etwa. Ich bin Malermeister, und hauptsächlich restauriere ich Außenfassaden von industriell oder kommerziell genutzten Gebäuden. Daher: Nein, ich kann im Sommer normalerweise gar keinen Urlaub machen, weil im Winter die Auftragslage meistens so schlecht ist, dass ich sie im Sommer ausgleichen muss. Diese Reise hierher ist eine echte Ausnahme.«

»*Was!*«, stieß Matea aus, im selben Moment, als Anita mit einem scharfen Ruck auf die Bremse stieg und das Auto am Straßenrand zum Stehen brachte.

»NEIN, das ist nicht wahr!«

»Ich ... also, doch schon.« Ben drehte sich halb um und sah sichtlich verwirrt von Matea zu Anita und wieder zurück.

Flor hatte bei der Vollbremsung einen erschrockenen Kiekser ausgestoßen. »Was ist denn los?«, piepste sie jetzt hörbar eingeschüchtert.

»Ach ...« ... *nichts,* wollte Matea schon sagen. Sie kannte Ben erst seit gestern, und er hatte ihr schon einmal aus einer Notlage geholfen, sie konnte ihn doch unmöglich jetzt schon wieder um Hilfe bitten! Oder vielmehr: um einen Job, der ihn seinen gesamten Urlaub in El Pont kosten konnte, wenn er ihn annahm.

Doch da fing sie Anitas Blick auf, so vielsagend, dass er fast schon eine Drohung war. Wenn sie diese schier unglaubliche Gelegenheit verstreichen ließ, brauchte sie wohl so bald nicht mehr zu versuchen, Anita ihr Leid zu klagen.

»... es ist so, dass wir gerade gestern festgestellt

haben, dass es einen Wasserschaden an der Fassade der Pension gibt«, erklärte sie deshalb und spürte, wie ihr das Blut in die Wangen schoss. »Und ich jammere seitdem praktisch ununterbrochen darüber, dass es unmöglich sein wird, in der einen Woche bis zum Saisonbeginn noch einen Maler aufzutreiben, der sich die Sache ansieht und einschätzt, was und wie viel an der Fassade gemacht werden muss – und wann.«

»Ja, und plötzlich fällt einfach einer vom Himmel.« Anita grinste triumphierend. »Du bist ein Geschenk, Ben. Hättest du das gedacht?« Durch den Rückspiegel zwinkerte sie Matea zufrieden zu und startete erneut den Motor.

»Also, ich will natürlich nicht, dass du in deinem Urlaub für mich arbeitest ...«, erklärte Matea hastig.

»Du *darfst* allerdings«, warf Anita ein.

»... und ich würde dich selbstverständlich bezahlen!« Matea warf Anita einen scharfen Blick zu, den ihre Freundin gekonnt ignorierte. Aber so unangenehm ihr die Situation auch war, Matea konnte nichts dagegen tun, dass ihr Herz vor Hoffnung etwas schneller schlug. »Es würde mir bloß einfach sehr helfen, wenn ...«

»Ich sehe es mir mal an«, sagte Ben, noch ehe sie zu Ende gesprochen hatte, drehte sich zu ihr um und sah sie ernst an. »Kein Problem.«

Matea schnappte nach Luft. »Wirklich? Ich ... Das ist ...«

»Ich habe natürlich kein Werkzeug hier.« Ben zog nachdenklich die Brauen zusammen. »Größere Arbeiten kann ich also nicht durchführen, allein schon gar nicht. Aber etwas erste Hilfe zu leisten, damit es nicht schlimmer wird, bis du einen Fachbetrieb für die Restauration gefunden hast, ist sicher möglich. Flor kann auch helfen. Sie ist schon eine echte Expertin. Stimmt's, Flor?« Er zwinkerte seiner Tochter zu, die begeistert nickte.

»Wir kriegen das hin, Matea!«, rief sie. »Mach dir keine Sorgen!«

»Oh wow«, entfuhr es Matea überwältigt. »Ich kann das noch gar nicht begreifen. Ihr rettet mir gerade schon wieder das Leben, ehrlich. Wie kann ich euch jemals danken?«

Ein Lächeln erschien auf Bens Gesicht. Ein unfassbar ruhiges, offenes Lächeln. »Wir verrechnen es mit dem Zimmerpreis. Einverstanden?«

Matea nickte, noch immer völlig überrumpelt. »Klar. Sicher. Ich meine, auf gar keinen Fall bezahlt ihr mir von jetzt an auch nur einen Cent für das Zimmer oder das Essen. Nie wieder in eurem Leben!«

»Na dann. Abgemacht.« Er lachte und streckte ihr die Hand entgegen. Eine große, warme, trockene Hand, die Mateas mit festem und zugleich sanftem Griff drückte, als sie einschlug.

»Abgemacht.«

»Und mach dir keine Gedanken wegen des Urlaubs.

Es ist keine große Sache, und ich bin froh um alles, was den Verdienstausfall ein bisschen reduziert.«

»Okay.« Matea nickte. »Ich werde versuchen, es zu glauben.«

Ben lachte erneut, ehe er sich wieder nach vorn wandte. »Einverstanden.«

Matea ließ sich aufseufzend in ihrem Sitz zurücksinken und atmete mit geschlossenen Augen tief den Fahrtwind ein. Es war einfach unbegreiflich. Wie konnte ihr so ein Wunder passieren? Wie viel Glück im Unglück konnte ein einzelner Mensch haben? Und wie unkompliziert und hilfsbereit ein anderer sein? Ein Prickeln durchlief sie, als sie die Augen wieder öffnete und ihr Blick auf Bens Hinterkopf und die muskulöse Linie seiner Schultern fiel. Verdammt, sie mochte ihn immer mehr. Wenn sie nicht aufpasste ...

»So, und hinter der nächsten Kurve seht ihr gleich den Hof!«, verkündete Anita in diesem Moment und riss Matea damit gerade rechtzeitig aus ihren Gedanken. »Ach, schau mal, Flor: Dein Empfangskomitee steht schon bereit!«

Und tatsächlich standen Gemma und Levo auf den zwei großen Steinen, die rechts und links die Einfahrt zum Hof markierten, und sahen ihnen ungeduldig entgegen. Als Anitas Auto um die Kurve bog, begannen sie wie wild zu winken und zu rufen.

Flors Augen leuchteten auf. Sie streckte den Kopf

aus dem Fenster, so weit sie konnte, und winkte heftig zurück.

»Gemma! Levo! *Bon dia!*«, rief sie den Kindern zu, die jetzt von den Steinen sprangen und ihnen entgegengerannt kamen, sodass Anita schließlich knapp hundert Meter vor der Einfahrt anhalten musste, um sie nicht über den Haufen zu fahren. Sie lachte und hupte. »He, aus dem Weg, ihr Krabben! Das ist keine Spielstraße!«

»Darf ich zu ihnen raus, Ben?«, fragte Flor aufgeregt und hatte bereits den Anschnallgurt gelöst.

Ben drehte sich halb im Sitz zu ihr um. »Bist du sicher? Ich brauche vielleicht einen Moment, bis ich auch da bin.«

Flor nickte eifrig. »Es ist doch nicht gefährlich, oder, Matea?«

Matea schüttelte den Kopf und grinste. »Nimm dich nur vor der wilden Ziege in Acht.«

Flor machte große Augen. »Eine wilde Ziege?«, fragte sie und sah nun doch etwas eingeschüchtert aus.

Matea lachte. »Keine Sorge. Ich mache nur Spaß. Esmeralda ist harmlos und ganz lieb. Wenn sie dich mag, stupst sie dir vielleicht mit dem Kopf gegen den Po, aber sie ist ganz vorsichtig dabei, versprochen.«

In diesem Moment riss Levo von draußen die Autotür auf. »*Bon dia*, Flor!« Er strahlte sie an. »Komm mit, wir rennen voraus! Papà hat heiße *xocolata amb xurros* gemacht, und Papi hat gesagt, wenn wir nicht schnell sind, isst er alles ohne uns!«

Flor warf noch einen Blick zu Ben. Der lächelte. »Na los, dann trau dich ruhig. Und rette mir ein paar *xurros,* okay?«

Das ließ Flor sich nun nicht noch einmal sagen. In Windeseile war sie aus dem Auto gehüpft, wo sie auch von Gemma begeistert in Empfang genommen wurde. Und schon Sekunden später waren von den dreien nur noch die Rücken und die flatternden Haare zu sehen, als sie in einer gelben Staubwolke die mit Sandschotter bedeckte Zufahrtsstraße zwischen den Sonnenblumenfeldern hinaufflitzten.

Anita rollte mit dem Auto sehr viel langsamer hinterher und parkte schließlich auf dem Innenhof im Schatten einer großen Korkeiche.

Als sie ausstiegen, blieb Ben noch einen Moment neben dem Wagen stehen und blickte sich auf dem Hof um. »Wow. Es ist wirklich sehr schön hier.«

Auch Matea ließ den Blick über den Hof gleiten. Über den niedrigen, lang gestreckten Stall mit dem etwas verwitterten grünen Dach, über die große Scheune und den ehemaligen, sorgfältig restaurierten Schweinestall, in dem Arnaus Kosmetikwerkstatt lag, und natürlich über das Haupthaus aus naturbelassenem Sandstein mit seiner ebenfalls grün gestrichenen Tür und den grünen Fensterläden. Sie versuchte, den Hof dabei mit Bens Augen zu sehen, die all das noch nicht kannten, und ihr wurde noch viel mehr als sonst bewusst, wie idyllisch das Zuhause ihres Bruders und seiner Familie war. Die Tür zum Haupthaus stand offen, vermutlich weil kurz zuvor die Kinder hindurchgestürmt waren, ohne daran zu denken, sie danach wieder zu schließen. Sehr wahrscheinlich wurden sie in diesem Moment bereits durch die dünnen Vorhänge beobachtet – mindestens von einer der drei Katzen, aber sicher auch von Enric oder Arnau. Vielleicht, dachte Matea und musste unwillkürlich über sich selbst schmunzeln, war sie deshalb so nervös.

Dabei gab es dazu doch eigentlich keinen Grund. Es war überhaupt nichts dabei, Ben und Flor hierher einzuladen, dazu kannte sie ihre Familie zu gut.

»Ja«, sagte sie deshalb zu Ben und lächelte ihn an. »Das ist es wirklich. Ich bin auch sehr gern hier. Also, gehen wir rein? Sie warten sicher schon.«

»Ich hoffe, der Kaffee ist fertig!« Anita streckte sich und gähnte, während sie gemächlich über den Hof schlenderten.

Matea lachte. »Vermutlich war er das schon vor einer halben Stunde, und sie haben ihn ausgetrunken und neuen aufgesetzt. Das Übliche eben.«

»Mir egal, solange ich sofort welchen bekomme. Und einen gigantischen Obstsalat.«

Matea lachte. »Den bekommst du garantiert, Nini. Das weißt du doch.«

Denn um gute Verpflegung, so viel stand fest, brauchte sich bei der Familie Bessó i Tosell nun wirklich niemals jemand Sorgen zu machen. Matea stellte sich neben die Tür und winkte Ben und Anita mit großer Geste herein.

»Also dann: *Benvingut a casa!*«

Neun

Matea

In der Küche roch es bereits wunderbar nach Schokolade, heißem Fett, Zimt und natürlich Kaffee. Der große Esstisch war liebevoll mit dem blauweißen Geschirr gedeckt, das Matea Enric und Arnau zur Hochzeit geschenkt hatte. Wie Anita gehofft hatte, gab es Obstsalat aus Sommerfrüchten, dazu Quarkspeise, mehrere Platten Aufschnitt, einen Gemüseteller, verschiedene Brotaufstriche und Marmeladen, einen Korb voll frischgebackener Brötchen und die berüchtigte *xocolata amb xurros* – über die sich natürlich schon die Kinder hergemacht hatten. Fröhlich schwatzend und kichernd saßen sie auf der Eckbank, als würden sie sich schon ihr Leben lang kennen.

»*Bon dia, amics meus!*« Arnau drehte sich mit breitem Grinsen zu ihnen um, als sie eintraten. An seinem rechten Hausschuh klebte etwas Mehl, das war der einzige Hinweis darauf, dass er seit Stunden in der Küche stehen musste. »Ihr seid spät dran.«

Matea, Ben und Anita blieben geradezu andächtig vor dem Tisch stehen.

»Wie, Arnau?«, seufzte Matea. »Wie hast du das schon wieder gemacht?«

»Er hat letzte Nacht überhaupt nicht geschlafen«, ließ sich Enric vernehmen. Er hatte mit einer Tasse Kaffee bei den Kindern am Tisch gesessen und stand jetzt auf, um sie zu begrüßen. Er wirkte mindestens so übernächtigt, wie Matea sich fühlte, aber sein Lächeln war schon wach.

»Zwischendurch ist er kurz am Bett vorbeigekommen, um mir etwas Energie abzusaugen, damit er hier weiter seine Zaubertricks machen konnte. Anders kann ich mir weder meinen Zustand erklären noch seinen.« Er küsste erst Anita auf die Wangen, dann Matea, und wandte sich schließlich an Ben.

»*Hola*, Ben. Willkommen auf unserem Hof.« Er reichte ihm die Hand und drückte sie kräftig. »Ich hatte schon befürchtet, dass ich mir deinen Namen nicht richtig gemerkt hätte. Aber deine Tochter hat ihren Vorsprung genutzt, um mir alles über dich zu erzählen.« Er grinste. »Nur Gutes, keine Sorge.«

Ben lächelte jenes ein wenig erschöpfte, aber tapfere Lächeln, das Matea so besonders an ihm mochte. »*Encantat*. Das kann ich mir lebhaft vorstellen. Die Wortfrequenz pro Minute hat sie definitiv nicht von mir.«

»Mhm. Das sag ich auch immer.« Enric setzte sich mit einem Ächzen wieder zu seinem Kaffee. »Hast du ein gutes Verhältnis zu ihrer Mutter? Flor sagte, sie lebt ... wo? In Peru?«

Ben seufzte. Es klang ein wenig resigniert. »Flor hat dir wirklich schon *alles* erzählt. Ich bin nicht überrascht.«

»Enric«, zischte Matea vorwurfsvoll. Sie fand diese Fragen zu persönlich und irgendwie aufdringlich, gemessen daran, wie kurz sie Ben und Flor erst kannten – und vor allem hatte sie das Gefühl, dass auch Ben das Thema unangenehm war.

Aber Enric verzog nur das Gesicht und zuckte die Schultern, als verstünde er nicht, worüber sie sich eigentlich aufregte.

»So, aber jetzt setzt euch erst mal«, warf Arnau ein, ehe sie sich entscheiden konnte, ob es sich lohnte, einen echten Streit aus der Situation zu machen. »Kaffee ist fertig, die Kinder haben die *xurros* bald komplett weggeatmet, und der Quark wird auch nicht besser in der Hitze.«

Matea seufzte und ließ ihren Ärger fallen. Ben war schließlich erwachsen. Er würde es schon selbst sagen oder zeigen, wenn ihm das Gespräch zu intim wurde.

Kurz darauf saßen sie in gemütlicher Runde am Tisch, und Matea spürte dankbar, wie die Wärme und der Geschmack des Kaffees schon mit dem ersten Schluck einen Teil ihrer Müdigkeit vertrieben. Ben hatte sich wie selbstverständlich neben sie gesetzt, und Matea konnte nicht anders als festzustellen, dass es sich auch ganz selbstverständlich *gut anfühlte,* dass er das tat. Dass er so entspannt dasaß, dass es ihn offenbar nicht störte, dass sein Knie unter dem Tisch ganz leicht ihres streifte ... Er war so nah, dass sie den leichten Zitrusduft seines Duschgels riechen konnte, und sie stellte fest, dass ihr auch das gefiel.

Jetzt hör aber auf. Bist du ein verknallter Teenager, Matea?

Der Gedanke hätte sie fast zum Lachen gebracht. Rasch griff sie nach einem Brötchen und bestrich es mit Avocadocreme, damit die anderen das verräterische Kräuseln ihrer Lippen nicht sahen.

»So, also dann habt ihr ja ein paar schöne Tage vor euch«, sagte Arnau derweil an Ben gewandt, während er sich ebenfalls ein Brötchen aufschnitt.

»Ja, wie ich höre, hat Matea dir schon die besten *Touristen*-Tipps gegeben«, nuschelte Enric in seine Kaffeetasse, und Matea wusste, dass er einen extragroßen Schluck trank, um das geringschätzige Zucken seiner Mundwinkel zu verbergen. »Damit ihr auch noch unsere letzten unberührten Strände überrennen könnt. Meerjungfrauen begaffen und so.«

Matea verdrehte die Augen. Ihr lag die schlagfertige Antwort schon auf der Zunge, aber Anita war noch schneller als sie. Mit Nachdruck stellte sie die Schale Obstsalat auf Enrics Teller, die sie eigentlich für sich selbst gefüllt hatte – obwohl sie sich dafür mit ihren kurzen Armen einmal quer über den Tisch recken musste. »Trink deinen Kaffee und iss ein paar Vitamine, du Nörgler.« Sie zwinkerte Ben zu. »Er hasst Touristen«, erklärte sie in verschwörerischem Ton. »Besonders die deutschen. Aber dich mag er, keine Sorge. Er kann nur das Stänkern nicht lassen.«

Ben zuckte mit einem schiefen Grinsen die Schultern und trank ebenfalls von seinem Kaffee. »Schon gut. Ich kann's verstehen. Und Mateas Tipps waren bisher wirklich gut.« Er warf ihr ein dankbares Lächeln zu, bei dem ihr warm ums Herz wurde. »Ich hätte ehrlich gesagt auch überhaupt keine Skrupel, diese Strände zu überrennen, dafür sind wir schließlich hier. Ich bin nur gerade leider nicht so scharf darauf, noch einmal mit dem Auto durch die Berge zu fahren.«

Arnau lachte schallend. »Richtig so. Keine falsche Rücksichtnahme.« Seine Miene wurde nachdenklich. »Ich denke, ihr könntet Fahrräder gebrauchen. Enric, haben wir nicht noch alte Räder in der Scheune?«

Enric zuckte die Schultern und biss herzhaft in sein Käsebrötchen. »Ich muss nachsehen«, erklärte er, als er fertig gekaut hatte. »Aber sehr wahrscheinlich ja. Hier wird ja nichts weggeworfen, solange es nicht von selbst zu Staub zerfällt.«

»Natürlich.« Jetzt musste Matea wirklich lachen. Sie neigte sich näher zu Ben. »Er tut nur so«, flüsterte sie, absichtlich so laut, dass Enric es verstehen musste. »In Wirklichkeit weiß er es ganz genau, weil er das alles selbst sammelt und unglaublich penibel Buch darüber führt.«

»Liebe Kinder, Tante Mati möchte gern mit *xurros* beworfen werden.«

»Oh, aber es sind leider keine mehr da, Papi!«, antwortete Levo strahlend, als hätte Enric gerade einen ernst gemeinten Vorschlag gemacht – und vielleicht hatte er das auch, Matea hielt es jedenfalls nicht für ausgeschlossen. Aber tatsächlich war die Schale mit den *xurros* ebenso leer wie die Kanne mit dickflüssiger Schokolade.

»Wir sind übrigens satt!«, verkündete Gemma in diesem Moment. »Dürfen wir raus und Flor die Ponys zeigen?«

Arnau hob die hellen Brauen und verschränkte die Arme vor der Brust. »Trinkt aber vorher eure Gläser aus und nehmt den Beutel Kirschen von der Fensterbank mit.«

Dann grinste er, dass sich die sommersprossige Haut in seinen Augenwinkeln kräuselte. »So, Vaterpflicht erfüllt. Na los, ab mit euch!«

Levo stieß ein Jubelgeheul aus, stürzte sein Wasser in einem Zug hinunter und war schon aus der Tür. Gemma folgte ihm etwas langsamer, dachte an die Kirschen, wie Arnau gesagt hatte, und wartete an der Tür auf Flor, die noch einen Moment bei Ben stehen blieb. Sie umarmte ihn fest und flüsterte ihm etwas auf Deutsch zu, das Ben ebenso leise erwiderte, während er ihr liebevoll übers Haar strich und abschließend einen Kuss auf ihre Schläfe drückte. Dann rannte auch sie an Gemmas Seite wie ein kleiner Wirbelwind zur Tür hinaus, und in der Küche wurde es plötzlich seltsam still. Die Stille machte Matea erst bewusst, wie konstant das Plappern der Kinder bisher die übrigen Gespräche untermalt hatte.

Arnau atmete geräuschvoll durch und stand auf. »Etwas Ruhe, Himmel sei Dank. Wer möchte noch Kaffee?«

Er nahm die Kanne vom Herd und goss der Reihe nach die Tassen wieder voll. Zuletzt blieb er hinter Ben stehen, der offenbar so unauffällig wie möglich den Kindern durchs Küchenfenster hinterherspähte. »Keine Sorge. Die Krabben passen gut auf sie auf.«

Ben wandte sich überrascht zu ihm um und räusperte sich verlegen, ehe er nach dem Milchkännchen griff, um seine Tasse aufzufüllen. »Ah. Nein, so ist es nicht. Ich mache mir keine Sorgen, es ist nur ... Flor ist sonst sehr anhänglich und geht so gut wie gar nicht mit anderen Menschen irgendwo hin, wenn ich nicht dabei bin. Schon gar nicht, wenn sie sie nicht sehr gut kennt. So ... frei kenne ich sie gar nicht. Aber ich bin froh, dass sie hier loslassen kann. Es ist nur ungewohnt für mich.«

Ein weicher Ausdruck trat auf Arnaus Gesicht. »Verstehe.«

Enric grinste ein schiefes Grinsen. »Das Gefühl kenne ich. Einen Tag heulen sie, weil du dich drei Schritte von ihnen entfernst, und am nächsten schicken sie dich weg, weil du störst.« Er warf selbst einen Blick aus dem Fenster, als wolle er sich versichern, dass die Kinder wirklich nicht mehr in Hörweite waren. »Aber wie wär's, du könntest gleich mit mir in die Scheune kommen. Von dort aus kann man unbemerkt in den Stall schauen und sogar lauschen, wenn du möchtest. Und wenn sie uns doch erwischen, sagen wir eben, dass wir nach den Fahrrädern suchen.«

Ben lachte laut auf. »Was für ein perfekter Plan. Ich glaube, ich kann noch viel von euch lernen.«

Auch Arnau lachte, setzte sich wieder auf seinen Platz und nahm sich ein weiteres Brötchen. »Elf Jahre Erfahrung – wir stehen voll zu deiner Verfügung.«

»Und es liegt natürlich überhaupt nicht daran, dass ihr die neugierigsten Tratschtanten auf diesem Planeten seid«, warf Anita ein und knuffte Arnau liebevoll in die Seite.

Enric zuckte die Schultern und lehnte sich zufrieden in seinem Stuhl zurück. »Ja dann, ich würde sagen, es ist abgemacht. Trinken wir noch unseren Kaffee, und dann gehen wir Kinder beobachten.«

Zehn

Matea

Als Enric und Ben den Raum verlassen hatten, wurde es in der Küche sogar noch stiller. Matea, Anita und Arnau lauschten den Schritten, die sich über die Dielen im Flur entfernten, auf die Vordertür, die sich öffnete und wieder ins Schloss fiel, und schließlich auf das Knirschen der Schuhsohlen auf dem Schotter im Hof und Enrics und Bens Stimmen, die sich unterhielten und zwischendurch herzlich lachten.

Irgendwann jedoch ließ Anita ein tiefes Seufzen hören. »Dieser Ben ist so ein Süßer!«, sagte sie, und ihre Augen blitzten. »Also, ich weiß, du willst so was nie hören, Mati. Aber er mag dich. Hundert Prozent!«

Matea zuckte zusammen und spürte prompt, wie sie rot wurde. »Was? Wie kommst du denn darauf? Ich meine, wir haben kaum miteinander geredet, und er ist doch total reserviert und höflich.«

Anita seufzte noch schwerer und schüttelte den Kopf. »Also wirklich, Mati, hast du Tomaten auf den Augen? Er guckt dich total verliebt an! Und jetzt komm mir nicht mit diesem bösen Blick, gib lieber zu, dass es wahr ist und du ihn auch toll findest!«

Matea lachte. »Das hättest du wohl gern, du Kupplerin. Aber selbst wenn. Er ist Tourist, fährt nächste Woche zurück nach Deutschland, und während er hier ist, hofft er darauf, dass seine Frau herkommt. Das tu ich mir ganz bestimmt nicht an.«

»*Hòstia*, du sollst ihn doch nicht heiraten, Mati!« Anita warf verzweifelt die Arme in die Luft. »Aber eine kleine Romanze täte dir vielleicht mal gut, meinst du denn nicht? Und außerdem hat er doch nicht mal gesagt, dass diese Frau, auf die er wartet, *seine* Frau ist, sondern nur, dass sie Flors Mutter ist. Sie lebt in Peru und er in Deutschland, das klingt nicht gerade nach einer innigen Beziehung, oder? Außerdem ist er seit spätestens heute Morgen kein einfacher Tourist mehr, sondern dein Retter. Also, wenn du ihn magst und er dich mag, dann ist doch nichts dabei, wenn du dich mal für eine Woche einfach glücklich fühlst!« Anitas Augen brannten nun förmlich vor Begeisterung über die Vorstellung von Matea und Ben zusammen. »Ich meine, er sieht *wirklich* gut aus, und hast du gesehen, wie bezaubernd er mit seinem Kind umgeht? Er ist ein toller Typ, keine Widerrede, und er wäre perfekt für dich. Sag's ihr, Arnau!«

»Mhm«, machte Arnau und trank einen Schluck Kaffee.

Anita machte große Augen. »Mhm?! Das ist *alles,*

was du dazu zu sagen hast? Was stimmt denn nicht mit dir?«

Tatsächlich, dachte Matea überrascht, war es ungewöhnlich, dass Arnau sich so gar nicht in das Gespräch einbrachte. Matea schätzte seine oft neckenden, aber immer auch aufbauenden und liebevollen Kommentare sehr. *Wenn* es überhaupt eine Definition des Begriffs »guter Mann« gab, dann hätte Matea definitiv Arnaus Bild an die entsprechende Stelle im Wörterbuch geklebt. Und gerade heute hätte es sie sehr erleichtert, wenn er sie mit einem seiner Scherze aus diesem unangenehmen Gespräch befreit hätte. Sie fühlte sich in die Ecke gedrängt und befangen – vor allem, weil Anita recht hatte. Weil sie Ben wirklich mochte, weil er *wirklich* attraktiv war *und* ihr Retter, nun schon zweimal. Aber vor allem, weil das alles ihr tief drinnen unleugbar Angst machte. Weil es sie an das letzte Mal erinnerte, als sie so für einen Gast des *Gira-sol* empfunden hatte ... und an all das, was danach schiefgegangen war.

Arnau, das wusste sie, hätte ihr diese Anspannung mit wenigen Worten nehmen können. Aber sein Gesicht blieb ungewohnt ernst und nachdenklich, während er weiter seinen Kaffee schlürfte. Und er sagte gar nichts.

Selbst Anita wurde still, als sie es bemerkte. Sie musterte ihn besorgt. »Arnau, Schatz ... Ist irgendwas passiert? Können wir was für dich tun?«

Aber Arnau schüttelte nur den Kopf. Sein Blick wanderte noch einmal zur Tür und durchs Fenster in den leeren Hof. Dann stellte er seine Tasse ab.

»Nein«, sagte er, aber das Wort klang seltsam schwer. »Enric und ich haben uns letzte Nacht gestritten. Es ist alles in Ordnung, keine Sorge«, schob er schnell nach, als er Mateas und Anitas bestürzte Blicke auffing. »Aber es hat lange gedauert, und was er vorhin gesagt hat, stimmt: Ich habe überhaupt nicht geschlafen. Jetzt bin ich einfach müde, das ist alles.« Er lächelte erschöpft und wandte sich an Anita. »Und du hast recht. Ich glaube auch, dass Ben ein wirklich guter Kerl ist. Es ist nur ... es gibt da etwas, das ihr über ihn wissen solltet. Und über Flor. Du vor allem, Mati.«

Matea sah ihn verblüfft an. Dann blickte sie zu Anita, doch die sah genauso verdattert aus. »Das klingt aber gefährlich«, versuchte sie zu scherzen, aber es misslang ihr kläglich.

Arnau seufzte leise. »Ach, nein. Ist es nicht. Aber erinnerst du dich daran, dass gestern beim Bühnenaufbau Xabi Montserrat vorbeikam?« Er wartete Mateas Antwort gar nicht erst ab, weil er vermutlich wusste, dass sie das auf gar keinen Fall vergessen haben konnte. Schließlich hatte sie fast zeitgleich vom Loch in ihrer Wand erfahren. »Er hatte einen Brief dabei, den er dir geben wollte, aber Enric ... war sich nicht sicher, ob du das wirklich wissen solltest.

Deswegen hat er ihn erst mal eingesteckt, und ich hab versprochen, nichts darüber zu sagen, obwohl ich es nicht richtig fand.« Arnau seufzte tief und zerpflückte gedankenverloren eine Serviette. »Sei ihm nicht böse, Mati. Wie gesagt, wir waren die ganze Nacht deswegen wach. Aber ich hab ihn am Ende überzeugt, dass es besser ist, offen damit umzugehen. Zumindest, sobald wir mal unter uns sind. Und das sind wir ja jetzt.«

Matea war allmählich wirklich vollends verwirrt – und zwar auf die unangenehme Art. Sie verstand nicht ein Wort von dem, was Arnau ihr gerade zu sagen versuchte, aber es verursachte ihr ein Ziehen in der Magengegend, wie vor einer Prüfung oder einem schwierigen, aber notwendigen Gespräch.

»Wovon redest du? Was für ein Brief? Und warum um alles in der Welt fängt Enric meine Post ab? Oder du?«

Arnau seufzte erneut. »Warte. Ich zeige ihn dir. Dann wirst du es verstehen.« Erneut stand er auf und ging zu dem kleinen Flechtkorb im Regal, wo er und Enric die Post und wichtige Notizen sammelten. Er wühlte eine Weile und legte schließlich einen Brief mit farbenfrohem Kuvert auf den Tisch.

Mit heftig pochendem Herzen und bebenden Fingern nahm Matea den Umschlag in die Hand und drehte ihn um, um zu lesen, an wen er adressiert war.

Und da verstand sie es tatsächlich. Verstand das

Zögern, das Herumgedruckse, das von Arnau und auch das des Briefträgers am Vortag. Und warum Enric vermeiden wollte, mit ihr darüber zu reden.

An: Jeriza Josell i Vives
Irgendwo auf der Welt, vielleicht in Peru

Von: Flor Josell i Vives
in El Pont Assolellat

Matea starrte auf den Brief und konnte kaum begreifen, was sie da in der Hand hielt. Ein Brief an eine Frau, die vor fast zehn Jahren unter den schlechtestmöglichen Umständen aus El Pont fortgegangen war. Geschrieben von einem Kind, das noch vor wenigen Minuten hier mit ihnen am Tisch gesessen und fröhlich *xurros* in sich hineingestopft hatte. Ein Kind, das ihr selbst erzählt hatte, wie sehr es darauf hoffte, hier in El Pont seine Mutter zu treffen.

Flor war *Rizas* Kind.

Und die Frau, die vielleicht Bens Frau war oder seine Ex-Frau oder was auch immer … war ebenfalls Riza.

Matea saß da, starrte vor sich hin und spürte, wie all die Gedanken und Empfindungen, die sie sonst so standhaft von sich fernhielt, sich um sie herum zu einem immer höheren Wall aufschoben, der irgendwann in den nächsten Sekunden unweigerlich über ihr zusammenbrechen und sie unter sich begraben musste. Irgendwo am Rande registrierte sie, dass Anita näher an sie herangerückt war und ihr über die Schulter sah. Natürlich verstand auch sie sofort, was der Name auf dem Brief bedeutete, aber Matea konnte aus dieser Erkenntnis gerade keine Konsequenzen ziehen. In ihrem Kopf kreisten nur die immergleichen Fragen: *Warum? Wie? Wessen Kind ist Flor noch, wenn nicht Bens?* Und, am lautesten von allen: *Wie konnte sie nur?*

Am Tag zuvor noch, als sie hier auf dem Hof gewesen war, hatte Matea versucht, sich vorzustellen, welches Gefühl in ihr siegen würde, sollte Riza ihr eines Tages wieder gegenüberstehen. Jetzt aber hielt sie diesen Brief in der Hand.

Flors Brief.

Den Brief von Rizas *Tochter,* die offenbar ebenfalls von ihr verlassen worden war. Und alles, was Matea spürte, war bittere Wut.

Ein Arm legte sich schwer um ihre Schultern, und Matea ließ zu, dass Arnau sie an sich zog, während von der anderen Seite Anita den Kopf gegen ihre Schulter lehnte.

»Was machen wir bloß?«, flüsterte Matea. »Was machen wir jetzt bloß?«

Arnau gab ihr einen Kuss auf den Scheitel. »Willst du meine ehrliche Meinung hören? Die, die ich auch Enric gestern Nacht mehrfach kundgetan habe?«

Matea löste sich von ihm, richtete sich auf und

sah ihrem Schwager in das offene, freundliche und zugleich so kluge und besonnene Gesicht. Er wusste alles über diese Geschichte. Er war dabei gewesen, als Riza ging, und er war dabei gewesen, als sie die Hochzeit ihres Zwillingsbruders verpasste, der ihr immer der wichtigste Mensch auf der Welt gewesen war. Er hatte mit Enric und auch mit Matea gelitten. Aber er hatte nie, nicht ein einziges Mal, die Fassung oder seinen klaren Blick verloren. Wenn sie in diesem unglaublichen Moment irgendjemandes Meinung hören wollte, dann die von Arnau Bessó.

»Ja, bitte«, flüsterte sie.

Er strich ihr liebevoll über die Wange, und erst jetzt wurde Matea bewusst, dass wohl eine Träne darübergelaufen war.

»Wenn Flor wirklich Rizas Tochter ist, dann gehört sie zur Familie«, sagte Arnau sehr ruhig. »Und Ben, wenn du mich fragst, auch. Aber zumindest um Flor müssen wir uns kümmern. Wir helfen ihr, so gut wir können, und sorgen dafür, dass sie sich hier bei uns willkommen fühlt. Das siehst du doch sicher auch so, nicht wahr?«

Matea nickte benommen. »Doch. Doch, du hast recht«, murmelte sie, obwohl sich ein sehr tiefsitzender Teil von ihr dabei immer noch schmerzhaft zusammenzog. Der Teil, der ahnte, dass ein Vorhaben wie dieses ihr ziemlich wehtun konnte, wenn es schlecht lief. »Ich wünschte nur ...« Sie verstummte, weil sie sich gar nicht so sicher war, was sie sich eigentlich genau wünschte.

»Also weißt du«, ließ sich in diesem Moment Anita vernehmen, und als Matea sich zu ihrer Freundin umwandte, sah sie, dass auch ihre Augen voller Tränen waren. Ehe sie selbst recht wusste, wie ihr geschah, lagen sie einander in den Armen und hielten sich fest.

»Weißt du«, flüsterte Anita noch einmal rau. »Ich bleibe dabei. Ben ist ein toller Typ, und Flor ist ein bezauberndes Kind. Egal, woher sie gekommen sind und warum – gib ihnen eine Chance. Und ... dir auch.«

Matea drückte ihre Freundin an sich. In diesem Moment empfand sie es als ungemein tröstlich, dass Anita bei ihr war, auch wenn sie sich wirklich nicht sicher war, ob sie das konnte: Sich eine Chance geben. Eine Chance worauf denn? Wo würde sie das hier hinführen? Wo *konnte* es sie hinführen? War es eine ernsthafte Option, jetzt noch weiter über eine Romanze zwischen ihr und Ben nachzudenken? Sich mit ihm auf einen leichten Sommerflirt einzulassen, konnte Matea sich jetzt weniger vorstellen denn je. Und wenn sie es trotz allem versuchte und dann feststellte, dass sie es nicht konnte? Das Drama hatte Ben nicht verdient. Ganz sicher hatte er das nicht, und Flor erst recht nicht.

»Enric hätte es mir sagen müssen«, murmelte sie heiser.

»Ja«, sagte Arnau, legte seine Hand von hinten auf ihre Schulter und drückte sie kurz. »Das hätte er, aber für ihn ist es auch schwer, und deshalb bin ich hier. Ich habe ihm gesagt, dass er gefälligst nichts Unüberlegtes mehr tun oder sagen soll, ehe wir mit dir gesprochen und uns über das weitere Vorgehen beraten haben.«

Matea stieß langsam den Atem aus. Arnaus Worte erleichterten sie ein wenig. Sie brauchte wirklich dringend Zeit. Zeit, sich zu ordnen. Ihre Gefühle zu sortieren, und dann ...

»Er wird auch zu Ben nichts sagen?«, fragte sie.

Arnau schnaufte leise, halb mitfühlend, halb geringschätzig. »Was denkst du wohl? Vor allem zu Ben nicht.«

Er stand erneut auf. »Wisst ihr was, ich habe noch eine Notration *xurros* eingefroren. Die mache ich jetzt exklusiv für uns. Ich fülle euch mit Zucker und Schokolade ab, bis ihr vor Glückshormonen nicht mehr laufen könnt – und mich, bis ich endlich wieder wach bin.« Er grinste matt, als Anita schon den Mund öffnete, um zu protestieren. »Keine Widerrede, ihr könnt mich sowieso nicht aufhalten. Und dann machen wir einen Plan.«

Elf

Ben

Die Scheune war ein niedriger Bau aus Holz und Sandstein, der an den Pferdestall grenzte. Sie besaß zwei große doppelflüglige Tore, von denen eines auf den Hof führte, das andere auf der Rückseite des Gebäudes zu den Feldern hinaus. Enric allerdings führte Ben zu einer weiteren kleinen Tür an der kurzen Scheunenwand, die dem Hauptgebäude zugewandt war.

»Die Tore machen zu viel Lärm für eine Spionagemission«, erklärte er und grinste, als er die Seitentür aufschloss und Ben voran hineinging.

Das Innere der Scheune entpuppte sich, nachdem Bens Augen sich nach dem hellen Sonnenlicht draußen an das dämmrige Zwielicht gewöhnt hatten, als ein verwinkeltes Labyrinth aus verschiedensten Gerätschaften und Bauteilen, Fensterrahmen und Glasscheiben, ausrangierten Türen, Werkzeugen, Leitern, Seilen, Holzblöcken, sperrigem Kinderspielzeug – und tatsächlich mehreren Fahrrädern und anderen Gefährten wie Dreirädern, Rutschautos und Tretrollern. Ein großer roter Pritschenwagen und ein grüner Kombi parkten direkt zwischen den beiden Toren. Kleine Fenster mit blinden Glaskacheln ließen Licht durch, aber keine Blicke. Staub rieselte vom Heuboden herunter und tanzte flimmernd in den diffusen Sonnenstrahlen, die durch die Lücken zwischen den Bretterwänden drangen. Schon auf den ersten Blick erkannte Ben, dass Matea recht gehabt hatte: Obwohl es hier wirklich unglaublich viel Zeug gab, wirkte es überhaupt nicht chaotisch oder gerümpelig, sondern im Gegenteil sehr strukturiert und aufgeräumt. Ben hätte die Einnahmen eines ganzen Sommers darauf gewettet, dass Enric hier seine ganz eigene Ordnung hatte und von jedem einzelnen Teil wusste, wo es zu finden war – und je weiter er ihm durch die schmalen Gänge zwischen den akkurat verstauten Gerätschaften folgte, desto mehr verfestigte sich diese Überzeugung.

Schließlich führte Enric Ben zu einer großen Werkbank an der hinteren Wand, wo die Scheune an den Stall grenzen musste. Er legte mit einem Zwinkern kurz den Finger an die Lippen und winkte Ben noch näher heran. Dann schob er vorsichtig ein Brett zur Seite, das an der Wand neben der Werkbank gelehnt hatte und hinter dem nun ein schmaler Spalt sichtbar wurde. Und jetzt konnte Ben tatsächlich drei gut gelaunte Kinderstimmen reden und lachen hören. Er erkannte Flor, die sich offenbar gerade traute, einem Pony auf der flachen Hand ein Stück Apfel hinzuhalten, und die aufgeregt kicherte, weil die Lippen und der Atem des Ponys ihre Haut kitzelten. Gemma und Levo schienen derweil ebenso viel Spaß daran zu haben, der neuen Freundin ihre Tiere zu zeigen, und sie berichteten eifrig davon, was für Aufgaben einen bei der Pflege von Ponys und Pferden erwarteten, wie viele sie davon schon selbst übernahmen und wie sie ihrem Vater dabei halfen, neue Ponys selbst einzureiten. Ben sah Enric neben sich mehrmals spöttisch nicken und lautlos lachen, ehe er schließlich das Brett wieder an seinen Platz stellte. Mit einem Grinsen breitete er die Hände aus und zuckte die Schultern. *Siehst du,* sagte sein beredter Blick, und auch Ben musste ein Lachen unterdrücken.

Enric winkte ihn erneut zu sich, und gemeinsam machten sie sich auf den Weg zurück an die andere Seite der Scheune, wo sie es wieder wagen konnten, miteinander zu sprechen, ohne dass die Kinder sich beobachtet fühlten.

»Na, das läuft ja wie am Schnürchen«, sagte Enric. »Ich denke, deine Kleine fühlt sich schon wie zu Hause. Und *voilà,* hier sind auch Fahrräder für euch. Mit etwas Glück müssen sie nur saubergespritzt und die Reifen aufgepumpt werden. Aber Arnau wollte sich nachher ja sowieso um Mateas Rad kümmern, dann schaut er sie sich gleich mal an.« Er zog zwei

Räder aus dem kleinen Fuhrpark – eines klein, eines groß – und schob sie ins staubige Sonnenlicht.

»Wow. Das ist wirklich sehr nett«, sagte Ben, ging in die Hocke und musterte die Räder. Tatsächlich schienen sie zwar etwas älter, aber gut in Schuss zu sein. »Aber ich kann das auch gern selbst machen. Es hilft uns ja schon sehr weiter, dass ihr sie uns überhaupt benutzen lasst.«

»Ach.« Enric winkte mit einem schiefen Lächeln ab. »Kein Ding, wirklich. Aber, sag mal ...« Er setzte sich mit einem kleinen Schwung auf eine etwas mehr als hüfthohe Kiste, in der vielleicht Streusalz oder etwas in der Art gelagert wurde, zumindest waren drei große Schneeflocken darauf gemalt. »Kann ich dich etwas fragen?«

Ben sah überrascht zu ihm auf. »Klar.«

Enric räusperte sich. Ein paar nachdenkliche Falten waren auf seiner Stirn erschienen. »Also, ich glaube, ich habe das vorhin nicht ganz verstanden. Du hast Flor adoptiert, aber sie ist die leibliche Tochter deiner Frau? Und die reist gerade ... durch Südamerika? Ist das richtig? Flors Geschichte klang ein bisschen verwirrend.«

Ben richtete sich langsam aus der Hocke auf, um Zeit zu gewinnen, und tastete nach dem Zettel mit den Vokabeln in seiner Hosentasche, den er am Abend zuvor noch zusammengeschrieben hatte. Enrics Themenwechsel erwischte ihn überraschend, aber immerhin nicht unvorbereitet. Er hatte ja gehofft, heute eine Gelegenheit zu finden, mit Matea das Gespräch zu führen, das Flor sich so wünschte. Aber vielleicht war das hier ebenso gut. Enric war sympathisch, direkt und offen. Und wenn Ben ihm seine Frage ernsthaft und umfassend beantwortete, hatte er das Gespräch schon halb geführt.

Enric musterte ihn noch immer mit leicht gerunzelter Stirn. »Alles in Ordnung? Hätte ich das nicht fragen sollen?«

Ben schüttelte den Kopf. »Nein, völlig in Ordnung. Es ist nur ... kompliziert. Moment.« Er zog den Zettel aus der Tasche und sah sich die Wörter an, die er notiert hatte. Es waren nicht viele, und eigentlich war es vermutlich auch gar nicht so wichtig, dass er alle Begriffe richtig benutzte. Die Geschichte war schwer misszuverstehen. Was ihn wirklich zögern ließ, obwohl er das bisher weder vor Flor noch vor sich selbst hatte zugeben wollen, war die Angst, gerade verheilte Wunden wieder aufzureißen. Aber nun war er so weit gekommen. Jetzt konnte er keinen Rückzieher mehr machen.

»Tut mir leid. Das ist meine Vokabelliste«, erklärte er, ließ den Zettel wieder sinken und fühlte sich plötzlich wieder unangenehm steif und linkisch. »Es ist nämlich so, dass Flor mich ohnehin gebeten hat, euch etwas zu fragen, und ich denke ... ich denke, das hier ist vermutlich ein guter Zeitpunkt.«

»Oh, ach so?« Enric hob die Brauen. »Na dann mal los.«

»Na ja, also ...« Ben rieb sich verlegen über den Nacken und lehnte sich neben Enric an die Kiste. »Ich fürchte, ich muss etwas weiter ausholen. Du hast recht, was Flor betrifft. Sie ist nicht meine leibliche Tochter – obwohl das eigentlich keine Rolle spielt, aber das brauche ich ausgerechnet dir wohl nicht zu erklären.« Er hob entschuldigend die Schultern, aber Enric winkte nur ab.

Ben nickte. »Was ihre Mutter betrifft, allerdings ...« Nun konnte er einen schweren Seufzer nicht länger unterdrücken. »Ehrlich gesagt, ich habe keine Ahnung, wo sie ist. Ja, sie ist vor einem Jahr nach Südamerika aufgebrochen, aber seither haben wir nichts von ihr gehört. Wer weiß, wohin sie inzwischen gereist ist. Das mit uns – also mit Flors Mutter und mir – ist damals recht unschön auseinandergegangen, und ...« Er unterbrach sich. »Ach, jetzt greife ich doch vor, entschuldige.«

»Nein.« Enrics Stimme klang plötzlich seltsam rau. »Alles gut. Erzähl weiter.«

Ben nickte, räusperte sich und setzte noch einmal an.

»Also, es ist so: Ich habe Flors Mutter vor vier Jahren kennengelernt. Sie jobbte damals in einem Café in Frankfurt am Main, und ich habe mit meiner Firma die Fassade des historischen Gebäudes restauriert, in dem es untergebracht war. Kurz gesagt: Es endete ziemlich schnell damit, dass wir geheiratet haben und ich Flor adoptiert habe, und das war viel weniger romantisch, als es jetzt vielleicht klingt, aber es war richtig für uns ... damals. Und irgendwie auch in den Jahren danach.« Er seufzte erneut. »Der Punkt ist bloß, als wir uns kennenlernten, waren Flor und ihre Mutter gerade in Frankfurt angekommen für einen ... Neuanfang. So hat sie es mir jedenfalls erklärt. Sie sagte, das wäre so ihr Ding – Neuanfänge. Ich habe das zu dem Zeitpunkt aber nicht richtig verstanden. Also, wie ernst sie das meinte. Na ja, bis er dann irgendwann kam, der *nächste* Neuanfang, nicht mal ein Jahr nach unserer Hochzeit, komplett aus heiterem Himmel, und sie meinte es wirklich bitterernst damit. Genauso wie mit dem übernächsten und dem danach und dem *danach*.« An dieser Stelle hätte Ben fast gelacht, weil er viel zu genau wusste, wie wenig nachvollziehbar, beinahe absurd das für Enric klingen musste. Er selbst hatte es ja nie verstanden. Eher von Jahr zu Jahr weniger. »Es kam immer von einem Tag auf den anderen, dass sie weg musste von da, wo sie gerade war. Einfach alle Zelte abbrechen, alles zurücklassen, nur das Nötigste mitnehmen und irgendwo ganz von vorn beginnen. Insgesamt habe ich das viermal mitgemacht, in der Zeit, in der wir zusammen waren. Und anfangs bin ich auch noch gern mitgegangen. Ich war ja so unglaublich verliebt in sie und Flor, und ich fand es spannend und bereichernd, mal etwas anderes zu sehen. Fremde Umgebungen zu entdecken, und für meine Arbeit gelernt habe ich auch eine Menge. Aber dann ... wie soll ich sagen? Der Reiz ließ ziemlich schnell nach. Mit jedem Mal wurde es schwerer. Sie wollte ja auch immer, dass es unglaublich schnell ging. Wenn ich zuvor noch einen Auftrag beenden wollte, war ihr das meist schon zu lang, und wenn ihr etwas zu lang wurde, fing sie an zu streiten.« Ben hob hilflos die Schultern und lächelte bitter. »Ich bin wirklich kein streitsüchtiger Mensch. Aber mit ihr war es unmöglich, es nicht zu tun. Das hat mich immer mehr belastet, und irgendwann war es einfach zu viel. Südamerika wäre der fünfte Neuanfang gewesen, zu dem sie mich mitnehmen wollte, aber ... ich konnte nicht mehr. Ich war nach diesen drei Jahren komplett erledigt, verstehst du?«

Ben spürte, wie ein trockenes Lachen seine Kehle hinaufstolpern wollte, aber er unterdrückte es im letzten Moment, weil eigentlich wirklich nichts Lustiges in diesem Teil seiner Erinnerungen zu finden war. »Und Flor ... Tja, ich schätze, es war das erste Mal in ihrem Leben, dass sie wirklich die Wahl hatte, ob sie ihrer Mutter folgen wollte oder nicht. Sie war ... *ist* jetzt auch meine Tochter. Und sie hat sich entschieden, bei mir zu bleiben. Ich meine, wir waren gerade erst aus Norwegen nach Deutschland zurückgekehrt. Sie hatte sich in der Schule eingelebt, Anschluss gefunden, wieder mal ...« Ben legte den Kopf in den Nacken und starrte durch den tanzenden Staub an die niedrige Scheunendecke. »Es war allein ihre Entscheidung, und ehrlich gesagt, ich persönlich glaube, dass es die richtige war, aber ... Wie schon erwähnt, es war kein guter Abschied, und wir haben seitdem nichts mehr von ihrer Mutter gehört. Nicht ein einziges Lebenszeichen.«

Ben merkte, dass er von Satz zu Satz immer schneller sprach, als könnten ihm die Worte entkommen, wenn er ihnen nicht schnell genug nachlief. »Seitdem macht Flor sich Sorgen. Sie fürchtet, dass ihre Mutter wütend auf sie ist und sie nicht mehr lieb hat. Und so ganz ohne Kontakt ... Ich glaube nicht, dass ich irgendetwas sagen kann, um sie davon zu überzeugen, dass das nicht stimmt. Ich meine ... ich fühle mich auch schuldig, verstehst du? Flor vermisst sie so sehr, und ich ... ach. Lassen wir das. Jedenfalls, egal wie sehr ich es möchte, die Einzige, die Flor eine überzeugende Antwort geben könnte, ist ihre Mutter selbst. Und deshalb sind wir jetzt hier. Weil Flors Mutter von hier stammt, aus El Pont, und weil sie immer zu Flor gesagt hat, dass sie sich hier treffen würden, wenn sie sich mal verlieren. Wie auch immer das funktionieren soll.«

Die letzten Worte verließen Bens Mund in einem sehr langen, sehr tiefen Atemzug, und er hatte das

Gefühl, als würde er dabei ein Stück in sich zusammenfallen – jetzt, wo er all diese Gedanken ausgesprochen hatte und sie zumindest für den Moment nicht mehr in ihm aufgestaut waren, sondern schwer im diffusen Zwielicht der Scheune hingen.

Enric hatte ihm schweigend zugehört. Aber seine Finger trommelten unruhig auf das Holz der Kiste, und harte Linien hatten sich um seinen Mund gebildet, als müsse er sich sehr zusammenreißen, damit ihm nicht zu nah ging, was Ben erzählt hatte.

»Traurige Geschichte«, murmelte er jetzt mit rauer Stimme, und Ben hatte das eigenartige Gefühl, dass seine eigene Niedergeschlagenheit, die Enttäuschung und die Wut, die er mit seinem Bericht wieder an die Oberfläche gezerrt hatte, in Enrics Worten widerhallten wie ein fernes Echo. »Was habt ihr jetzt vor?«

Ben seufzte noch einmal. Sehr tief. Und sehr ratlos. »Ich weiß es nicht. Ich weiß es wirklich nicht. Ich möchte Flor so gern helfen. Ich möchte, dass sie sich selbst wieder sicher sein kann, dass sie das Richtige für sich entschieden hat, dass das okay war und vor allem, dass niemand auf dieser Welt sie dafür hasst. Flor hofft so sehr, dass wir ihre Mutter hier treffen, aber na ja ... wie soll das gehen? Sie kann ja nicht wissen, dass wir hier sind. Also hoffen wir, wenigstens ihre Familie zu finden. Vielleicht wissen diese Leute ja, wo sie ist. Wie wir sie erreichen können. Oder zumindest, ob es ihr gut geht.« Er schüttelte den Kopf und warf einen letzten Blick auf den Vokabelzettel in seiner Hand. Erst jetzt wurde ihm bewusst, dass er das Papier zu einem festen Ball geknüllt hatte, der langsam von seinem Schweiß aufgeweicht wurde, sodass die Buchstaben kaum noch lesbar waren. Aber das war inzwischen wohl wirklich egal.

»Jedenfalls, was ich euch also fragen wollte, ist: Kennt ihr zufällig eine Jeriza Tosell i Vives? Oder ihre Familie?«

Enric antwortete nicht sofort. Er erwiderte nur stumm Bens Blick. Die Linien um seinen Mund hatten sich noch etwas tiefer in seine Haut gegraben, und auch zwischen seinen Brauen war eine steile Falte entstanden.

»Tut mir leid«, sagte er endlich.

Das brachte Ben völlig aus dem Konzept. »Was?«

Enric fuhr sich durch das dichte dunkle Haar und seufzte. »Es tut mir leid«, wiederholte er. »Aber ich ... kann dir nicht helfen. Ich würde gern, wirklich. Aber ich kann nicht.«

Ben ließ die Worte einen Moment auf sich wirken. Spürte dem nach, was sie in ihm bewegten. Erleichterung. Enttäuschung, das auch. Ein wenig Frust, weil er all diese sehr privaten Dinge nun umsonst vor Enric ausgebreitet hatte. Aber vor allem die bittere Bestätigung von etwas, das er ohnehin schon befürchtet hatte. Und die belastende Frage, wie er

Flor beibringen sollte, dass Matea und ihre Familie sie nicht zu Riza führen konnten.

»Schon gut«, murmelte er endlich, als ihm klar wurde, dass Enric ihn immer noch ernst und abwartend ansah. »Das wäre ja auch zu schön gewesen. Wir versuchen es einfach woanders noch mal. Danke trotzdem.«

Eine Weile herrschte ein seltsam drückendes Schweigen zwischen ihnen.

»Flor hat noch etwas anderes erzählt«, sagte Enric schließlich, und ein mattes Lächeln erschien auf seinem Gesicht. »Sie sagte, dass du dir Matis Fassade mal ansehen und Erste Hilfe leisten willst. Warum lässt du Flor nicht den Nachmittag über hier, damit ihr das in aller Ruhe angehen könnt? Gemma und Levo werden sie schon beschäftigt halten, und ich bringe sie dir nachher mitsamt den Fahrrädern in der Pension vorbei.«

Ben dachte einen Moment nach. Ihm war klar, dass Enric gerade vor allem versuchte, vom Thema abzulenken und die Stimmung wieder aufzulockern. Vielleicht war es auch eine Art Entschädigung für die Antworten, die er Ben nicht geben konnte. Nichts davon wäre in Bens Augen nötig gewesen, aber erstaunlicherweise fühlte sich die Vorstellung, erst mal ohne Flor über sein weiteres Vorgehen nachdenken zu können, ziemlich erleichternd an. Etwas anderes zu tun, mit Material zu arbeiten, das er kannte und das ihm Sicherheit gab. Vielleicht Zeit mit Matea zu verbringen, diesmal ganz ohne das Gewicht der Vokabelliste und von Flors Wünschen und Hoffnungen in der Tasche – das klang verlockender, als er erwartet hatte.

Er lächelte, obwohl es etwas schief geriet. »Ich glaube, das ist wirklich eine gute Idee – wenn es für Flor auch in Ordnung ist. Ich frage sie gleich. Danke.«

Enric nickte und sprang von der Kiste. »Gerne. Ihr könnt auf uns zählen, wenn ich schon sonst nichts tun kann. Wir Katalanen sind doch irgendwie alle eine große Familie.«

Zwölf

Matea

Als *xurros* und *xocolata* aufgegessen waren und zwei
weitere Tassen Kaffee den Weg in ihren Magen gefunden hatten, ging es Matea etwas besser. Sie fühlte sich
immer noch ein wenig zittrig, und es würde sicher
noch eine Weile dauern, bis sie den Schock vollständig verdaut hatte. Vor allem aber hatte es sie wirklich
kalt erwischt, welche neue Welle an Gefühlen über
sie hereingebrochen war, als sie kurz nach Arnaus
Eröffnungen Flor mit Gemma und Levo über den
Hof hatte rennen sehen. Mit wie anderen Augen sie
Flor jetzt sah, nachdem sie wusste, wer sie war! Plötzlich erschien es Matea ganz und gar unmöglich, dass
sie nicht zuvor schon Verdacht geschöpft hatte. Ein
Kind in Flors Alter, das so perfekt Katalanisch sprach.
Ihre Haare. Die Form ihres Gesichts. Ihr Lachen. All
das erinnerte so sehr an Riza! Warum hatte Matea
das nicht erkannt?

Noch schlimmer allerdings war, dass sie sich selbst
dabei ertappte, plötzlich auch nach Merkmalen eines

anderen Menschen bei Flor zu suchen. Eines ganz bestimmten anderen Menschen. Die hellen grünbraunen Augen zum Beispiel, oder Flors schmaler, langgliedriger, geradezu schlaksiger Körperbau ... Viele Kinder in ihrem Alter hatten diese Statur oder diese Augenfarbe. Es musste gar nichts bedeuten, und doch ... Wenn sie es darauf anlegte, konnte Matea auch *ihn* in Flor sehen. Leonel.

Und wenn es so wäre, dachte sie sicher zum hundertsten Mal. *Wenn Flor nicht nur Rizas Kind ist, sondern auch seins? Würde das etwas ändern? Er ist doch schon längst nicht mehr hier. Er ist zurück nach England gegangen, noch bevor Riza verschwunden ist.*

»Alles in Ordnung mit dir?« Arnau stellte ein Glas Wasser vor sie hin, das Matea dankbar hinunterstürzte. Es rumorte und gluckerte in ihrem Magen, als wolle es ihren Körper sofort rückwärts wieder verlassen. Bewusst ruhig und langsam atmete sie ein und wieder aus.

»Nein«, sagte sie dann und lächelte Arnau tapfer an. »Irgendwie nicht. Aber es geht schon.«

In Arnaus Gesicht sah sie, dass er sie sehr gut verstand, und auch Anita legte tröstend eine Hand auf ihre.

»Es wird alles gut«, sagte Arnau. »Denk daran, Familie ist Familie.«

Matea nickte nur.

In diesem Moment öffnete sich draußen einer der

großen Scheunentorflügel, und sie sah Ben und Enric auf den Hof treten. Sie wirkten ernst, aber aufgeräumt und sprachen entspannt miteinander, während sie zwei alte Fahrräder durch das Tor schoben und neben Mateas plattem Lastenrad an die Scheunenwand lehnten. Kurz darauf pfiff Enric lang und laut auf den Fingern, und nur wenige Augenblicke später kam nicht nur Border Collie Caramelo den Pfad von der Koppel her entlanggesaust, sondern auch Gemma, Levo und Flor. Flor rannte lachend auf ihren Vater zu und stürzte sich in seine Arme, um eifrig auf ihn einzuplappern. Ben antwortete lachend, wuschelte ihr durch die Haare und nahm sie auf den Arm, wo sie nachdrücklich gestikulierend weiterredete, als hätte es nie eine Unterbrechung gegeben. Es war ein so harmonisches Bild, so friedlich und perfekt, dass ...

Arnau drückte kräftig ihre Schulter und unterbrach ihre Gedanken, ehe sie zu schmerzhaft werden konnten. »Na los. Sei tapfer, *estrelleta.*«

Matea lachte matt, stand auf und wischte sich mit den kleinen Fingern die Augenwinkel, um die Tränen zu vertreiben, die dort hartnäckig brannten. »Was bleibt mir anderes übrig? Die Arbeit ruft außerdem.«

Arnau seufzte. Dann drückte er ihr einen Kuss auf die Wange, und sie spürte seine Bartstoppeln rau und vertraut über ihre Haut kratzen. »Alles wird gut«, wiederholte er. »Wir sind doch zusammen. Und das bleiben wir auch.«

»Ja.« Matea nickte dankbar. »Ja, du hast natürlich recht.« Sie wandte sich an Anita und lächelte auch sie an. »Gibst du mir Rückendeckung?«

Anita griff nach ihrer Hand und drückte sie. »Immer, Schatz. Einfach immer.«

Flor, Ben und Enric drehten sich um, als Matea, Arnau und Anita zu ihnen auf den Hof traten.

»Abfahrt!«, verkündete Anita und klimperte mit ihrem Schlüsselbund. »Tante Mati muss ihre neuen Pensionsgäste in Empfang nehmen!«

Flor rutschte von Bens Arm und kam zu ihnen herübergehüpft, um sie mit einem triumphierenden Funkeln in den Augen anzulachen. »Ich darf noch ein bisschen hierbleiben!«, verkündete sie stolz. »Ganz ohne Ben! Enric sagt, er fährt mich später zurück nach El Pont, und wir bringen die Fahrräder mit. Und vorher gehen wir noch mit den Ponys spazieren. Vielleicht darf ich sogar reiten, wenn ich mich traue!«

Matea spürte, wie ihr Herz warm wurde und sich zugleich ein wenig schmerzhaft zusammenzog. Sie war froh, dass sie nicht antworten musste. Die Deutlichkeit, mit der sie jetzt Rizas Züge in Flors Gesicht wiedererkannte, brachte sie wirklich völlig aus dem Takt.

Arnau aber grinste Flor auf seine unwiderstehlich liebenswert-scherzhafte Art an. »Na, dann trau dich mal, würde ich sagen. Du darfst mir aber auch helfen, die Fahrräder zu reparieren.«

»Aaaach«, sagte Flor gedehnt, »vielleicht ...«

Arnau lachte. »Das war ein Spaß.«

Matea wechselte einen Blick mit Enric. Sie nahm ihm immer noch ein wenig übel, dass er den Fund des Briefträgers einen ganzen Tag lang vor ihr geheim gehalten hatte. Aber sie verstand immerhin, warum er es getan hatte. In diesem Moment war sie vor allem froh, dass sie noch ein bisschen Zeit hatte, mit sich selbst zurechtzukommen, ehe sie mit Ben darüber sprach – irgendwann. Später. Wenn sie wusste, was sie sagen sollte. Sagen konnte, ohne sofort in Tränen auszubrechen. Wenn sie herausgefunden hatte, was sie eigentlich *wollte*. Zum Glück war er vollauf damit beschäftigt, sich von Flor zu verabschieden, sodass ihm vermutlich gar nicht auffiel, dass sie stiller war als zuvor.

»Ich schicke dir zwischendurch Updates, Ben – und eine Nachricht, wenn wir uns hier auf den Weg machen!«, rief Enric ihnen zu, als sie kurz darauf wieder in Anitas Auto gestiegen waren. Er hatte Flor eine Hand auf die Schulter gelegt und grinste breit. »Aber erwarte nicht, dass wir sie allzu früh wieder hergeben. Sie wird noch mindestens zwei Mahlzeiten mit uns essen müssen.«

Ben hob durch das offene Autofenster grüßend die Hand. »Umso besser.« Er grinste. »Das spart mir

Geld. Also bis später, Floreta! Komm zurück, wann immer du möchtest, einverstanden?«

»Einverstanden!«, rief Flor fröhlich. »Bis später, Ben! Bis später, Matea und Anita!«

Dann startete Anita schon den Motor, und sie rollten vom Sonnenblumenhof zurück in Richtung El Pont.

Die Rückfahrt zur Pension verlief schweigend und nachdenklich. Nur Anita sang entspannt zu irgendwelchen Sommerhits, die in den 1990er-Jahren in den Trends gewesen waren.

Matea starrte schweigend aus dem Fenster. Ihr fehlten die lockeren Worte, und es drängte sich so vieles in ihrem Herzen, dass sie glaubte, ihre Brust müsse gleich explodieren. Nicht einmal der Anblick der Sonnenblumenfelder, die sich wie ein sonnengelbes Meer in die Ferne erstreckten, konnte ihr in diesem Moment den gewohnten Frieden geben.

Schließlich hielt Anita vor der blau gestrichenen Eingangstür zur Pension. »Aussteigen bitte!« Sie drehte sich in ihrem Sitz um und lächelte Matea ein letztes Mal tröstend an. »Die *Tour de Parkplatz* mache ich lieber ohne euch. Sonst kommst du noch zu spät, um Jonás abzulösen.«

Matea lächelte zurück. »Danke, Anita.«

»Na aber sicher.« Anita winkte. »Ich seh euch später, ihr Süßen!«

Sie wartete, bis sie aus dem Auto gestiegen waren. Dann fuhr sie durch die engen Gassen davon.

Matea und Ben blieben vor dem Bogenspalier mit den Kletterrosen stehen, das in den Innenhof des Restaurants führte, und sahen ihr nach. Dabei war Matea seltsam deutlich bewusst, wie nah Ben jetzt wieder neben ihr stand. All das Unausgesprochene, das Matea umtrieb, schien in der Luft zwischen ihnen förmlich zu knistern. So standen sie dort, selbst als Anitas Auto schon längst um die Kurve verschwunden und das Motorengeräusch verklungen war.

Matea atmete tief ein. »Kann ich dich ...«, begann sie.

»Flor hat ...«, setzte Ben im gleichen Moment an.

Beide verstummten perplex. Wechselten einen Blick und mussten lachen. Es fühlte sich erleichternd an, dachte Matea. Befreiend.

»Bitte«, sagte sie rasch und winkte auffordernd mit der Hand. »Du zuerst.«

»Oh. Na gut.« Ben lächelte schief. »Ich wollte nur sagen: Flor hat sich bei deinem Bruder und seiner Familie offenbar sehr wohlgefühlt – und tut es noch. Ich kenne es wirklich nicht von ihr, dass sie so schnell so viel Vertrauen in andere fasst. Das war schön zu sehen. Vielen Dank.«

Matea lächelte unsicher zurück. »Sie ...« ... *gehört ja auch zur Familie,* hätte sie beinahe gesagt. Aber die Worte wollten ihr einfach nicht über die Lippen.

»... ist ein tolles Kind«, schloss sie stattdessen ein bisschen lahm. »Wir mögen sie alle sehr. Also ... euch beide.«

Dazu schwieg Ben erneut eine ganze Weile. Diesmal allerdings wandte er den Blick dabei nicht von ihr ab. Im Gegenteil musterte er sie so aufmerksam, dass Matea spürte, wie sich ihre Ohren und Wangen röteten. Aber auch sie sah nicht weg.

»Ich meine es ernst. Danke, dass du uns mitgenommen hast«, sagte er schließlich. »Und ... mach dir wirklich keine Sorgen wegen der Sache mit deiner Fassade. Ich helfe dir gern. Nach diesem schönen Vormittag erst recht. Wenn du mir sagst, wo ich eine Leiter finde, sehe ich mir gleich mal alles an, solange Flor nicht hier ist. Schließlich hat Enric sie genau deshalb auf dem Hof behalten.« Ein kleines Grinsen zupfte an seinen Mundwinkeln. »So, und jetzt du. Was wolltest du mich fragen? Oder hab ich dir deine Frage versehentlich gerade schon beantwortet?«

In diesem Moment entschied Matea, dass sie die Sache mit Flor auch jetzt noch nicht ansprechen konnte und wollte. Nicht hier, direkt vor der Pension in der Mittagssonne, die selbst im Schatten der engen Gassen unbarmherzig brannte, nicht vor all den Gästen, die gerade in die Pension und ins Restaurant strömten, und nicht mit all den wirren Gefühlen in ihrem Bauch. Der richtige Zeitpunkt würde schon kommen.

»So in etwa«, antwortete sie deshalb stattdessen und spürte überrascht, wie eine große Erleichterung sie durchströmte. Sie konnte nicht, sie wollte nicht – aber sie *musste* auch nicht. Es war, als würde eine drückende Last von ihren Schultern fallen. Ihr war sogar danach, Ben neckend zuzuzwinkern. »Eigentlich wollte ich fragen, ob du noch eine ausgiebige Siesta machen möchtest, bevor wir uns die Fassade ansehen.«

Ben lachte auf. Ein warmes, kräftiges Lachen, das ein Kribbeln in Mateas Bauch hervorrief. »Du kennst mich aber schon gut.«

Matea zuckte die Schultern. »Gehört zum Job.«

Ben legte den Kopf in den Nacken und warf blinzelnd einen Blick zur hoch stehenden Sonne. »Ich gebe zu, der Gedanke ist verlockend. Aber ich denke, ich kümmere mich lieber direkt darum, solange ich noch in Schwung bin. Die Siesta mache ich gern danach.«

»Na gut. Das weißt du am besten. Ich kann dann nur leider nicht dabei sein, weil ich meine Aushilfe an der Rezeption ablösen muss.«

Ben lächelte. »Gar kein Problem. Ich liefere dir nachher einen ausführlichen Bericht.«

»Okay!« Matea atmete auf. »Also, dann ... brauchst du noch irgendwas von mir? Abgesehen von einer Leiter?«

Ben legte nachdenklich die Stirn in Falten. »Einen ganz normalen Werkzeugkasten?«

»Na klar. Das müsste beides noch im Hof bei der Bühne sein. Soll ich dir beim Tragen helfen?«

Ben schmunzelte. »Ich denke, das ist nicht nötig.«

Matea musste lachen. »Na gut, schon verstanden. Ich lasse den Profi wohl einfach mal in Ruhe arbeiten.« Sie überlegte kurz. »Wenn du fertig bist, komm am besten an der Rezeption vorbei.«

Ben nickte. »Alles klar. Es wird sicher nicht so lange dauern.«

»Wunderbar.« Matea atmete einmal tief durch. »Dann ... bis später, Ben.« Damit machte sie entschlossen einen Schritt auf ihn zu, stellte sich auf die Zehenspitzen und legte die Hand auf seine Schulter, um ihn zum Abschied auf die Wangen zu küssen. Für einen scheinbar endlosen Moment spürte sie seine Haut an ihrer und wie sich seine Hand sehr leicht, fast wie fragend, an ihre Taille legte.

Dann zog er sich zurück. Aber ein Lächeln blieb. »Bis später, Matea.«

Dreizehn

Ben

Behutsam kratzte Ben mit einem Schraubenzieher etwas Mörtel aus den Fugen zwischen den Sandsteinen, die er unter dem rissigen Putz des *Gira-sol* freigelegt hatte. Noch bevor er die hellgrauen Krümel zwischen den Fingerspitzen zerrieb, wusste er, dass der Mörtel zu feucht war. Wenig überraschend natürlich, wenn das Wasser bereits bis auf die andere Seite gedrungen war. Nur lag die Stelle, die er in diesem Moment prüfte, deutlich unterhalb der sichtbaren Risse und bestätigte damit die Befürchtung, die sich ihm beim Entfernen des Putzes aufgedrängt hatte.

Es ist die Farbe. Das wird eine größere Restauration.

Er schob den Schraubenzieher in seine Gesäßtasche und kletterte die Leiter hinunter. Er hätte sich wirklich gewünscht, bessere Nachrichten für Matea zu haben. Das hier war definitiv nichts, was er allein und ohne spezielle Gerätschaften auf die Schnelle in Ordnung bringen konnte. Aber vielleicht, wenn sie ihren Bruder und seine Familie zur Hilfe holen konnte und sie sich das Werkzeug irgendwo ausliehen ...

Noch tief in Gedanken betrat er den Empfangsbereich des *Gira-sol.* Anders als angekündigt war dort von Matea allerdings nichts zu sehen. Stattdessen saß eine dunkelhaarige junge Frau mit langen baumelnden Ohrringen hinter der Rezeption und schrieb konzentriert auf einem Collegeblock. Als Ben zu ihr an den Tresen trat, sah sie auf und lächelte. »*Hola.* Wie kann ich Ihnen helfen?«

»*Hola.*« Ben erwiderte das Lächeln. »Ich bin Ben Schilling, ich wohne in der Nummer 106. Können Sie mir sagen, wo ich ...« Er stockte, und zum ersten Mal wurde ihm bewusst, dass er keine Ahnung hatte, wie Matea mit Familiennamen hieß. »... wo ich Matea finde?«

Das Lächeln der Rezeptionistin verbreiterte sich. »Ach! Du bist Ben! *Estupendo!* Ich soll dir von Matea ausrichten, dass sie leider kurzfristig zum Großhändler fahren musste. Es gibt wohl ein Problem mit der Getränkelieferung für das Fest. Aber ich soll dir das hier geben.« Sie reichte Ben einen bereits benutzten Briefumschlag über den Tresen. Als Ben ihn umdrehte, erkannte er, dass Matea eine weitere Schatzkarte darauf gezeichnet hatte – ergänzt durch eine kurze Notiz neben dem Kreuz, das den Zielort markierte:

Geheimtipp für Erwachsene – geöffnet ab 17 Uhr! Frag nach »El Pescador im üblichen Ambiente« und sag, es ist auf meine Empfehlung! Genieß deine Siesta! M. 😊

Trotz der schlechten Nachrichten, die er Matea nun offenbar doch noch nicht überbringen konnte, musste Ben schmunzeln. Es fiel ihm heute wesentlich leichter, einzelne Elemente auf Mateas Plan zu erkennen. Die Pension zum Beispiel, und die Rambla Sant Pau, auch die Eisdiele war wieder eingezeichnet. Was sich hinter dem Kreuz verbarg, blieb ein Rätsel. Aber darum würde er sich später kümmern. Bis siebzehn Uhr hatte er noch mehr als drei Stunden Zeit, ausnahmsweise ganz allein, ohne Flor und ohne Arbeit – und die würde er nutzen.

Für eine ausgiebige Siesta.

Das Sonnenlicht war schon deutlich milder geworden, als Ben die Pension mit Mateas Karte in der Hand wieder verließ. Die Luft, die sich zwischen den eng stehenden Häusern staute, war dafür sogar noch heißer und trockener als am Mittag. Schon nach wenigen Schritten die leicht ansteigende Straße hinauf begann Ben zu schwitzen, obwohl er sich kurz zuvor noch einmal schnell unter die kalte Dusche gestellt und sich umgezogen hatte.

Mateas Karte führte ihn schon nach kurzer Strecke mitten ins Ortszentrum von El Pont. Am Rande der

Rambla Sant Pau stand dort das höchste Gebäude des Ortes: eine mittelalterliche Kirche mit spitzem Mitteldach und zwei wehrhaft wirkenden Zinnentürmen, die sich ehrfurchtgebietend über die Dächer von El Pont erhoben. *Basílica de Santa Lucía,* erklärte eine kleine Informationstafel neben dem mit aufwendigen Schnitzereien verzierten Eingangstor. Als er sich die Karte noch einmal genauer angesehen hatte, war Ben nahezu hundertprozentig überzeugt gewesen, dass Matea mit dem Geheimtipp die Kirche gemeint hatte. Aber bei näherem Hinsehen lag das Kreuz auf ihrer Karte doch eher ein gutes Stück daneben – und dort entdeckte Ben schließlich, nachdem er einige Male verwirrt daran vorbeigelaufen war, den tief gelegenen Eingang zu einer winzigen *Bodega* namens *La Piratería.* Ob es das war, was Matea gemeint hatte? Vor diesem Hintergrund würde zumindest die kryptische Notiz viel mehr Sinn ergeben: dass es ein Geheimtipp für *Erwachsene* sein sollte. Ben musterte den Eingang ein wenig skeptisch. Ein paar unebene Stufen führten einen schmalen Schacht hinab zu einer Tür aus dunklem, offenbar schon recht altem Holz. Es gab weder eine Getränkekarte noch einen Hinweis, ob das Lokal geöffnet oder geschlossen war. Aber wenn es dieser Ort war, den Matea ihm empfehlen wollte, hatte sie sicher einen guten Grund dafür.

Entschlossen drückte Ben die schmiedeeiserne Klinke hinunter und stand kurz darauf in einem dämmrigen kleinen Schankraum mit urigen Tischen aus dem gleichen dicken dunklen Holz wie die Eingangstür und riesigen übereinandergestapelten Weinfässern an der Rückseite des Raums. Außer ihm war erstaunlicherweise niemand hier – oder vielleicht war es auch gar nicht so erstaunlich, wenn man bedachte, dass er selbst mit Mateas Karte drei- bis fünfmal an der Bodega vorbeigelaufen war, ohne sie zu bemerken. Außerdem war kurz vor halb sechs am Nachmittag definitiv noch keine Zeit, zu der die einheimische Bevölkerung wieder aktiv wurde.

Hinter der wuchtigen Theke stand ein Mann, der etwa in Bens Alter sein musste, und polierte bauchige Weingläser. Er trug verblichene Jeans und darüber ein weites schwarzes Hemd. In seine dunkelbraunen Haare hatte er platinblonde Strähnen gebleicht, und sie fielen ihm in einem langen geflochtenen Zopf über den Rücken sowie schräg in die Stirn bis über sein rechtes Auge. In seinen Ohren funkelten silberne Ringe, er hatte sich die Augen geschminkt und wirkte alles in allem wie aus einem modernen Piratenfilm entsprungen.

»*Hola*«, sagte er mit einem schmalen Grinsen. »*Què tal?*«

Ben räusperte sich. »*Hola*«, antwortete er. »Ich bin Ben. Ich komme auf Empfehlung von ... Matea ... und soll nach ›El Pescador im üblichen Ambiente‹ fragen.«

Der Pirat hob verblüfft die Brauen. »Aaah? Na so was. Du bist das also. Ich bin Narcís, und du machst mich neugierig. Einen Moment.« Er stellte das Glas vor sich ab, das er eben noch poliert hatte, platzierte ein zweites direkt daneben und holte eine Rotweinflasche unter der Theke hervor. *El Pescador* stand unübersehbar auf dem Etikett. Doch er entkorkte den Wein nicht sofort, sondern griff noch zwei weitere Flaschen aus dem Regal. Eine davon war beschriftet mit *Ratafia,* in der anderen befand sich offenbar Zitronenlimonade.

»Also. Wie kommt denn ausgerechnet einer wie du an eine Empfehlung von La Mati?«, fragte der Pirat namens Narcís, während er Eis und Orangenspalten in die Gläser warf und je einen großzügigen Schluck aus der Ratafia-Flasche darübergoss. »Wo sie doch für gewöhnlich so sparsam mit Empfehlungen ist.«

Ben spürte, wie seine Ohren sich röteten, und hob ein wenig linkisch die Schultern. »Ich habe sie vorgestern an der Carrer mitgenommen, als ihr Fahrrad einen Platten hatte, und jetzt helfe ich ihr, die Fassade der Pension zu restaurieren. Also, zumindest berate ich sie dabei ...« Er verstummte. Das klang alles steifer, als ihm lieb war. Er fühlte sich unbeholfen, vor allem unter Narcís' aufmerksamem, ein wenig spöttischem und zugleich seltsam wissendem Blick. Während Narcís die Gläser mit Rotwein und einem Schuss Zitronenlimonade auffüllte, fragte sich Ben, warum er wohl zwei Drinks zubereitete. Wollte er mittrinken? War das hier so üblich? Oder gehörte es zum *Ambiente*? Ben war sich jedenfalls nicht sicher, was er davon halten sollte.

»Ah je, ah je, du machst mich wirklich *neugierig*.« Narcís grinste ein schiefes, irgendwie verwegenes Grinsen. »Na, wie dem auch sei. Bitte sehr, *El Pescador*!« Damit schob er das Glas über die Theke, griff selbst nach dem zweiten und ging an Ben vorbei zu einem schweren Vorhang neben den Weinfässern. »Und für das Ambiente geht es hier entlang!«

Hinter dem Vorhang führte eine weitere unebene Steintreppe, ganz ähnlich der am Eingang, ein gutes Stück weiter nach unten in einen schmalen Gewölbegang. Rechts und links öffneten sich weitere Kellerräume, die aussahen, als seien sie vor Hunderten von Jahren direkt aus der felsigen Erde geschlagen worden, und in denen beeindruckende Likör- und Weinvorräte lagerten. Ben entdeckte außerdem eine Kammer, in der Lebensmittel aufbewahrt wurden: Schinken und Würste hingen von der Decke, Käselaibe lagen neben Konservendosen und Einmachgläsern in den Regalen. Der größte Teil der Gewölbe aber wurde sehr offensichtlich zur Weinlagerung benutzt. Ben fragte sich mehr und mehr, wohin er hier eigentlich geführt wurde, und ein wenig auch, warum eine so winzige und spärlich besuchte Bodega solche Unmengen an Getränkevorräten brauchte.

»Das ist nicht alles für unseren Laden«, erklärte Narcís, als hätte er Bens Gedanken erraten – oder vielleicht hatte er sie von seinem Gesicht abgelesen. Seine Stimme hallte ein wenig dumpf von den Felswänden wider. »Wir beliefern auch andere Restaurants in der Umgebung. Das im *Gira-sol* zum Beispiel. Außerdem richten wir besondere Familienfeiern aus, aber das wirst du gleich sehen.«

Er blieb vor einer weiteren dicken Holztür am Ende des Gangs stehen und schloss sie auf. Dahinter kam wieder eine Treppe zum Vorschein, die diesmal aber nicht nach unten, sondern in einer Spirale steil nach oben führte. Wie in einem ...

»Und hier«, erklärte Narcís in ebendiesem Moment nicht ohne zufriedenen Stolz in der Stimme, »siehst du den geheimen Weg auf den hinteren Turm der *Basílica*. Früher war es ein Fluchtweg. Aber als mein Bruder zum Pfarrer von El Pont wurde, sind wir ziemlich schnell darauf gekommen, dass das Turmdach mit der Verbindung zur Bodega ein wunderbarer Ort für ganz spezielle Trauungen sein könnte. Der andere Turm ist ja für die Touris ... von denen du *erstaunlicherweise* offenbar in Matis Augen keiner bist.« Seine linke Braue zuckte amüsiert. »Aber dieser Turm hier? Speziell! Sehr speziell! Komm mit, ich zeige es dir.«

Er winkte Ben zu sich und stieg voran die Wendeltreppe hinauf. Je höher sie kamen, desto wärmer und stickiger wurde die Luft in dem engen Schacht. In unregelmäßigen Abständen öffneten sich winzige, scheibenlose Fenster in den dicken Mauern, durch die Ben kurze Blicke auf die Dächer von El Pont oder die Rambla erhaschte.

»Wir haben Matis Bruder und seinen Mann dort oben getraut, musst du wissen«, nahm Narcís das Gespräch wieder auf, nachdem sie bereits einige Absätze hinter sich gebracht hatten. Ben fragte sich, wie er es schaffte, auf den steilen Stufen in der drückenden Hitze noch Atem zum Sprechen zu finden. »Die zwei sind seit der Schulzeit gute Freunde von mir. Mati hat sich damals sofort in diesen Ort verliebt. Und in unseren Wein.« Er lachte. »Nicht viel später kam sie mit der Kooperationsanfrage für das *Gira-sol* um die Ecke. Aber wenn du mich fragst, wollte sie eigentlich nur das Recht kaufen, hin und wieder hier oben rumzusitzen. Seitdem kommt sie immer her, wenn sie nachdenken oder mal abschalten muss. Und da sie es dir empfohlen hat, vermute ich, du brauchst auch mindestens eins von beidem.«

Er winkte mit einer lässigen Handbewegung ab, ehe Ben auch nur über eine Antwort nachdenken konnte. »Keine Sorge, *chaval*. Ich bin neugierig, aber nicht lästig. Das ist schlecht für die Kundenbindung. Stattdessen hoffe ich, nun da ich dir meine halbe Lebensgeschichte erzählt habe, erzählst du mir irgendwann auch deine.« Er grinste und wies auf eine schmale Holzstiege, die von dem letzten Treppenabsatz hinauf aufs Turmdach führte. »Aber bitte sehr: Da wären wir. Nach dir!«

Ben ging an Narcís vorbei und kletterte die knarrenden Stufen hinauf, die eher eine Leiter waren. Kurz darauf stand er endlich draußen – und verstand sofort, dass dies ganz ohne Frage der Geheimtipp war, von dem Matea gesprochen hatte.

Das Turmdach war in der Fläche kaum so groß wie das Wohnzimmer von Bens und Flors Wohnung in Stuttgart. Ein hübsch gezimmerter kleiner Altar stand auf einem niedrigen Podest und davor einige schmucklose Holzbänke. Das Arrangement hätte als schlicht oder auch bescheiden durchgehen können – wäre da nicht die Aussicht gewesen, die sich jenseits des Altars weit über die Dächer von El Pont öffnete, und über die schier endlosen Sonnenblumenfelder, die sich jenseits der Stadtgrenzen erstreckten. Weit in der Ferne erst verschmolzen sie mit den staubgrünen Hängen, die sich schließlich zu den in der Sommersonne leuchtenden Pyrenäen auftürmten. Der Fluss, der unter El Ponts namengebender Brücke hindurchfloss, zog sich wie ein funkelndes Band durch die Szenerie in Richtung Meer.

»*Voilà!*«, verkündete Narcís, der hinter Ben die Stiege hinaufgeklettert war, und wies mit ausladender Geste auf den Altar, die Bänke und das Panorama. »*El ambiente de La Mati!*« Er räusperte sich und deutete auf eine weitere Bank, die halb hinter dem Altar verborgen stand – und von der sich in diesem Augenblick eine Person im geblümten Sommerkleid erhob. »Nun ja … und La Mati höchstpersönlich.« Ein Grinsen erschien auf seinem Gesicht, und Ben wurde klar, dass Narcís die ganze Zeit gewusst hatte, dass Matea bereits hier oben auf sie wartete. »Also dann! Genieß deinen Drink, schalte ab und denk nach, so viel du willst … oder was auch immer ihr hier vorhabt, nicht wahr? Wir sehen uns unten!« Narcís drückte Ben das zweite Glas *El Pescador* in die Hand, tippte sich grüßend an die Stirn – und war im nächsten Moment auch schon wieder die Treppe hinunter verschwunden.

Ben sah ihm perplex nach. Dann aber wandte er sich wieder dem überwältigenden Panorama zu – und Matea, die jetzt auf ihn zukam.

»Hey.« Sie lächelte verschmitzt, als sie vor ihm stehen blieb. Der sanfte Wind, der um den Turm strich, ließ ihr helles Kleid leicht flattern.

Sie sieht immer aus wie der Sommer selbst.

»Damit hast du nicht gerechnet, wie?«

Ben lachte ein leises, überraschtes Lachen. »Tatsächlich nicht.«

»Ich dachte, die kleine Auszeit könnten wir uns gönnen. Also, ich mir vor allem.« Sie seufzte schwer, aber ihre Augen blitzten. Sie schien sehr zufrieden mit sich, dass ihr die Überraschung gelungen war.

Ben sah sie mitfühlend an und reichte ihr den zweiten *Pescador.* »Stressigen Nachmittag gehabt?«

Matea nickte und lächelte dankbar, als sie das Glas entgegennahm. »Leider ja. Die Brauerei, von der ich das Bier und auch die Softdrinks beziehe, hat Lieferschwierigkeiten. Sie kann die nötigen Bestellmengen für das Fest nicht aufbringen.« Sie seufzte erneut. »Also musste ich mich beim Großlieferanten nach einer Alternative umschauen.«

Ben nickte. »Ich verstehe. Und bist du fündig geworden?«

»Ach, ich denke schon. Nur leider bin ich jetzt völlig erledigt.« Matea ächzte leise, dann aber lächelte sie tapfer. »Na gut, lassen wir das. Ich bin wie gesagt für eine Auszeit hier.«

Gemeinsam traten sie an die Turmbrüstung – und bei dem Ausblick hatte Ben beinahe sofort wieder vergessen, was Matea gerade erzählt hatte. Das Panorama unter ihnen, so still und sanft leuchtend in der späten Nachmittagssonne, weitete ihm die Brust, und er hatte das Gefühl, dass seine Gedanken von dem leichten Wind, der um den Turm strich, angenehm weit fortgetragen wurden, statt wie üblich schwer und behäbig in seinem Kopf zu rumoren.

»Es ist wirklich wunderschön hier.«

»Oh, es freut mich sehr, dass es dir gefällt.« Matea hob ihr Glas und stieß es leicht gegen seines. »*Chinchín!*«

»*Salut!*«, erwiderte Ben mit einem Lächeln. Dann nippte er zum ersten Mal am *Pescador* – und dann, überrascht, gleich noch ein zweites Mal. Er schmeckte Wein, schwer und säuerlich, aber durch den Likör und die prickelnde Limonade auch süße, helle und kräftig-würzige Noten. »Wow. Das ist wirklich gut!«

Matea grinste. »Ein Narcís-Special. Er hat ein Händchen für so was.« Sie lehnte sich mit beiden Armen auf die Brüstung. Der Wind blies ihr die wirren dunklen Locken aus der Stirn, während sie in die Ferne zu den Bergen starrte und dabei sanft das Glas in ihrer Hand drehte. Das Sonnenlicht fing sich funkelnd in den kleinen goldenen Creolen an ihren Ohren und den schmalen Spangen in ihrem Haar.

Ja. Sommer. Fehlen nur noch die Blumen. Ben ertappte sich dabei, Matea verstohlen zu mustern – wie perfekt und zugleich natürlich sie sich in das Bild der leuchtenden Weite und der Berge am Horizont einfügte – und er stellte fest, dass sich dabei in ihm eine Spannung löste, von der er gar nicht gewusst hatte, dass sie da gewesen war.

»Möchtest du ... hören, was ich über die Fassade herausgefunden habe?«, fragte er schließlich ein wenig zögernd, nachdem sie eine Weile einträchtig geschwiegen und nur hin und wieder an ihren Drinks genippt hatten. »Oder soll ich damit lieber warten, bis deine Auszeit vorbei ist?«

Mateas Lachen klang eine Spur zu trocken, aber

dennoch fröhlich. »Wenn du schon so fragst, ist es wahrscheinlich nichts Gutes, oder?«

Ben lächelte bedauernd. »Leider nein.«

»Hmm. Ich vermute, das sollte mich nicht überraschen.« Aus den Augenwinkeln warf Matea ihm einen resigniert belustigten Blick zu und trank noch einen Schluck von ihrem *Pescador.* »Na ja. Ist schon gut, es hilft ja alles nichts. Also erzähl es mir ruhig. Ich ... muss auch noch mit dir über etwas reden.«

Ben runzelte die Stirn. »Ach so?«

Matea winkte ab. »Erst du, bitte.«

Ben räusperte sich. »Na schön, also die Sache ist die: Es sieht so aus, als wäre beim letzten Fassadenanstrich eine wasserabweisende Farbe benutzt worden. Diese Farbe tut ihren Dienst sehr gut, solange die Fläche intakt bleibt - und das bleibt sie im Normalfall auch eine ganze Weile. Wenn aber nach einigen Jahren witterungsbedingte Risse entstehen und Wasser hinter den Farbauftrag dringt, kann es dort nicht mehr heraus, sondern sickert stattdessen unter der Farbe an der Wand herunter und zieht schließlich in den Mörtel und die Baumasse.« Er schüttelte ernst den Kopf. »Zum Glück betrifft es nur die Front der Pension. Ich vermute, dass die vor ein paar Jahren ganz besonders gegen diese Regenstürme geschützt werden sollte - und das ist nun leider nach hinten losgegangen. Wenn du mich fragst, müsste der komplette Putz entfernt, der Stein trockengelegt und

dann neu versiegelt oder verputzt werden. Und das ...
dürfte wohl eine größere Aktion werden. Und eine
schmutzige.«

Etliche Sekunden lang schwieg Matea.

»Uff«, sagte sie dann.

»Tut mir leid«, sagte Ben. »Ich hätte gern bessere
Nachrichten für dich. Immerhin scheint das Problem
noch recht frisch zu sein, die Steine selbst sind daher
vermutlich nur wenig beschädigt. Du hast Glück
gehabt, dass es dir gleich aufgefallen ist.«

»Hmm«, machte Matea. Ihre Nase kräuselte sich
nachdenklich, und zwischen ihren Brauen war eine
steile Falte erschienen. »Also empfiehlst du, dass
ich das Problem noch vor dem Sommer angehe?«
Sie formulierte es als Frage, schien aber wenig echte
Hoffnung zu haben, dass er ihr etwas Gegenteiliges
antworten könnte. Also versuchte Ben gar nicht erst,
die Sache zu beschönigen. »Wenn es irgendwie möglich ist – ja.«

Wieder schwieg Matea eine ganze Weile, den Blick
grübelnd in die Ferne gerichtet. Schließlich seufzte
sie – das vielleicht längste und tiefste Seufzen, das
Ben bisher von ihr gehört hatte –, ehe sie sich wieder
zu ihm umwandte. »Und wenn das ... nicht möglich
ist?«

Ben antwortete nicht darauf. Er wusste genau, was
sie damit meinte. Kurzfristig einen Malerbetrieb zu
finden, der sofort eine Restauration dieser Größen-

ordnung zu einem humanen Preis annahm, war völlig utopisch. Das war ihr ziemlich sicher genauso klar wie Ben. Aber solche Arbeiten während der laufenden Hauptsaison in einem voll belegten Haus durchzuführen – worauf es dann zwangsweise hinauslaufen musste –, war beinahe ebenso undenkbar. Zumindest wäre es ganz ohne Frage sehr schädlich für den Ruf der Pension. Und so blieb die Situation, ganz gleich, wie man sie drehte und wendete, nah an katastrophal.

»Also, möglicherweise können wir uns die nötigen Geräte irgendwo leihen oder mieten«, sagte Ben also stattdessen, in der Hoffnung, auf diese Weise zumindest eine etwas weniger pessimistische Perspektive zu eröffnen. »Wenn das klappt und du ein paar Leute zur Hilfe zusammentrommeln kannst, können wir uns im Lauf der Woche zumindest darum kümmern, dass diese Farbe von der Wand kommt, und die Fugen wieder auffüllen, wo es nötig ist. Die Versiegelung könnte dann ein professioneller Malerbetrieb im Herbst übernehmen.«

Sekundenlang sah Matea ihn einfach nur an. Ihr Mund war leicht geöffnet, und mit einem Mal sah Ben ein verdächtiges Glitzern in ihren Augen.

»Das würdest du tun?«, flüsterte sie endlich. »Ich ... Wow, ich weiß gar nicht, was ich sagen soll.«

»Na ja. Eine schmutzige Angelegenheit bleibt es trotzdem. Und die Fassade wäre dann auch den Sommer über nackt – obwohl ich persönlich das ja auch recht hübsch finde.« Ben hob die Schultern. »Aber es wäre vermutlich die schnellste und auch halbwegs günstigste Lösung.«

Matea blinzelte. Ein Lächeln erschien auf ihrem Gesicht – zaghaft, als könne sie immer noch nicht recht glauben, was sie gerade gehört hatte. »Anita hatte recht«, sagte sie endlich, und ihre Stimme klang ein wenig rau. »Du bist wirklich ein Geschenk.«

Ben räusperte sich und trank rasch einen Schluck von seinem *Pescador*, um seine Verlegenheit zu überspielen. »Das ist doch selbstverständlich«, wehrte er ab. »Ich meine ... ich weiß doch, wie es ist, wenn das Geld knapp ist und dann so etwas ansteht. Und ich möchte nicht, dass der Schaden noch größer wird. Außerdem ...«

... mag ich dich. Ich mag dich viel zu sehr, dafür, dass wir uns erst so kurz kennen. Ich habe dich eigentlich von der ersten Sekunde an zu sehr gemocht.

Den letzten Gedanken sprach er nicht aus. Weil er das Gefühl hatte, es wäre deplatziert, in diesem Moment so etwas anzudeuten. Missverständlich. Als würde er ihr nur helfen, weil er hoffte ... ja, was? Sie rumzukriegen? Fast hätte er gelacht. Für solche Spielchen war er noch nie der Typ gewesen. Und doch war es sicher genau das, was man hier von einem deutschen, männlichen Touristen erwartete.

Ben seufzte leise und unterdrückte den Drang, über sich selbst den Kopf zu schütteln. »Ich mach das wirklich gern«, schloss er so diplomatisch er konnte.

»Danke«, sagte Matea leise, fast unhörbar über dem sanften Rauschen des Windes. Für einen Moment hatte Ben den Eindruck, dass sie ihm am liebsten um den Hals gefallen wäre, und er konnte nicht leugnen, dass mindestens ein Teil von ihm sich in Wahrheit genau das wünschte.

Aber in ihren Augen las er auch ein Zögern. Es überschattete die Dankbarkeit in ihrem Blick. Und am Ende trat sie sogar einen Schritt von ihm zurück. Versteckte ihr Gesicht hinter dem Weinglas, länger als es nötig gewesen wäre, um einen Schluck zu trinken.

Ben runzelte verwirrt die Stirn. »Ist alles in Ordnung? Hab ich was Falsches gesagt?« Er fühlte sich seltsam ertappt. Vielleicht waren seine Gedanken zu offensichtlich in seinem Gesicht zu lesen gewesen? Oder hatte er sie ausgesprochen, ohne es zu merken?

Aber Matea schüttelte nur den Kopf. »Nein. Nein, du hast alles völlig richtig gemacht. Richtiger geht es eigentlich gar nicht.« Sie trank noch einen Schluck, doch die Bewegung wirkte etwas fahrig. »Aber ich habe doch gesagt, dass ich mit dir auch noch über etwas sprechen muss, und ... vielleicht solltest du dir das anhören, bevor du mir irgendwas versprichst.«

Das brachte Ben endgültig aus dem Takt. Ihr Ton war mit einem Mal so anders. Fremd geradezu. »Ich bin nicht sicher, dass ich dich richtig verstehe.«

Matea presste kurz die Lippen zusammen und strich sich die Locken aus der Stirn, die ihr der Wind hartnäckig immer wieder ins Gesicht blies. »Na ja, es ist so, dass ... Ich war nicht ehrlich zu dir.«

»Ähm ... okay?« Ben verstand immer noch nicht. Er sah ihr aufmerksam in die Augen, suchte in ihrer Miene nach einem Hinweis, was da gerade in ihr vorging – vergeblich. Die Stimmung war innerhalb eines Sekundenbruchteils in eine eigenartige Richtung gekippt, und er brachte es einfach nicht zusammen. Was war hier nur plötzlich los?

»Nicht ehrlich? Was meinst du?«

Matea sah ihn an. Zwei Herzschläge lang. Drei. Dann holte sie tief Atem.

»Enric und Arnau haben mir gesagt, dass du nach Riza suchst.«

Ben zuckte unwillkürlich zusammen. Nicht unbedingt wegen dem, was sie sagte – sondern *wie* sie es sagte. Als hätte Rizas Aufenthaltsort nicht nur für ihn eine Bedeutung. Sondern auch für sie. Und dann fiel es ihm auf: *Riza*, hatte sie gesagt. Nicht Jeriza, wie ihr voller Name lautete. Riza, wie nur enge Vertraute sie nennen durften. Und das bedeutete ...

Bens Herz schlug ein wenig schneller. Das Gespräch nahm hier spürbar eine Wendung, die er niemals hätte vorhersehen können. Eine, die einen spontanen Fluchtreflex in ihm auslöste, den er sich beim besten Willen nicht erklären konnte.

»Das stimmt«, wollte er sagen, doch es kam nur ein heiseres Flüstern heraus. »Willst du damit sagen, du kennst sie?«

Matea fuhr sich unruhig mit der Zungenspitze über die Lippen. Sie wich seinem Blick aus, nur um schon im nächsten Moment wieder zu ihm zurückzukehren.

»Ja«, sagte sie dann, und ihre Stimme klang nun wieder erstaunlich fest. »Ich kenne sie, und ich weiß, dass Flor ihre Tochter ist. Der Briefträger hat gestern einen ihrer Briefe im Postkasten an der Rambla gefunden und ihn uns gezeigt.«

Ben wusste nicht mehr, was er tun sollte, außer Matea völlig perplex anzustarren. Tausend Gedanken jagten sich in seinem Kopf, aber er bekam keinen davon zu fassen. »Flors Brief? Warum ...?«

»Weil es mein Name ist.« Matea stieß die Worte geradezu hart hervor. Aber Ben hörte nun auch eine bittere Traurigkeit darin, die er selbst nur zu gut kannte. Plötzlich fiel es ihm schwer zu atmen, und seine Handflächen begannen zu schwitzen.

»Tosell i Vives«, fuhr Matea etwas leiser und weicher fort. »Das ist nicht nur ihr Familienname, sondern auch meiner. Und Enrics auch. Riza ist unsere Schwester. Und deshalb ist Flor ...« Ein eigenartiger Laut entwich ihr, halb Ächzen, halb Schluchzen, ein stockendes, raues Luftholen, und Ben sah, dass Matea in diesem Augenblick wirklich mit den Tränen kämpfte. »Egal. Kurzum: *Wir* sind die Familie, die ihr sucht.«

Endlose Sekunden wusste Ben darauf nichts zu erwidern. Er sah Matea nur ins Gesicht, das immer noch so unheimlich angespannt war, mit dieser angestrengt gerunzelten Stirn, den unterdrückten Tränen in den Augenwinkeln und dem seltsam harten Zug um den Mund, den er noch nie an ihr gesehen hatte.

»Warum?«, überwand er sich endlich zu fragen. »Warum habt ihr nicht gleich etwas gesagt? Spätestens gestern Abend? Oder heute Morgen beim Frühstück? Wann auch immer?«

Matea zuckte hilflos die Schultern und schüttelte den Kopf. Ihre Stimme bebte, und sie verschränkte wie schützend die Arme vor ihrer Brust. »Ich weiß es selbst erst seit heute Mittag. Enric und Arnau haben den Brief gestern abgefangen und vor mir versteckt. Um mich zu schützen, irgendwie ... Es ist schwer zu erklären. Das mit mir und Riza, das ... ist eine lange Geschichte, und es ... es fällt mir so schwer ...«

In diesem Moment glitt ihr das Glas aus den zitternden Fingern und zersprang mit einem scharfen Klirren auf dem Boden. Ein erschrockener Fluch entfuhr Ben, und auch Matea sprang mit einem überraschten Laut zurück.

»*Ah, merda!*«

Und nun begann sie wirklich zu weinen, als wäre

zugleich mit dem Glas auch irgendwo in ihrem Inneren ein Damm gebrochen, und es strömte etwas unaufhaltsam hervor, das Ben nicht ganz verstand, aber dennoch auf seltsame Weise mitfühlte.

Vielleicht, weil es so sehr in ihm mitschwang, dieses Gefühl, diese Hilflosigkeit, weil es mit Riza ... *schwierig* war.

Und deshalb zögerte er auch nicht länger, sondern überbrückte den Abstand zwischen ihnen mit einem Schritt, ohne darauf zu achten, ob er in die Scherben trat, und nahm Matea fest in die Arme.

Einfach so.

Ohne weiter darüber nachzudenken, ob es angebracht war, weil es sich in diesem Moment einfach richtig und notwendig anfühlte.

»Hey ...« Er drückte sie behutsam an sich, spürte, wie sie vor Anspannung zitterte. »Es ist ... ich ... Es tut mir leid. Ich wollte dich nicht traurig machen.«

Matea hob den Kopf und sah zu ihm auf, fuhr sich mit dem Handrücken über die Wange, als wäre sie überrascht festzustellen, dass sie tatsächlich weinte. Dann schüttelte sie den Kopf, aber sie entfernte sich nicht von ihm. Sie blieb, wo sie war, ihr schmaler Körper kräftig und zugleich noch immer so hilflos bebend.

»Nein. Nein, das hast du doch nicht, es ist nur ... na ja, schwierig eben. Es hängt einfach vieles daran, viel Altes und Schweres und vielleicht auch Unnötiges, und ... ach. Wenn du sie kennst, verstehst du es vielleicht.« Sie lachte, aber es klang bitter und gar nicht nach dem Lachen, das Ben von ihr kannte.

Erneut zog er sie behutsam an sich, und diesmal lehnte sie mit einem leisen Aufatmen den Kopf an seine Schulter.

»Ja«, murmelte Ben. »Ich glaube, ich verstehe es sogar sehr gut. Ich ... Danke, dass du es mir gesagt hast.«

Dann sagten sie eine Weile gar nichts mehr, und Ben war dankbar für den Wind, für die Weite vor seinen Augen und das warme Licht, das sie umgab. Dieser Ort hier oben auf dem Turm, so weit weg von allem, machte die Gedanken leichter, und auch die Gefühle, die Mateas Eröffnung in ihm auslösten, schienen bei Weitem nicht so schwer zu wiegen, wie es vielleicht unten auf der Straße der Fall gewesen wäre. Dort unten hätte er sie vielleicht gedrängt, ihm zu erzählen, was geschehen war. Warum allein Rizas Erwähnung sie so durchrüttelte. Und was sie über Rizas aktuellen Aufenthaltsort wusste.

Hier oben tat er nichts von alldem, zumindest nicht jetzt, nicht gleich, nicht mit dem Druck, den er hätte spüren können. Behutsam strich er über Mateas Rücken und ihr Haar, spürte, wie das Beben in ihr langsam verebbte und es zugleich auch in ihm selbst wieder ruhiger wurde.

»Weiß Flor davon?«, stellte er schließlich die Frage,

die ihn trotz allem weiter umtrieb. »Ich meine, haben Enric und Arnau vor, es ihr zu erzählen?«

Matea hob den Kopf. »Nein. Nein, sie wollten es mir überlassen zu entscheiden, wann und wie ihr es erfahrt. Und ich wollte es zuerst mit dir besprechen. Vielleicht ... sollte sie es sowieso am besten von dir hören ... oder?«

Ben nickte langsam. Seine Hand strich wie von selbst weiter sanft über Mateas Rücken. Ob er damit sie beruhigte oder sich selbst, wusste er nicht. Vielleicht beides. Die Sonne hinter ihnen senkte sich inzwischen langsam auf die Dächer von El Pont, vergoldete das Licht und verlängerte die Schatten. Vermutlich würde Enric sich bald melden, um zu sagen, dass er Flor zurückbrachte. Aber selbst das schien Ben eigenartig weit weg. Alles, was er spürte, war eine unbestimmte Erleichterung darüber, dass er kein durch die großen Neuigkeiten völlig verwandeltes Kind zurückbekommen würde.

»Vermutlich hast du recht. Ich rede mit ihr. Heute Abend. Oder vielleicht auch morgen. Aber sag ... Also, ich hoffe, es ist in Ordnung, das zu fragen. Weißt du, wo sie ist? Riza, meine ich? Es ist ... Flor wird das wissen wollen, verstehst du? Sie hofft so sehr, sie bald wiederzusehen.«

Matea schwieg einen Moment. Zu lange, wenn es nach Ben ging. Die Stille ließ Raum für zu viele Gedanken.

»Nein«, sagte sie endlich leise. »Ich weiß es nicht. Niemand hier weiß es.« Ben spürte ihr verkrampftes Schulterzucken mehr, als dass er es sah. »Ich meine, wir wussten ja nicht mal, dass sie ein Kind hat. Eigentlich hören wir so gut wie nie von ihr, seit sie El Pont verlassen hat, und das ist fast zehn Jahre her. Manchmal schickt sie uns Postkarten von irgendwoher, aber sie sagt nie, wohin ihre Reise als Nächstes geht oder wie wir sie erreichen können. Ob wir sie *jemals* wieder erreichen können.« Wieder stieß sie dieses seltsame Ächzen aus. Dann löste sie sich von ihm, ein wenig zu schnell, zu ruckartig. Sie wandte sich ab und rieb sich mit beiden Händen über das Gesicht. »*Ostres,* es tut mir leid.«

Ben schob etwas hilflos die leeren Hände in die Hosentaschen.

»Aber das muss es doch nicht. Mir tut es leid. Das muss hart für euch sein. Als Familie. Ich ... suche sie ja nur für Flor. Nicht für mich.«

Matea nickte, aber sie sah ihn dabei nicht mehr an. Die Nähe zwischen ihnen, die Ben eben noch empfunden hatte, schien so schnell verpufft, wie sie gekommen war, und er wagte es nicht, ungefragt noch einmal auf Matea zuzugehen, obwohl er es wirklich gern getan hätte.

Dann drehte sie sich endlich wieder zu ihm um. Auf ihren Lippen lag ein Lächeln, das etwas angestrengt, aber trotzdem ehrlich wirkte. »Lass uns zurückgehen«, sagte sie. »Für heute haben wir genug zu verarbeiten, denke ich. Ich zumindest.«

»Ja. Das haben wir wohl«, murmelte Ben.

Noch immer ziemlich verwirrt folgte er Matea die Holzstiege hinunter, die engen Stufen zurück in den Weinkeller und schließlich durch den Vorhang in den Schankraum der Bodega. Inzwischen saßen einige offenbar einheimische Gäste an den Tischen und sahen verwundert in ihre Richtung, als Matea und Ben hinter dem Tresen neben den Weinfässern auftauchten. Ben gab sich Mühe, so zu tun, als würde er es nicht bemerken.

»*Adéu*, Narcís«, sagte Matea, während sie sich an dem Piraten vorbeischoben und zur Tür gingen.

Narcís stützte auf seinem Tresen das Kinn in die Hand und sah ihnen mit seinem schmalen Grinsen nach. »*Adéu, amics meus.* Hoffentlich bis bald!«

In der kurzen Zeit, die sie gebraucht hatten, um vom Turm herunterzusteigen, hatte sich der Abend über die schmalen Gassen gesenkt. Die Platanen auf der Rambla raschelten sanft im Wind, feuchte Luft stieg vom Fluss auf und brachte seinen schweren Geruch mit. Das Kopfsteinpflaster schimmerte im Abendlicht.

Beinahe im selben Moment, als Ben hinter Matea auf die Rambla hinaustrat, vibrierte in seiner Hosentasche das Handy. Als er es herauszog und das Display entsperrte, erwartete ihn eine Nachricht mit einem Foto von Flor, die auf dem Vordersitz des Pritschenwagens thronte und mit müden Augen, aber dennoch freudestrahlend in die Kamera winkte.

Lieferung von -1- Kind (voraussichtlich schlafend) erfolgt gegen 21:11, hatte Enric daruntergeschrieben.

Ben lachte leise.

Erwarte Lieferung an der blauen Tür, schrieb er zurück.

Das Bild eines nach oben gestreckten Daumens war die prompte Antwort.

Als Ben wieder aufsah und das Handy in die Tasche schob, bemerkte er, dass Matea ihn fragend musterte.

»Kommt Flor zurück?« Sie lächelte, und zum ersten Mal seit einer ganzen Weile sah sie wieder beinahe aus wie die entspannte, gelöste Matea, die Ben kennengelernt hatte.

Er nickte. »Sie fahren jetzt los.«

»Dann machen wir uns besser auch auf den Weg.«

Gemeinsam und ohne große Eile schlenderten sie durch die abendlich lebhaften Gassen von El Pont zurück in Richtung des *Gira-sol.* Sie sprachen nicht mehr, als hätten sie eine stille Übereinkunft getroffen, dass gemeinsames Schweigen jetzt das war, was sie beide am meisten brauchten. Dafür spürte Ben seltsam intensiv, wie dicht sie nebeneinander gingen. Er hätte kaum den Arm ausstrecken müssen, um nach Mateas Hand zu greifen, und beinahe hätte er es getan. Beinahe.

Vor dem Bogenspalier, das von der Straße in den Innenhof des Restaurants führte, blieben sie schließlich stehen.

»Also ... gute Nacht«, sagte Matea, ihre Stimme ebenso leise wie ihr Lächeln.

Ben nickte. Dann fasste er sich ein Herz und beugte sich zu ihr hinunter, um sie auf die Wangen zu küssen. »Gute Nacht, Matea. Und ... danke, dass du mir diesen Platz auf dem Turm gezeigt hast. Es war sehr schön. Trotz ... allem.«

Mateas Lächeln wurde zumindest ein bisschen heller. »Sehr gern. Ich meine – ich danke dir. Fürs Zuhören, und wegen der Fassade, und überhaupt.« Sie zögerte einen Moment. Befeuchtete sich nervös die Lippen und überwand sich schließlich doch. »Und ... Ben?«

Ben hob eine Braue. »Ja?«

Matea räusperte sich, und im schwindenden Abendlicht glaubte Ben zu sehen, dass ihre Wangen sich röteten. »Ich hab darüber nachgedacht, wie die nächsten Tage wohl sein werden, und ... Also, wenn du nichts dagegen hast, dass ich dein Auto fahre, und falls Beifahrer zu sein vielleicht trotz Serpentinenstraßen okay für dich ist, dann ... Ich würde euch gern das Meer zeigen, wo es am schönsten ist. Wenn ihr möchtet. Vielleicht können wir uns einfach ein bisschen Zeit nehmen und so tun, als gäbe es dieses Problem mit der verdammten Fassade nicht. Und vielleicht ... na ja, vielleicht möchte Flor ja auch einen Tag mit ... ihrer Tante verbringen. Selbst wenn die nicht weiß, wo ihre Mutter ist.«

Nun endlich spürte Ben auch auf seinem Gesicht ein Lächeln. Mateas Stimme klang so rau, so angestrengt, aber zugleich auch so liebevoll und mit einer Akzeptanz, die sagte, dass sie – was immer es zwischen ihr und Riza für eine Geschichte gab – nicht vorhatte, sie auf *ihre* Geschichte abfärben zu lassen. Und auch nicht auf Flor. Und Ben konnte in diesem Moment kaum sagen, wie sehr ihn das erleichterte. Das Gefühl kribbelte in seinem ganzen Körper und wärmte ihm das Herz.

»Da bin ich mir sogar ganz sicher. Wir fahren gern mit dir ans Meer, Matea. Wirklich. Sehr gern.«

Da stellte Matea sich auf die Zehenspitzen und gab ihm noch einen Kuss auf die Wange. Einen einzelnen, langen und sehr sanften Kuss, ehe sie sich rasch zurückzog.

»Okay«, flüsterte sie. »Dann bis morgen.«

Und bevor Ben noch etwas darauf erwidern konnte, war sie durch das Bogenspalier in die abendlichen Schatten davongeschlüpft.

Ben machte kein Licht, als er Flor wenig später hinauf in ihr Zimmer trug und auf das breite Familienbett legte. Draußen vor den Fenstern war es inzwischen völlig dunkel. Von unten aus dem Restaurant waren gedämpfte Musik und Stimmengewirr zu hören. Bens Magen knurrte leise, und ihm wurde bewusst, dass er seit dem Frühstück nichts mehr gegessen hatte. Aber Flor war pappsatt und tatsächlich halb schlafend aus Enrics Pritschenwagen in seine Arme gepurzelt, und alles Weitere musste warten, bis er sie ins Bett gebracht hatte. Und zugegeben, auch ihm selbst erschien die Aussicht, sich hinzulegen und einfach die Augen zu schließen, unendlich viel verlockender, als sich mit all den Gedanken in seinem Kopf unter Menschen zu begeben.

Matea Tosell i Vives. Rizas jüngere Schwester, die bisher nur ein vages, namenloses Gedankengespenst für ihn gewesen war, und die Frau, die wie die Personifizierung eines Sommertages dort an der Bushaltestelle gestanden und sich von ihm hatte mitnehmen lassen; die beim Frühstück auf dem Sonnenblumenhof neben ihm gesessen hatte und für deren Fassade er bereit war, seinen Urlaub zu opfern: Sie waren ein und dieselbe Person. Und Ben konnte immer noch nicht recht fassen, was das innerlich mit ihm anstellte.

Flor wachte kaum auf, als er ihr half, die Shorts und das T-Shirt auszuziehen und ihr Nachthemd überzustreifen, das eigentlich ein altes Shirt von Riza war. Flor schlief nur in diesen Shirts. Davon ließ sie sich nicht abbringen – Ben hatte es allerdings auch nie ernsthaft versucht. Zu Anfang hatte er befürchtet, dass die greifbare Erinnerung an ihre Mutter sie gerade in der Nacht zu sehr aufwühlen würde. Aber sie schien sie im Gegenteil sogar zu beruhigen.

Als er schließlich die dünne Decke über Flor breitete und bis zu ihrem kleinen spitzen Kinn hochzog, blinzelte sie und sah aus verhangenen Augen zu ihm hoch. »Du, Ben ...?«

»Schsch, schlaf weiter, Floreta. Wir sind in unserem Zimmer. Es ist schon spät.«

Flor blinzelte energischer, obwohl sie sehr offensichtlich kaum gegen den Schlaf ankämpfen konnte. »Es war wuuuunderschön auf dem Hof«, murmelte sie mit schwerer Stimme. »Hast du mit Matea gesprochen?«

Ben unterdrückte ein Seufzen. Er hatte so gehofft, dieses Gespräch bis zum nächsten Tag aufschieben zu können, wenn er seine Gedanken etwas geordnet hatte. Flor würde für mindestens eine Stunde wieder hellwach sein, wenn er ihr jetzt erzählte, was er auf dem Turm von Matea erfahren hatte.

»Bitte, Flor. Es ist zu spät. Schlaf jetzt. Ich erzähle dir morgen alles.«

Jetzt saß sie beinahe aufrecht im Bett. »Was hat sie denn gesagt, Ben?«

Der Seufzer bahnte sich nun doch seinen Weg. »Flor. Wir treffen sie morgen, dann kannst du selbst mit ihr sprechen, okay?«

»Und wenn sie morgen gar nicht da ist?« Jetzt war

Flor trotz allem endgültig wach. Tränen standen ihr in den Augen, und ihre Mundwinkel zitterten. »Hast du sie nun nach Mamà gefragt oder nicht?«

Na, das ist ja mal komplett nach hinten losgegangen.

Ben atmete tief durch. Er war wirklich nicht mehr in der Verfassung für solche Diskussionen. »Sie arbeitet hier, Flor. Natürlich ist sie da. Wir treffen sie sicher an der Rezeption, genau wie heute.«

»Und wenn wir es vergessen?«

»Also wirklich, Flor. Als ob du das jemals vergessen könntest. Jetzt leg dich bitte hin und schlaf.«

Aber ihre Angst war echt. Er sah es in ihren Augen. Und dieser Angst war mit Vernunft und Argumenten nicht beizukommen. Vor allem nicht so kurz vor dem Schlafengehen. Wenn er nicht wollte, dass sie noch stundenlang wach lag und sich nicht traute einzuschlafen, um bloß nicht zu vergessen, was sie morgen vorhatten, musste er ihr eine andere Lösung anbieten.

»Ich schreibe uns einen Zettel, sobald du schläfst«, schlug er vor. »Und lege ihn in deine Briefmappe. Dann können wir es gar nicht vergessen.«

»Na gut«, murmelte Flor und klang dabei wenigstens halbwegs überzeugt. Allerdings nur für wenige Sekunden, ehe sie sich mit besorgtem Blick wieder im Bett aufsetzte. »Aber wenn du *vergisst*, den Zettel zu schreiben?«

Ben seufzte, stand auf und zog den Skizzenblock

aus seinem Rucksack, um eine Seite herauszureißen und *An der Rezeption mit Matea treffen!* darauf zu schreiben.

»Hier, siehst du? Wir können es nicht mehr vergessen. Versprochen ist versprochen, Floreta. Okay?«

»Okay«, nuschelte Flor. Diesmal klang es schon viel weniger zweifelnd – und rechtschaffen müde. Ben konnte förmlich zusehen, wie ihr die Lider mit jeder Sekunde schwerer wurden, kaum dass sie sich endlich wieder hingelegt hatte. Vor allem aber konnte er es nach*fühlen*.

Er lächelte erschöpft. »Dann gute Nacht, Flor. Ich komme auch bald.«

»Mmh«, machte Flor und kuschelte sich tiefer ins Kissen. »Gute Nacht. Du, Ben?«

Ben, der sich gerade auf den Weg ins Bad hatte machen wollen, hielt noch einmal inne. »Hm?«

»Ich hab dich lieb.«

Ben kehrte zum Bett zurück, beugte sich zu ihr hinunter und strich ihr sanft über das zerzauste Haar. *Morgen*, dachte er, *gleich morgen früh nach dem Aufwachen werde ich ihr alles erzählen.*

Und trotz aller Unruhe, die die ganze Situation in ihm auslöste, freute er sich jetzt schon auf ihre Freude.

»Ich dich auch, Flor. Ich dich auch.«

Justícia – Gerechtigkeit.

Riza

Das Leben ist nicht immer gerecht.

Es ist zum Beispiel nicht gerecht, am schönsten Ort der Welt aufzuwachsen, aber einfach nicht in der Lage zu sein, dort auch bleiben zu wollen. Diesen Teil von mir habe ich lange Zeit nicht verstanden. Und ich habe nächtelang deswegen gegrübelt, gezweifelt und gelitten. Versucht, den Grund dafür zu finden, warum ich so falsch bin. So undankbar.

Bis ich endlich begriffen habe, dass ich das gar nicht muss.

Ich *muss* es nicht verstehen.

Und ich bin auch nicht falsch.

Im Gegenteil: Es ist völlig okay, so zu sein.

Es ist okay, *ich* zu sein.

Ich bin nun mal ein Blatt – keine Wurzel oder ein Stein, der fest in der Erde liegt. Aber das bedeutet eben nicht, dass etwas mit mir nicht stimmt, sondern nur, dass ich anders bin als die meisten Menschen. Zumindest anders als die meisten, die in El Pont leben.

Es hat wirklich lange gedauert, bis mir das klar wurde,

und noch länger, bis ich die Erkenntnis auch annehmen konnte. Selbst danach noch fand ich es himmelschreiend ungerecht, dass ich in El Pont nicht glücklich sein konnte – denn ob man es glaubt oder nicht, ich liebe meinen Herkunftsort. Ich habe ihn immer geliebt, von ganzem Herzen. Und tatsächlich gab es nur eins, das ich noch ungerechter fand als meine Unfähigkeit, dort Wurzeln zu schlagen: die Fähigkeit anderer, genau das zu schaffen.

Ich habe meine kleine Schwester immer darum beneidet, dass ihr das so mühelos gelang: glücklich zu sein an diesem perfekten Ort, mit diesem perfekten Partner und diesem perfekten Plan fürs Leben. Ich war eifersüchtig – nicht auf das, was sie hatte, denn genau das hätte ich ja auch jederzeit haben können, hatte es teilweise sogar, und noch mehr. Nein, ich war eifersüchtig auf ihre Gefühle. Wir lebten nahezu das gleiche Leben. Und doch war sie glücklich, und ich war es nicht.

Das ist definitiv nicht gerecht.

Aber habe ich ihr deshalb gewünscht, dass ihr Traum zerstört würde?

Habe ich ihr deshalb diese schreckliche Krankheit gegönnt, die ihr am Ende die Fähigkeit nahm, die eigenen Kinder zu bekommen, die sie sich immer so gewünscht hat?

Nein. Verdammt noch mal, nicht eine einzige Sekunde lang hätte ich an so etwas auch nur gedacht. Und ich habe ihr ganz bestimmt auch niemals gewünscht, dass ihre Beziehung über dem Leid und der Enttäuschung zerbrechen würde. Es hat mir keine Genugtuung gebracht, dass Leonel zu mir kam, um Trost zu suchen, und es war ... Ich weiß nicht, was in mich gefahren ist, mit ihm zu schlafen. Er sagte, er wollte nur reden, und nach einer Flasche Wein hat sich herausgestellt, dass das nicht stimmte. Dass er etwas anderes brauchte. Einen anderen Trost, den Worte nicht geben können. Ich hätte nicht diejenige sein dürfen, die ihm das gibt, das wusste ich eigentlich schon damals.

Trotzdem habe ich es getan, und es geschieht mir wohl recht, dass ich mich deshalb jetzt für immer schuldig fühlen werde. Dass es sich anfühlt, als hätte meine Eifersucht dafür gesorgt, dass Matea nicht länger glücklich sein durfte. Egal wohin ich gehe, der Gedanke ist immer da. Ich habe Mateas Glück zerstört. Und ich habe das Kind bekommen, das sie hätte haben sollen.

Obwohl ich es gar nicht wollte.

So, und nun habe ich auch das zugegeben: Ich wollte nie Mutter sein. Und es fällt mir bis heute schwer. Ich liebe Flor unendlich, mehr als irgendjemanden sonst auf der Welt. Aber die zunehmenden Erwartungen, die das Muttersein an mich stellt, je älter sie wird – sie erdrücken mich. Sie engen mich ein, ähnlich wie die Berge und das Meer mich erdrückt haben, die anderen so viel Sicherheit und Freiheit schenken. Sie sind wie der Stein, der das Blatt, das ich bin, am Boden hält. Vor allem, da ich immer deutlicher spüre, dass Flor nicht dafür gemacht ist, meine Art des Lebens zu teilen. Sie hat die Wurzeln, die mir fehlen. Sie immer wieder aus dem Boden zu reißen, in dem sie wächst, würde sie auf Dauer unglücklich machen, so wie es mich unglücklich macht, an ein und demselben Ort bleiben zu müssen.

Und deshalb, nur deshalb habe ich sie schließlich bei Ben zurückgelassen, sosehr der Abschied mich auch innerlich zerrissen hat – und obwohl ich Ben wohl niemals ganz verzeihen werde, dass er mich bei unserem letzten Streit dazu gebracht hat, seine Nummer zu löschen. Den Kontakt zu meinem Kind vollständig abzubrechen. Niemand hat mir in meinem Leben je so etwas Furchtbares angetan.

Ben ist ein wunderbarer Mensch, und ich weiß, dass niemand besser für mein Kind sorgen wird. Aber seine Wut werde ich auch nie vergessen. Sein hartes, unnachgiebiges Urteil. Sein Unverständnis. Wie er auf mich heronterredete von seinem hohen moralischen Ross, bis ich selbst anfing zu glauben, dass ich es nicht länger verdiente, mein eigenes Kind zu sehen.

Ich verstehe, dass er verletzt war. Ich war auch hart zu ihm, auch ungerecht und wütend. Aber er hatte kein Recht, mir Flor auf diese Art wegzunehmen, und ich weiß nicht, wie lange ich das noch hinnehmen kann. Ich vermisse sie so sehr. Es macht mich auf Dauer kaputt.

Trotzdem muss ich auch hierbei schon wieder an Matea denken. Daran, dass sie von alldem niemals erfahren darf. Sie wäre auf Bens Seite, da bin ich mir sicher. Sie würde mich hart dafür verurteilen, dass ich ein Kind bekommen und dann zurückgelassen habe. Davon bin ich dermaßen überzeugt, dass ich nicht mal mehr weiß, ob die innere Anklage, die mich Tag und Nacht verfolgt, meine eigene ist oder ihre und auch Flors, wie ich sie mir vorstelle.

Es tut mir so leid, mein Kind. Das alles. Wie es gekommen ist, dass ich gegangen bin, und dass wir uns auf diese Art trennen mussten. Vielleicht gelingt es dir eines Tages, mir zu verzeihen. Vielleicht kommst du mich irgendwann suchen, so wie auch ich für immer nach dir Ausschau halten werde, an jedem einzelnen Tag meines Lebens, bis ich dich irgendwann endlich wiedersehen darf. Bis ich wieder in dein kleines Gesicht und diese wunderschönen Augen blicken und dir sagen darf, wie sehr ich dich liebe – und dass ich dich genau deshalb zurückgelassen habe.

Ich vermisse dich so unendlich, meine Flor. Und ich wünsche mir nichts mehr, als dass du mir verzeihst, dass ich ohne dich gegangen bin.

Eines Tages gelingt es dir vielleicht wirklich – und dann treffen wir uns.

Auf der sonnigen Brücke.

Am schönsten Ort der Welt.

TEIL II

DIE WURZEL UND DAS BLÜTENBLATT

An: Jeriza Josell i Vives
Irgendwo auf der Welt, vielleicht in Argentinien

Von: Flor Josell i Vives
in El Pont Assolellat

Liebste Mamà,

heute ist der dritte Tag in El Pont, aber es
fühlt sich an, als wären wir schon ganz lange
hier! Gestern war ich den ganzen Tag auf einem
Sonnenblumenhof. Da habe ich zwei Kinder
kennengelernt, sie heißen Gemma und Levo, und
sie haben mir ihre Ponys gezeigt. Ich bin sogar
geritten! Ganz allein! Gemma hat nur ein bisschen
die Zügel angefasst. Ich hoffe, wir fahren bald
wieder hin. Ich wünschte, du könntest sie auch
kennenlernen.
Jetzt warte ich auf Ben, er ist unter der Dusche.
Dann treffen wir hoffentlich Matea. Ben hat
gesagt, wir

Er ist jetzt da! Ich schreibe später weiter, okay?
Ich küsse dich, Mamà!

Vierzehn

Matea

Am nächsten Morgen saß Matea wie jeden Montag früh an der Rezeption und sortierte die Post, die sich im Lauf der vergangenen Woche in der Ablage angesammelt hatte.

Gemessen an dem emotionalen Aufruhr des letzten Tages hatte sie erstaunlich gut und tief geschlafen, sogar ohne sich vorher stundenlang hin und her zu wälzen. Selbst jetzt noch fühlte sie sich bemerkenswert ruhig und gelassen, wenn sie davon absah, dass sie bei jedem der wenigen Gäste, die so früh am Tag die knarzenden Treppenstufen herunterkamen, rasch aufblickte, um zu sehen, ob es sich dabei um Ben oder Flor handelte. Es war, als hätte das Gespräch mit Ben auf dem Turm und – vielleicht sogar mehr noch – ihr Abschied vor dem Bogenspalier die wild durcheinandertrudelnden Gefühle in ihr sortiert und ins richtige Verhältnis gesetzt. Ihr Ruhe zurückgegeben und Sicherheit. Jetzt freute sie sich bloß noch darauf, die beiden wiederzusehen. Sie freute sich wirklich. Sogar darauf, die weiteren Schritte in der unleidigen Geschichte mit der Fassade mit Ben zu besprechen.

»Ich suche sie ja nur für Flor«, hatte er über Riza gesagt. *»Nicht für mich.«*

Und im Grunde war das doch alles, was Matea wirklich wissen musste. Wenn sie sich am Ende entschied, Ben zu mögen und er sie vielleicht auch ... brauchte es dann noch mehr? Nein, gab sie sich selbst zur Antwort, das brauchte es nicht. Und vor allem nicht das Gespenst einer Riza, die ohnehin nicht hier auftauchen würde. Es war so, wie Arnau gesagt hatte: Flor gehörte zur Familie.

Und Ben ... Möglicherweise tatsächlich auch. Matea war an diesem Morgen jedenfalls mehr als bereit, es herauszufinden.

Noch war es im oberen Stockwerk allerdings fast völlig still, obwohl das Haus wirklich keine besonders gute Schalldämmung besaß. Falls sie je das Geld dafür übrig hätte und es nicht sofort in dringendere Restaurationen investieren müsste, würde Matea es definitiv dafür ausgeben – allein schon der Privatsphäre ihrer Gäste zuliebe. Aber das waren bisher leider nur schöne Zukunftsträume.

In diesem Moment erklang über ihr ein spitzer Freudenschrei, der gefühlt das gesamte Gebäude, zumindest aber Matea selbst, innerlich zum Beben brachte. Und nur Sekunden später hörte sie endlich die ihr nun schon vertrauten Kinderschritte auf der Treppe.

»Matea?« Mit leuchtenden Augen und wehendem Pferdeschwanz kam Flor in den Empfangsbereich gerannt. Als sie Matea tatsächlich dort sitzen sah, zögerte sie allerdings einen Moment, als wäre sie sich nicht ganz sicher, was sie nun weiter tun sollte. Aber Matea spürte, dass sie nicht anders konnte, als dieses strahlend sonnige Lächeln zu erwidern, und zugleich spürte sie plötzlich Tränen hinter ihren Lidern brennen. Sie stand auf, trat hinter dem Empfangstresen hervor und breitete die Arme aus.

Und nun zögerte Flor nicht länger. Sie flog geradezu durch den Raum und schlang ihre Arme fest um Mateas Hüfte.

»Ist das echt wahr?«, fragte sie und presste ihr Gesicht gegen Mateas Bauch. »Bist du *wirklich* meine Tante?«

Matea drückte sie einmal fest an sich. »Ja«, wollte sie sagen, aber ihr Hals war so rau, dass sie kaum einen Ton herausbekam. »Dann hat dein Bonuspapa es dir also schon verraten«, sagte sie stattdessen, als sie endlich ihre Stimme wiederfand.

Flor nickte und schlang ihre Arme noch ein bisschen fester um sie. Ihre Augen blitzten, als sie den Kopf in den Nacken legte, um Matea schelmisch anzusehen. »Hast du meinen Schrei gehört?«

Jetzt musste Matea lachen. »Der war tatsächlich schwer zu überhören.«

Auch Flor lachte. Dann drückte sie ihr Gesicht

erneut gegen Mateas Bauch. »Ich hab mich so gefreut«, nuschelte sie in den Stoff von Mateas Blusenshirt.

»Mhm. Das verstehe ich«, sagte Matea ebenso leise und strich Flor behutsam über den Kopf.

Flor ließ sie wieder los. »Und wir fahren zusammen ans Meer!«, rief sie. »Ben hat es gesagt – ich soll dich nur fragen, wann!«

Ein Räuspern erklang hinter ihnen. Und schon bevor sie sich umdrehte, wusste Matea, dass nun auch Ben im Durchgang zum Treppenhaus aufgetaucht war.

»Tja, es scheint, als möchte Flor wirklich sehr dringend diesen Ausflug machen, von dem du gestern gesprochen hast.« Er lächelte schief. »Ich vermute, jetzt sofort hast du so spontan keine Zeit?«

Matea musste lachen, und noch während der Laut in ihr nachklang, konnte sie nicht anders als festzustellen, wie eigenartig vertraut ihr Bens Anblick inzwischen geworden war. Seine große, schlanke Gestalt, die kräftigen Schultern und das stets etwas struppige Haar, das markante Gesicht mit den immer ein wenig müden, aber auch so ernsthaften, freundlichen Augen. Wie er die Hände in die Taschen schob und den Kopf leicht schieflegte, und die kleinen Fältchen in seinen Augenwinkeln, wenn er schmunzelte. Sie sah ihn gern an. Mehr noch. Am liebsten hätte sie ihre Hand zu seiner in seine Tasche gesteckt. Und deshalb fiel es ihr auch nicht schwer, einen ganz und gar spontanen Entschluss zu fällen.

»Also ... um ehrlich zu sein, ist Montag mein Bürotag. Und na ja, eigentlich müsste ich mich heute Vormittag nach diesen Mietgeräten zur Fassadenreinigung umsehen, von denen du gestern gesprochen hast. Aber vielleicht könntest du mir dabei helfen? Wenn Flor sich so lange in der Küche durchfüttern lässt und mit Yemayá ein großes Proviantpaket für uns packt ... Dann könnte ich den Rest womöglich ausnahmsweise auf später verschieben und mit euch ein paar Stunden in die Berge und ans Meer durchbrennen.« Sie zwinkerte Ben zu. »Das heißt, falls du nicht in Wahrheit auf meine Absage gesetzt hast, weil du die Serpentinen meiden willst?«

Flor riss die Augen auf. »Nein! Ben möchte es auch unbedingt!«, rief sie.

Ben lachte. »Na ja, ich habe gehört, jemand anders möchte mein Auto fahren. Solange ich nur Beifahrer sein muss, habe ich kein Problem mit den Serpentinen.«

»Na, wenn das so ist!« Matea warf einen raschen Blick auf die Uhr über dem Rezeptionstresen, die inzwischen fast halb neun zeigte. »In einer halben Stunde kommt Gracia und löst mich hier ab. Bis dahin könnten wir es ja vielleicht schaffen, einen Betrieb zu finden, der die richtigen Geräte zum Vermieten anbietet. Und du kümmerst dich so lange um die Verpflegung für unseren Ausflug, Flor, ja? Abgemacht?«

»Abgemacht!«, rief Flor begeistert.

»Also schön.« Matea nahm sie an der Hand. Ein warmes Gefühl durchströmte sie, als sie spürte, wie die kleinen Finger sich fest und vertrauensvoll um ihre schlossen.

Familie, dachte sie. *Ja, das ist wirklich Familie.*

Sie schenkte Flor ihr herzlichstes Lächeln. »Dann zeige ich dir jetzt die Küche.«

Fünfzehn

Matea

Egal wie oft sie die Strecke nach Norden auch fuhr, Matea würde niemals aufhören, über die Schönheit der Berge und der Küste zu staunen.

Flor hatte zielsicher eine Playlist mit spanischen Kinderliedern auf Bens Handy ausgewählt. Aus vollem Hals trällerte sie nun inbrünstig *Veo, veo* und *Chu-chu-wa* in den Fahrtwind, und Matea konnte sich nicht helfen: Sie musste ebenfalls mitsingen, ob sie wollte oder nicht. Sie wunderte sich nicht einmal besonders darüber, dass ihr das so leichtfiel, wo es ihr doch sonst so unglaublich unangenehm war, in Anwesenheit anderer zu singen. Mit Ben und Flor verspürte sie diese Verlegenheit nicht, im Gegenteil. Selbst Lieder, von denen sie gar nicht wusste, dass sie sie je auswendig gekonnt hatte, sprudelten einfach wie von selbst aus ihr heraus, und Matea vermutete, dass ihr in diesem Moment, in diesem Auto und auf dieser bezaubernden Küstenstraße im gleißenden Sonnenlicht selbst Anitas fürchterliche Retro-Sommerhits gefallen hätten. Die Pension, der Stress mit den Getränken für das Fest, die undichten Stellen in der Fassade, ja selbst der Gedanke an Riza und die Erinnerung an die schmerzhaftesten Momente in Mateas Vergangenheit, die damit einhergingen, schienen in diesem Augenblick weit weg. Matea fühlte sich einfach nur leicht und gelöst.

Ben sang nicht mit. Als Flor ihn darum bat, hatte er freundlich, aber sehr entschieden abgelehnt, und Flor hatte erstaunlicherweise auch nicht weiter nachgebohrt – als hätten sie diese Diskussion schon öfter geführt. Stattdessen suchte er noch immer auf dem Handy nach Angeboten für Sandstrahlgeräte, Mörtel und Werkzeug, um sämtliche Möglichkeiten auszuloten. Aber sein linkes Bein wippte leicht im Takt, und Matea erkannte an dem Schmunzeln in seinen Mundwinkeln, dass er sich in diesem Moment ebenso wohlfühlte wie sie, außerdem ließ er immer wieder lange Blicke über die schroffen Steilhänge schweifen. Es gefiel ihm. Ihre Heimat gefiel ihm, und er hatte Freude daran, mit ihr hier zu sein. Es gefiel ihm sogar, für sie zu arbeiten. Und das machte Matea glücklicher, als sie je vermutet hätte. Mehr noch: Es machte sie hoffnungsvoll.

Als sie Rocavella schließlich erreichten, lenkte Matea das Auto auf einen Parkplatz, der ein Stück außerhalb des eigentlichen Ortes lag. *Aparcament per a visitants* stand auf einem Schild vor der Schranke.

»Von hier aus müssen wir zu Fuß weiter«, erklärte sie. »Mit dem Auto in den Ortskern dürfen nämlich nur die, die in Rocavella wohnen. Oder die eine Liefergenehmigung haben. Alle anderen müssen hier auf dem Parkplatz einchecken, und wenn er voll ist, lassen sie niemanden mehr rein. So verhindern sie, dass der Ort zu sehr überrannt wird.«

»Ganz schön clever«, bemerkte Ben, während er ihr Ausflugsgepäck aus dem Kofferraum zog. Er reichte Matea ihre Umhängetasche, schulterte seinen Rucksack, aus dem eine Baguettestange herausragte wie ein überdimensionierter Zeigefinger, und half schließlich Flor, in die Riemen von ihrem zu schlüpfen. »Na ja, es tut uns auch gut, ein paar Schritte zu laufen nach der langen Fahrt.«

»Als Erstes brauchen wir außerdem ein Eis!«, verkündete Flor entschieden. »Es ist schließlich Urlaub, und da wird jeden Tag mindestens ein Eis gegessen.«

Ben warf Matea ein Grinsen zu, das halb schadenfroh, halb mitleidig war. »Ich hoffe, dir ist klar, dass du jetzt das volle Touriprogramm mitmachen musst? Eisessen, Picknick am Strand, Baden und Sandburgen bauen und natürlich durch Souvenirläden bummeln – alles, was so dazugehört.«

Matea lachte auf. »Na, das werde ich hoffentlich gerade so überleben. Zum Glück sind wir mit den Souvenirläden schnell durch – es gibt hier nur zwei oder höchstens drei, soweit ich weiß.«

Ben zuckte noch immer grinsend die Schultern. »Na gut. Mehr Zeit für Sandburgen und Wasserschlachten. Und nachher gehen wir essen, wir laden dich ein. Meinst du, dass du auch das überlebst?«

Matea schüttelte schmunzelnd den Kopf und schulterte ihre große Strandtasche. »Muss ich wohl«, sagte sie mit einem gespielt tiefen Seufzer. »Muss ich wohl.« In Wahrheit aber konnte sie sich in diesem Augenblick einfach nichts vorstellen, was sie an diesem Tag lieber getan hätte.

Rocavella war ein sehr viel kleinerer und vielleicht sogar noch verwunschenerer Ort als El Pont, wie er so völlig eins schien mit der rauen Landschaft ringsum und so gut wie unberührt von dem Tourismus, der den Rest der Region jeden Sommer aufs Neue überrollte. Dem Dorf wohnte ein etwas heruntergekommener Charme inne mit den geduckten Häusern, dem abblätternden Putz und dem gesprungenen Pflaster in den engen Straßen, in denen Matea selbst dann nicht gern mit dem Auto unterwegs gewesen wäre, wenn sie es gedurft hätte. Eigentlich gab es in Rocavella überhaupt nichts Besonderes. Es war weder wirklich hübsch, noch hatte es eine spannende Kulturgeschichte zu bieten. Es war bloß ein in die Jahre gekommenes Fischerdorf, dessen Name kaum jemandem etwas sagte. Vor rund fünfundzwanzig Jahren war ein unbekanntes Mädchen hier an Land gespült

worden und infolgedessen eine urbane Meerjung-
frauenlegende um den Ort entstanden, die es sogar
bis in die internationale Presse geschafft hatte. Und
trotzdem hatte es kaum mehr als ein paar Monate
gedauert, bis das Dorf erneut in Vergessenheit gera-
ten war. Hier draußen wirkte alles irgendwie fern von
der restlichen Welt, alt und ein bisschen schäbig.

Aber der Strand ...

Der Strand war einzigartig.

Er begann direkt hinter der Rambla, vom Rest des
Ortes nur durch eine schmale Promenade getrennt –
ein breiter Streifen rötlich schimmernden Sandes,
der sich zwischen atemberaubende Felsen schmiegte,
die weit ins Meer hineinragten und den Blick auf
einen scheinbar unendlich weiten Horizont öffneten.

Als sie aus den engen Gassen traten und dieser
sagenhafte Strand und dahinter das tiefblaue Meer
sich vor ihnen ausbreiteten, blieben nicht nur Flor
und Ben andächtig stehen. Auch Matea spürte, wie
ihr Atem unwillkürlich tiefer ging, wie es in ihrer
Brust kribbelte und etwas in ihren Augen zu brennen
begann, das nicht der salzige Wind war. Sie sah den
Strand von Rocavella bei Weitem nicht zum ersten
Mal. Aber er überwältigte sie einfach immer wieder.

Langsam traten sie schließlich zu dritt auf den
breiten Sandstreifen hinaus. Flor schob ihre eisver-
klebte Hand in Mateas und ließ den Blick über das
Meer bis zum Horizont schweifen. Der Wind zupfte

vereinzelte goldbraune Strähnen aus ihrem Pferdeschwanz, und ihre Augen glitzerten verträumt.

»Du, Matea?«, fragte sie. »Wo ist denn nun eigentlich die Meerjungfrau?«

Matea lächelte und blinzelte rasch die Tränen aus
ihren Augenwinkeln. »Tja, ich weiß es auch nicht so
genau. Man sagt, sie steht manchmal oben auf dem
Leuchtturm.« Sie deutete hinauf zu dem alten Turm,
der sich auf der Klippe weit über ihnen erhob. »Aber
ich kenne ehrlich gesagt niemanden, der sie schon
mal gesehen hat. Der Weg nach da oben ist leider
seit zwei Jahren für die Öffentlichkeit gesperrt, sonst
hätte ich gesagt, wir gehen mal rauf und sehen selbst
nach.«

»Hmm«, machte Flor und zog nachdenklich die
Nase kraus, während sie ebenfalls zum Turm hinauf-
sah. »Also hat sie gar keinen Fischschwanz mehr?«

Matea schüttelte den Kopf. »Nein, sie ist für immer
an Land geblieben, soweit ich weiß. Weil sie bei den
Menschen bleiben wollte, die sie hier liebgewonnen
hat.«

»Ach so.« Flor wirkte etwas enttäuscht. Aber
ebenso schnell, wie ihr die Frage eingefallen war,
schien sie sie auch wieder vergessen zu haben. Sie
ließ Mateas Hand los und rannte ein Stück voraus,
um durch die Brandung zu stapfen und über die Wellen zu springen, die spritzend und rauschend an den
Strand rollten.

»Jetzt bauen wir die größte Burg der Welt!«, verkündete sie von dort aus. »Ben und Matea! Ihr müsst den Graben ausheben, okay?«

Ben trat neben Matea. Wieder hatte er sich so dicht neben sie gestellt, dass ihre bloßen Unterarme sich ganz leicht berührten, und Matea glaubte einfach nicht mehr daran, dass das ein Zufall war. Der Gedanke ließ ein angenehmes Kribbeln durch ihren ganzen Körper rieseln.

»Na?« Bens Stimme klang ganz tief und warm, und als Matea zu ihm aufsah, sah sie diese Wärme auch in seinen Augen. »Bist du bereit?«

Als sie sein Lächeln erwiderte, kam es aus tiefstem Herzen. »Mehr als das. Du wirst schon sehen.«

Nachdem sie die riesige Burg schließlich fertiggestellt, dreimal im Meer gebadet und sämtliche Snacks aus ihren Rucksäcken vertilgt hatten, stillten sie das, was vom Hunger noch übrig war, in einem kleinen Restaurant, das fabelhafte Paella servierte. Es war ein ungewohntes, aber schönes Gefühl, dachte Matea, sich einfach mal um gar nichts zu kümmern. Sich selbst zu erlauben, die Gedanken auszuschalten und die Verantwortung abzugeben – wenigstens für eine Weile, ganz gleich, was daheim auf sie wartete. Es war ihr nicht entgangen, dass Ben sich hin und wieder mit dem Handy entfernt hatte, um zu telefonieren, und sie war sich ziemlich sicher, dass er mit den

Betrieben sprach, die er sich notiert hatte, damit sie bald mit der Arbeit an der Fassade beginnen konnten. Er sagte nichts dazu, aber seine ganze Haltung, seine Stimme und seine Blicke strahlten eine solche Zuversicht aus, dass Matea sich keine Sorgen um seinen Erfolg machte. Stattdessen empfand sie bloß Dankbarkeit. Dankbarkeit, weil er sich kümmerte. Weil er es so selbstverständlich wirken ließ. Und weil sie selbst nie damit gerechnet hätte, eines Tages so bereitwillig Hilfe annehmen zu können.

Als sie sich schließlich auf den Heimweg durch die Berge machten, dämmerte es bereits, und die Abendsonne bemalte die Straße vor ihnen in dramatischen Farben. Diesmal hatte Ben die Musik ausgesucht: entspannte, sanft rhythmische Instrumentalstücke; und sie alle drei schwiegen erschöpft, aber zufrieden, während sie auf den Serpentinenstraßen in Richtung El Pont fuhren.

»Das war ein sehr schöner Tag«, sagte Ben, als sie schließlich wieder im sanft beleuchteten Eingangsbereich der Pension standen und Matea ihm seine Autoschlüssel zurückreichte. »Vielen Dank.«

»Jaaaaah«, bestätigte Flor in ein großes Gähnen hinein. »Danke, Matea!«

Matea lächelte. »Das war er. Und ich habe zu danken. Danke, dass ihr mich mitgenommen habt.«

Ihr Blick wanderte zu Ben. Sekundenlang sahen sie sich stumm in die Augen, und Matea spürte, wie ihr Herz kräftig gegen ihre Rippen zu klopfen begann und ihre Wangen ein wenig wärmer wurden.

»Tja, also ... Habt ihr vielleicht Lust, noch ein Glas Wein im Restaurant zu trinken?«, fragte sie. »Und eine Limo? Geht natürlich aufs Haus.«

Die Fältchen in Bens Augenwinkeln vertieften sich. »Grundsätzlich natürlich sehr gern. Aber dieser kleine Mensch hier muss jetzt dringend ins Bett. Ein andermal, ja? Es ist schon sehr spät«, fügte er mit Nachdruck hinzu, als Flor den Mund öffnete, und wuschelte ihr liebevoll durchs Haar.

»Aber Ben!«, protestierte Flor trotzdem. »Gestern war ich viel länger wach!«

»Ein Grund mehr, heute ein bisschen pünktlicher ins Bett zu gehen.« Ben grinste, als Flor schmollend die Unterlippe vorschob.

»Es sind aber Ferien«, murrte sie und musste im nächsten Moment schon wieder gähnen.

»Die sind morgen auch noch. Na komm. Sag Matea gute Nacht.«

Etwas trotzig schlang Flor die Arme um Mateas Hüfte. »Gute Nacht, Matea«, grummelte sie beleidigt.

Matea beugte sich zu ihr hinunter und küsste sie auf die Wangen. »*Bona nit. Que tinguis un bon son, que descansis i dormis amb els angelets* – ich wünsch dir einen guten Traum, dass du dich entspannst und mit den Engeln schläfst. Das hat meine Oma immer vor dem Einschlafen zu mir gesagt, als ich noch ein Kind war.«

Das Lächeln kehrte auf Flors Gesicht zurück, wenn auch immer noch ein bisschen zögernd. »Das ist schön!«

»Ja, das fand ich auch immer.«

»Na, siehst du. Dann kannst du jetzt bestimmt besonders gut schlafen«, bemerkte Ben triumphierend. Aber als Matea seinen Blick auffing, sah sie darin nicht nur den liebevollen Schalk seiner Tochter gegenüber. Da war auch etwas, das ihr galt. Etwas, das ein warmes Kribbeln in ihrem Magen hervorrief.

»Dann auch von mir gute Nacht, Matea. Wir sehen uns dann ... *bald*.«

Später, formte sein Mund lautlos über Flors Kopf hinweg, und sein Blick huschte kurz und vielsagend zur Tür des Restaurants hinüber.

»Oh.« Matea spürte, wie ihr Herz erneut etwas schneller klopfte. Und war sie zuvor noch ein wenig enttäuscht gewesen, dass der Tag an dieser Stelle ein so schnelles Ende finden sollte – diese Variante der weiteren Abendgestaltung gefiel ihr sogar noch deutlich besser. »Das hoffe ich doch sehr. Ich freue mich.«

Bens Lächeln vertiefte sich. »Ich mich auch.«

Damit nahm er Flor bei der Hand, die bereits auf dem Weg die Treppe hinauf neue Verhandlungen darüber aufnahm, was sie alles vor dem endgültigen Einschlafen noch tun durfte.

Matea lachte leise in sich hinein. Dann machte sie sich auf den Weg in die Küche, um sich den neugierigen Fragen zu stellen, die dort ganz sicher auf sie warten würden.

Sechzehn

Ben

Als Ben blinzelnd die schweren Lider wieder auseinanderzwang, war es im Zimmer vollständig dunkel – obwohl er hätte schwören können, dass er nicht länger als wenige Sekunden die Augen geschlossen hatte. Aber die Trägheit in seinen Gliedern und das schwammige Gefühl in seinem Kopf sagten etwas anderes. Neben ihm schnaufte Flor leise und gleichmäßig vor sich hin.

Ben war drauf und dran, die Augen wieder zu schließen und den Gang ins Bad und in sein eigenes Bett auf die nächste Gelegenheit zu verschieben, wenn er wieder aufwachte. Aber dann fiel ihm seine Verabredung mit Matea ein. Hastig setzte er sich auf. Wie lange hatte er geschlafen? Wie spät war es überhaupt?

Auf dem Weg ins Bad angelte er sein Handy vom Nachttisch und sah blinzelnd auf das viel zu helle Display. Fast Mitternacht!

Ben stöhnte. Dann hatte es wohl wenig Sinn,

noch nach unten zu gehen, um Matea zu treffen. Er hatte sie versetzt! Was musste sie jetzt wohl denken? Ben verfluchte sich leise dafür, dass er nicht daran gedacht hatte, sie nach ihrer Nummer zu fragen. Dann hätte er ihr schreiben können, um sich zu entschuldigen und zu erklären, warum er nicht gekommen war. Aber das war nun nicht mehr zu ändern. Mit etwas Glück hatte sie sich vermutlich selbst denken können, was passiert war. Aber wenigstens nachsehen musste er trotzdem. Für den unwahrscheinlichen Fall, dass sie noch immer dort unten auf ihn wartete.

Im Bad drehte er das kalte Wasser auf, ließ es über seine Handgelenke laufen und fuhr sich mit nassen Händen mehrmals über Gesicht und Haare. Dann streifte er rasch ein frisches T-Shirt über den Kopf, schlüpfte in seine Flip-Flops und lief die Treppe hinunter.

Auf den letzten Stufen wurde er langsamer. Im Erdgeschoss war um diese Zeit bereits alles ruhig, doch im Eingangsbereich brannte noch Licht – und als Ben durch den bogenförmigen Durchgang trat, sah er sie hinter der Rezeption sitzen und ihm entspannt entgegenlächeln: Matea.

»*Hola*«, sagte sie, und ihre dunklen Augen blitzten auf, als sie lachte. »Gut geschlafen?«

Ben konnte nicht anders, auch er musste lachen. »Doch, schon.« Verlegen schob er die Hände in die

Hosentaschen und trat weiter in den Eingangsbereich hinein. »Hast du jetzt die ganze Zeit auf mich gewartet?«

Matea grinste. »Ja, und meinen verpassten Bürotag dabei fast komplett aufgearbeitet.« Sie klopfte leicht auf den beachtlichen Papierstapel, der vor ihr lag.

Ben kratzte sich am Kopf. »Es passiert mir leider sehr oft, dass ich mit Flor einschlafe, wenn ich sie ins Bett bringe. Manchmal sogar vor ihr.« Er trat noch näher an den Tresen heran und legte die gekreuzten Unterarme auf das polierte Olivenholz. »Am schlimmsten ist es, wenn ich ihr etwas vorsinge. Das hat auf mich mehr Wirkung als auf sie. Ich schaffe meist keine zwei Lieder bis zum Ende.«

Matea lehnte sich ebenfalls ein Stück vor und musterte ihn aus belustigt funkelnden Augen. »Und ich dachte, du singst nicht.«

Ben zuckte die Schultern und grinste schief. »Nicht, wenn ich nicht muss. Aber wenn es um Schlaflieder geht, gibt es bei Flor leider keinen Verhandlungsspielraum. Dafür darf ich mich bei Tag ausklinken, wie du heute Morgen im Auto vielleicht gemerkt hast.«

»Ihr scheint wirklich viel verhandeln zu müssen.« Matea schüttelte amüsiert den Kopf und begann die Papiere abzuheften.

Ben seufzte übertrieben. »Leg dich nie mit einer Achtjährigen an. Sie denkt einfach so viel schneller und kreativer als ich. Ich fliege regelmäßig in irgendeiner Kurve raus.«

Matea hob eine Braue. »Das klingt sehr hart. Kein Wunder, dass du so viel schlafen musst.« Sie lächelte auf eine Art, bei der es Ben warm ums Herz wurde, und schob den Ordner mit den Papieren in ein Fach unter dem Tresen.

»Also. Das Restaurant hat jetzt natürlich leider schon geschlossen. Aber wie es der Zufall will, kenne ich die Chefin des Ladens persönlich, und sie sagt, wir dürfen gern noch drinnen sitzen und einen Wein trinken, wenn du Lust hast.«

Ben lachte leise. »Na ja. Dafür bin ich schließlich extra wieder aufgestanden.«

»Umso besser.« Matea rutschte von ihrem Hocker und schaltete die Arbeitslampe an der Rezeption aus. Im Eingangsbereich wurde es sofort deutlich schummriger – das Licht reichte gerade noch, um den Raum halbwegs zu erkennen. Matea zog leise klimpernd einen Schlüsselbund aus der Gürteltasche ihres Kleides. »Dann mal los.«

Ben folgte ihr bereitwillig zu der doppelflügligen Holztür, die ins Restaurant führte und die zu Bewirtungszeiten immer weit offenstand. Jetzt öffnete Matea nur die rechte Seite und schloss sie wieder hinter ihnen, als sie beide hindurchgeschlüpft waren.

Auch im Restaurant war es dunkel, und die Tische waren nur als Schemen zu erkennen. Nur unter der

Decke funkelte noch das sternengleiche Lichternetz. »Warte kurz«, sagte Matea halblaut und schlängelte sich zielsicher zwischen den Tischen hindurch, um die Außentüren aufzuschieben. Warme Sommernacht und schwer duftende Feuchtigkeit drangen herein.

»Ich besorge uns gleich mehr Licht. Möchtest du draußen oder drinnen sitzen?«, fragte Matea, als sie zu Ben zurückgekehrt war.

Ben konnte ihr Gesicht im Halbdunkel nicht gut erkennen. Aber die Lichter spiegelten sich in ihren Augen.

»Drinnen ... und draußen?«, sagte er und lachte leise.

»Hmm.« Er hörte sie etwas tiefer als sonst einatmen. Und dann spürte er im nächsten Moment ihre Hand in seiner. »Na gut. Das kriegen wir hin. Komm.«

Sie zog ihn sanft zwischen den Tischen hindurch zu einem Platz, der tatsächlich ganz nah an der Schwelle zwischen drinnen und draußen lag – der erste Tisch des Außenbereichs, nah genug am Innenraum, um halbwegs wind- und wettergeschützt zu sein, aber auch weit genug draußen, um den Kopf in den Nacken legen und in den Sternenhimmel über El Pont sehen zu können, der zwischen den nachtschwarzen Platanenzweigen hindurchblinzelte.

Matea ließ Ben wieder los. »Setz dich schon mal, ich bin gleich wieder da«, flüsterte sie und huschte in die Dunkelheit davon. Hinten in der Küche leuchtete kurz darauf helles Licht auf, erlosch aber schnell wieder. Dann kehrte Matea mit einem Tablett zurück, auf dem ein Windlicht, zwei Gläser, eine Schale mit Nüssen und Rosinen, eine Karaffe mit Wasser und eine Flasche Rotwein standen. Sie stellte alles auf dem Tisch ab und setzte sich dann zu Ben.

»Ich präsentiere: mein kleines Nacht-Stillleben.« Sie lachte leise, goss Wein in die Gläser und prostete Ben zu. »*Chinchín!* Auf den schönen Tag.«

Auch Ben hob sein Glas und stieß es leicht gegen ihres. »Zum Wohl. Und danke für die Einladung.«

»Gern.« Matea nippte an ihrem Wein. »Ich freue mich, dass es noch geklappt hat. Und unter uns – nach Restaurantschluss ist sowieso die beste Zeit, um hier zu sein.«

Ben nickte nachdenklich und sah in die Schatten des Gastraums, die abseits des sanft flackernden Lichtscheins, den das Windlicht warf, noch tiefer wirkten. »Das hat wirklich einen besonderen Charme.«

»Schon sehr.« Matea stützte das Kinn in die Hand. »Ich bin gern hier, wenn alles so still ist.«

»Mhm«, machte Ben zustimmend. Tatsächlich war die ungewohnte Stille das, was auch ihm an dieser Szenerie am besten gefiel. Es war ein wenig wie nach einem Arbeitstag in der Nähe einer stark befahrenen Straße, wenn er nach stundenlanger unterschwelliger Dauerbeschallung endlich die Wohnungstür hinter sich schloss und minutenlang einfach gar nichts hörte. Nichts. Nur die Stille, die ihm erst richtig bewusst werden ließ, wie laut der Tag gewesen war.

Natürlich nur, bis der Kühlschrank brummte oder eine der anderen Mietparteien mit irgendeinem Krach anfing oder schlicht und einfach Flor aus der Ganztagsbetreuung nach Hause kam und die Wohnung mit ihrer quirligen Lebendigkeit füllte. Es gab sie nur selten, diese Momente, in denen er Stille so bewusst wahrnahm, deshalb waren sie kostbar.

Und dies hier war so einer.

Eine ganze Weile schwiegen sie beide, nippten nur hin und wieder an ihrem Wein. Es war ein einvernehmliches, friedliches Schweigen, und Ben genoss das ruhige, entspannte Gefühl, das es ihm gab. Eine stille Art der Sicherheit, als könnte nichts, was sie sagten oder taten, diesen Frieden stören.

Und deswegen wagte er schließlich auch, die Frage zu stellen, die ihm den ganzen Tag schon immer wieder auf der Zunge gelegen hatte, ohne dass er sich hatte durchringen können, sie auszusprechen.

»Sag, Matea ... geht es dir gut?«

Matea sah überrascht zu ihm hin. Im Halbdunkel wirkten ihre braunen Augen tiefschwarz. »Hattest du ... heute das Gefühl, es wäre nicht so?«

Ben runzelte leicht die Stirn und trank noch einen Schluck Wein. »Nein. Ich meine ... nein, das ist es nicht. Das Gefühl hatte ich überhaupt nicht. Im

Gegenteil. Und ich hab mich wirklich gefreut, dass du mal so abschalten konntest. Aber gestern ...« Ein Seufzer stahl sich über seine Lippen. »Ich hatte einfach den Eindruck, dass es viel für dich ist. Die ganze Sache mit Riza, und dann noch die Fassade ...«

Im flackernden Schein des Windlichts sah er ein Lächeln um Mateas Mundwinkel huschen. »Schon gut. Danke. Ehrlich, ich weiß nicht, was ich ohne dich in dieser Sache getan hätte. Ich würde wahrscheinlich immer noch am Telefon sitzen und verzweifelt nach einem Malerbetrieb suchen. Stattdessen hab ich jetzt sogar das Gefühl, dass ich tatsächlich selbst etwas tun kann. Das bedeutet mir wirklich viel.«

»Mmmh«, machte Ben nur. Er sagte ihr nicht, dass es trotz allem eine stressige, laute und kostspielige Arbeit war, die in den nächsten Tagen auf sie zukam. Er war sich sicher, dass Matea das selbst sehr gut wusste, und wenn es ihr dennoch gelang, aus dieser Situation etwas Positives zu ziehen – wer war er, sie davon abbringen zu wollen?

Außerdem war es nicht das, was sie wirklich umtrieb. Ganz sicher war es das nicht. Aber auch in dieser Angelegenheit hielt Ben sich lieber zurück. Also schwieg er und wartete.

Es dauerte eine ganze Weile, bis Matea wieder sprach. Nachdenklich drehte sie den Stiel des Weinglases zwischen ihren Fingern, wie sie es auch oben auf dem Turm getan hatte. Mit dem Glas, das dann zerbrochen war. Vage kam Ben der Gedanke, ob sie wohl noch mit Narcís darüber gesprochen hatte. Oder ob die Scherben wohl immer noch unbemerkt dort oben lagen.

Endlich seufzte Matea und sah wieder zu ihm auf. »Ehrlich gesagt, habe ich mich noch nicht wirklich entschieden, was ich zu alldem denken soll.« Sie schüttelte leicht den Kopf, und in ihrem Blick sah Ben nun wieder diese schmerzhaft distanzierte Traurigkeit, die er schon gestern an ihr bemerkt hatte. Nur, dass er diesmal wusste, dass sie nicht ihm galt, und das änderte vieles.

»Weißt du, das mit Riza damals war ... schwer«, fuhr Matea leise fort. »Ich meine, ich kann bis heute nicht richtig begreifen, was da eigentlich passiert ist, oder warum ... warum sie weglaufen und fast spurlos verschwinden musste. Ja, wir hatten uns gestritten. Ja, es war eine furchtbare Situation, und ich wollte meine Schwester für eine Weile einfach nicht mehr sehen. Aber ich hatte doch nie gemeint ... dass sie niemals wiederkommen soll. Verstehst du das?«

Auch Ben schwieg nun einen Moment. Spürte den Worten nach und dem, was sie in ihm bewegten und berührten. »Ja«, murmelte er endlich. »Ich denke, ich kann es nachfühlen. Es tut mir leid.«

Matea nickte bloß. Und nun sah Ben sie sehr deutlich, diese tiefe und sehr schmerzhafte Traurigkeit, die in ihren Augenwinkeln glitzerte, die sie aber nicht herausließ.

»Darf … ich dich auch was fragen?«, sagte sie schließlich, nachdem sie erneut eine gefühlte Ewigkeit geschwiegen und mehrmals an ihrem Wein genippt hatte.

Ben nickte und lächelte. Ermutigend, wie er hoffte. »Na klar.«

Matea zögerte. Trank noch einen Schluck Wein und zupfte einige kleine Fetzen aus der Papierserviette, die sie vor sich abgelegt hatte.

»Na gut, also ich wüsste gern … Weißt du, wer Flors Vater ist?«

Ben hob verblüfft die Brauen. Er wusste nicht, mit welcher Art Frage er gerechnet hatte – irgendetwas über Riza vermutlich, über ihre Beziehung oder darüber, wie und warum sie sich getrennt hatten. Diese Frage allerdings überraschte ihn, und sie erwischte ihn kälter, als er gedacht hatte. Es kostete ihn einige tiefe, bewusste Atemzüge, nicht reflexartig scharf darauf zu kontern.

»Ja«, sagte er dann betont ruhig und zwang sich zu einem Lächeln. »Der bin ich.«

Mateas Augen weiteten sich erschrocken. Und natürlich hatte sie es nicht so gemeint, da war Ben sich ziemlich sicher. Ihr Bruder hatte selbst zwei Adoptivkinder, und Matea hatte bisher nicht mit einer Silbe oder Geste den Anschein erweckt, dass sie Gemma und Levo nicht für vollwertige Familienmitglieder hielt. Aber Ben hatte Fragen und Bemerkungen dieser Art einfach viel zu oft gehört, um gelassen darauf reagieren zu können.

»Tut mir leid«, sagte Matea sichtlich bestürzt. »Das hab ich nicht sagen wollen.«

»Ich weiß.« Er rechnete ihr hoch an, dass sie seinem Blick nicht auswich. Matea wusste sehr genau, welchen Fehler sie gerade gemacht hatte, was ihre missglückte Formulierung anging, und das machte es zwar nicht gut, aber doch leichter zu verzeihen.

»Du willst wissen, wer Flor gezeugt hat, richtig?« Er hielt seine Stimme weiter bewusst ruhig und frei von Vorwürfen. »Aber das weiß ich nicht, tut mir leid. Riza wusste es selbst nicht, weil es in der fraglichen Zeit mehrere Männer gab. Mit keinem von ihnen hatte sie noch Kontakt oder auch nur eine Möglichkeit, ihn ausfindig zu machen. Als es um die Adoption ging, haben wir entschieden, es auch nicht weiter zu versuchen. Flor ist meine Tochter, und Rizas, und die von niemand anderem.«

»Ich weiß«, flüsterte Matea. »Das weiß ich doch. Es tut mir leid.« Und nun senkte sie doch den Blick, um die Papierfetzen auf dem Tisch zu einem kleinen Häufchen zusammenzuschieben. Der Schein des Windlichts flackerte unruhig auf ihrem Gesicht. Erst nach schier endlosen Sekunden sah sie wieder auf, und Ben erkannte, dass es sie wirklich quälte, was sie gerade gesagt hatte.

»Darf ich es dir erklären?«

»Natürlich«, sagte er sehr viel sanfter. »Aber du musst nicht. Es ist schon gut. Ich weiß, dass du nicht so denkst, und es tut mir leid, dass ich so schroff reagiert habe.«

Auch Matea lächelte jetzt, aber es wirkte etwas hilflos. »Das weiß ich. Und ich bin froh darüber. Aber du hattest ja auch recht damit. Es war einfach eine richtig mies gestellte Frage, und ich ... möchte wirklich, dass du weißt, warum ich das überhaupt wissen wollte.«

Ben legte kurz und behutsam seine Hand auf ihre, in der Hoffnung, ihre nervösen Finger zu beruhigen. »Na gut, wenn das so ist, höre ich dir gern zu.«

Matea nickte, und ihre Finger hörten auf, die Serviette zu zerreißen. Stattdessen trank sie noch einen Schluck Wein und griff in die Schale mit den Nüssen, um ein kleines Häufchen davon auf die Überreste ihrer Serviette zu legen und sie ebenso akkurat zusammenzuschieben wie zuvor die Papierfetzen.

»Also, es ist so, dass ...« Sie räusperte sich und setzte erneut an. »Also damals, kurz bevor Riza von hier fortgegangen ist, habe ich mich von meinem damaligen Verlobten getrennt.« Ihre Stimme klang ein wenig gepresst, als sie das sagte. »Es war keine schöne Trennung. Ich meine, Trennungen sind natürlich nie schön, aber ich war ... Ich hatte eine schwere Zeit damals, und Leonel hatte es definitiv nicht verdient, dass ich ihn so abserviert habe. Ich war frustriert und unnötig hart und gemein, und ...« Sie unterbrach sich und schüttelte den Kopf. Ben sah, wie sie die Lippen fest aufeinanderpresste, als müsste sie die aufwallenden Gefühle mit aller Macht zurückdrängen.

Behutsam streckte er erneut die Hand aus und legte sie wieder auf Mateas, um sanft mit dem Daumen über ihren Handrücken zu streichen. Und diesmal ließ er sie dort. Weil er den Eindruck hatte, dass es ihr guttat. Und weil das Gefühl ihrer warmen Haut an seiner auch ihm guttat.

»Er hat sich ausgerechnet von Riza trösten lassen«, murmelte Matea, und ihre Stimme klang rau. »Deshalb dachte ich ... ich dachte ... ich wollte einfach sicher sein ... Dabei sollte es eigentlich keine Rolle spielen. Weder für mich noch für dich, und für Flor schon gar nicht. Ich hätte das nicht fragen sollen. Es tut mir leid, Ben.«

Ben drückte leicht ihre Finger. »Ist schon gut«, sagte er leise. »Wirklich, Matea. Mach dir keine Gedanken. Ich nehme dir gar nichts übel. Mir tut es leid, dass dich das so mitnimmt. Hätte ich das gewusst, hätte ich dich nicht so angefahren.«

Matea nickte und sah ihn dankbar an. »Es ist ja nicht nur deinetwegen.« Die Tränen in ihrer Stimme waren jetzt deutlich zu hören. »Riza und ich haben uns deswegen fürchterlich gestritten, damals. Ich habe ihr vorgeworfen, sie würde mich betrügen und mir in den Rücken fallen. Und irgendwie denke ich das immer noch – obwohl sie natürlich auch recht hatte, als sie sagte, ich sei schließlich diejenige gewesen, die einen guten Kerl wie Leonel zum Teufel gejagt hat, bloß weil ich mit mir selbst nicht klarkam.«

»Oh.« Ben atmete tief durch und lehnte sich in seinem Stuhl zurück – ohne jedoch Mateas Hand ganz loszulassen. Jetzt war ihm selbst danach, einen großen Schluck Wein zu trinken, um die Erinnerungen herunterzuspülen, die unwillkürlich in ihm aufstiegen. An einen ganz bestimmten Streit. An einen ganz bestimmten Abschied. »Ja, das klingt nach ihr. Harte Worte, trotzdem. Das war sicher sehr schwierig für dich.«

Matea nickte und wischte sich etwas fahrig über die Augen. Dann legte sie beide Hände um ihr Wasserglas, als müsste sie sich daran festhalten.

»Weißt du, manchmal denke ich … ich denke, meine Familie gibt mir insgeheim die Schuld dafür, dass Riza verschwunden ist. Enric vor allem. Es hat ihn sehr getroffen, dass sie nicht mal zu seiner und Arnaus Hochzeit zurückgekommen ist. Nur eine Karte hat sie geschickt. Aber auch sonst … Ich meine, natürlich hatte sie diesen Plan, in Paris zu studieren und im Ausland zu arbeiten, schon vorher. Ihr war es hier immer zu eng, sie – ach, was erzähle ich dir. Du kennst das ja vermutlich.« Sie lachte, aber es war wieder jenes bittere, fremde Lachen, das Ben schon am Tag zuvor auf dem Turm von ihr gehört hatte.

»Also ich persönlich denke ja, Riza ist von hier fortgegangen, weil sie eben Riza ist. Aber ... ich glaube auch ... dass sie *meinetwegen* nicht hierher zurückkommt. Nicht mal zu Besuch. Nicht ein einziges Mal in fast zehn Jahren. Weil ich gesagt habe, dass ich sie nie wiedersehen will. Riza hat schon immer alles wörtlich genommen. Alle, die sie kennen, denken so ... ich auch. Und um ehrlich zu sein, es macht mich fertig.«

Jetzt endlich löste sich die erste Träne aus ihrem Augenwinkel und rollte über ihre Wange. Eine weitere folgte, still und verzweifelt. Der Anblick berührte Ben an einem Punkt tief in seinem Inneren. Er verstand und fühlte mit ihr, weil er diese quälenden Gedanken selbst nur zu gut kannte.

»Hey«, murmelte er, stand auf und ging um den Tisch herum, um sich neben Mateas Stuhl zu hocken. »Hey ... Matea.« Er sah ihr aus der Nähe direkt in die Augen. »Du bist nicht schuld. Hörst du? Riza ist eine erwachsene Frau, und es ist an ihr, über einen fast ein Jahrzehnt alten Streit hinwegzukommen, wenn sie das möchte. Mag sein, dass ihr euch wirklich heftig gestritten habt, bevor sie ging, und glaub mir, ich kenne diese Art von Schuldgefühlen. Sehr gut sogar. Aber ... dass Riza so ganz und gar verschwunden ist und sich diesem Konflikt offenbar nie wieder stellen will, das hast nicht du zu verantworten. Es ist allein ihre Entscheidung – die du respektieren musst, gerade weil sie erwachsen ist und selbst wissen muss, was gut für sie ist. Aber du darfst dir nicht die Schuld dafür geben.«

Mateas Lippen öffneten sich leicht, als wolle sie etwas sagen, aber sie blieb stumm. Noch eine Träne rollte über ihre Wange, und dann noch eine.

»Danke«, flüsterte sie endlich. »Danke, dass du hier bist. Danke ... dass du mich so verstehst.«

Ben lächelte. Es war ein bitteres und überraschend schmerzhaftes Lächeln, und zugleich ... süß. Und seltsam befreiend. Er streckte die Hand aus und strich Matea sehr behutsam mit dem Daumen über den Wangenknochen, wo ihre Haut feucht von den Tränen war. »Gern geschehen.«

Eine gefühlte Ewigkeit saßen sie so da und sahen sich an. Und dann - ganz langsam, wie in Zeitlupe fast - beugte Matea sich vor und legte ihre Lippen auf seine. Sanft. Vorsichtig, als wäre sie sich unsicher, ob dies nun endlich eine Frage war, die zu stellen für sie beide in Ordnung war und weder ihm noch ihr wehtun würde. Sie schmeckte nach Salz und nach der leicht bitteren Säure des Weins; nach Traurigkeit, aber auch nach Geborgenheit und Wärme. Und Ben schob seine Hand tief in ihre Locken und erwiderte den Kuss mit einer ebenso sanften, innigen Zärt-lichkeit, weil es in diesem Augenblick das Richtige war. Für sie beide, selbst wenn es eine denkbar unbe-queme Position zum Küssen war und selbst mit all den Fragezeichen in seinem Hinterkopf und den rumorenden Zweifeln in seinem Magen – dies war richtig und wunderschön, und alles Weitere würde bis morgen warten müssen.

Und als Matea sich wieder aufrichtete, war auch auf ihr Gesicht endlich das Lächeln zurückgekehrt.

»Danke«, sagte sie noch einmal, aber diesmal klang es anders als zuvor. Warm und tief und sanft, wie ein Echo des Kusses, den Ben noch auf seinen Lippen spürte. Wie das Streicheln ihrer warmen Finger an seiner Wange.

Er lächelte zurück. »Wirklich gern geschehen«, wiederholte auch er, und ihr kleines Lachen war ihm Lohn genug für den gelungenen Scherz.

»Ich bin froh, dass wir dieses Gespräch geführt haben«, setzte er ernster hinzu. »Ich bin über den ganzen Tag froh und darüber, dass er uns hierhergeführt hat. Das war wirklich ... schön. Auf eine besondere Art.«

Matea nickte. »Das war es.« Viel weniger zögerlich als zuvor griff sie nach seiner Hand und hielt sie fest.

»Ich glaube, ich sollte jetzt trotzdem langsam schlafen gehen«, sagte sie leise. »Es war ein schöner, aber auch ein langer Tag, und morgen ... na ja, du weißt, was morgen ansteht. Aber ...« Ihr Lächeln vertiefte sich. »Ich freue mich darauf, dich morgen wiederzusehen.«

Ben nickte. »Ich freue mich auch auf dich«, ant-

wortete er leise und hatte lange nichts mehr so tief-
empfunden ehrlich gemeint.

Er unterdrückte ein schmerzerfülltes Ächzen, als
er aufstand – seinen Knien hatte das lange Kauern
nicht eben gutgetan. Er hörte Matea leise kichern,
als sie sich ebenfalls erhob. »Ist wohl wirklich Zeit
fürs Bett, hm?«

Aber sie ließ seine Hand nicht los, als sie das Windlicht ausblies und ihn durch den dunklen Gastraum
zurück in den Eingangsbereich führte.

Nach der langen Dunkelheit war das schummrige
Licht an der Rezeption regelrecht blendend. Sie blieben vor dem Durchgang zur Treppe stehen, ein wenig
befangen nun wieder, jetzt, da die Schatten sie nicht
mehr davor schützten, einander in allen Einzelheiten
zu sehen. Die Müdigkeit. Die Verlegenheit. Und das
tiefe Nachglühen des Kusses. Ben räusperte sich.

»Also. Morgen Vormittag wollte ich mich zusammen mit Flor darum kümmern, dass wir die Gerätschaften für die Reinigung zusammenbekommen«,
sagte er. »Ich denke, wir schaffen es noch vor der
Siesta. Wenn du bis dahin ein paar Arbeitskräfte
zusammentrommeln kannst, zeige ich euch gern,
wie es gemacht wird, und wir fangen direkt an, deine
Fassade zu retten. Was meinst du?«

Das Lächeln leuchtete in Mateas Augen wie eine
Spiegelung zu seinem. »Sehr, sehr gern. Holt mich
einfach ab, wenn ihr zurück seid. Falls ich dann

gerade nicht hier bin, bin ich ziemlich sicher in der Küche.«

»Verstanden.« Ben grinste schief. Dann ließ er Mateas Hand los, um seine eigene noch einmal an ihre Wange zu legen und ihr eine verirrte Locke aus den Augen zu streichen. Wie sie dort stand und ihn ansah, die Wimpern noch ein bisschen feucht von den Tränen, aber schon wieder dieses schöne, herzliche Lächeln auf den Lippen, empfand Ben plötzlich eine große Zärtlichkeit für sie, und er wusste nicht, wie er sie anders ausdrücken sollte, als seine Lippen ebenso sanft an ihre Wange zu legen, wie sie ihre zuvor auf seinen Mund gelegt hatte. Ein Kuss auf jede Wange und ein letzter auf ihre Lippen; ein ganz normaler Abschied und zugleich so viel mehr. »Also dann. Gute Nacht, Matea. Und bis morgen.«

Matea strich ihm leicht durchs Haar und über die Wange.

»Bis morgen, Ben. Und gute Nacht.«

Siebzehn

Ben

Schon bevor er die Tür zum Zimmer Nummer 106 aufschloss, konnte Ben Flor auf der anderen Seite hören, wie sie tief und gleichmäßig atmete, mit den Decken raschelte und im Schlaf undeutlich vor sich hin murmelte. Ben lächelte in sich hinein. Auch ohne sie zu sehen, hatte er sie deutlich vor Augen. Flor wälzte sich jede Nacht unglaublich viel hin und her – deshalb belegte sie hier auch das Doppelbett, während Ben das untere Lager im Stockbett auf der anderen Seite des Raums bezogen hatte, das eigentlich für die Kinder im Familienzimmer gedacht war. Wahrscheinlich lag sie gerade jetzt quer über die Matratze ausgestreckt, sodass kein normal gebauter Mensch sich noch irgendwie hätte danebenquetschen können, ohne auf einer kleinen Hand, einem Fuß oder einem Knie zu liegen.

Ein stilles Lachen gluckste in Bens Kehle. Bei all dem Aufruhr, den er gerade innerlich durchmachte, dachte er und spürte noch Mateas Nähe warm in seiner Brust, war es einfach unbezahlbar, irgendwann nach Hause zu kommen. Und sein Zuhause, das war ohne Zweifel seine Tochter.

So leise wie möglich betrat er den Raum, schloss die Tür hinter sich und zog sich um. Im Bad trank er noch ein großes Glas Wasser und putzte die Zähne, ohne dabei unnötig viel in den Spiegel zu schauen. Er wusste auch so, dass die Ringe unter seinen Augen wahre Schluchten sein mussten.

So viel zum Thema entspannter Urlaub.

Fast hätte er gelacht. Nein, entspannt war hier wirklich nicht das treffende Wort.

Aber es ist so schön, dachte er. Mateas Gesicht trat ihm erneut vor Augen, und er spürte wieder die Erinnerung an ihre sanften Berührungen auf seiner Haut. *So unerwartet wunderschön.*

Auf dem Rückweg durchs Zimmer blieb er noch einmal vor dem großen Bett stehen, um zu sehen, ob er seine Tochter trotz der breiten Matratze vor einem Absturz retten musste. Aber Flor, die vor einer Minute noch am Rand des Betts gelegen hatte, war in der Zeit, die Ben im Bad verbracht hatte, bis zur Wand gerollt.

Ben unterdrückte ein Lachen. Dieses wilde Durchs-Bett-Wandern hatte sie jedenfalls nicht von Riza, die immer reglos wie ein Stein geschlafen hatte. Riza wanderte bei Tag, Flor bei Nacht, hatten sie immer im Scherz gesagt.

Für etliche Sekunden stand er einfach so da und sah auf Flor hinunter. Dann kroch er kurz entschlossen neben ihr unter die dünne Decke. Er hielt so viel Abstand wie möglich – die Gefahr, von einem Fuß oder einem Ellbogen im Gesicht geweckt zu werden, war dennoch recht hoch. Aber ihren gleichmäßigen Atem ganz in der Nähe zu hören, der mit jedem Zug in einem leisen Schnarchen endete, und den Rest Wärme zu spüren, den ihr kleiner Körper auf dem Laken hinterlassen hatte, war nach all dem Chaos, in das ihn die letzten Tage gestürzt hatten, unglaublich beruhigend.

Ben schloss die Augen, versuchte seinen Atem an Flors anzupassen und sonst an gar nichts mehr zu denken. Nicht an Riza, nicht an Matea oder daran, was gerade unten im Restaurant geschehen war. Was es bedeuten konnte oder bedeuten durfte. Oder an das Gefühl ihrer Lippen auf seinen, und wie sehr er sich wünschte, sie in diesem Augenblick in seiner Nähe zu haben. Natürlich gelang ihm das hier genauso wenig, wie es ihm in seinem eigenen Bett gelungen wäre. Aber während er auf Flors Gemurmel lauschte und als er ihr durchs Haar strich und für einen Moment ihre kleine Hand hielt, gelang es ihm immerhin, seine Gedanken für einen Moment auf etwas anderes zu richten. Denn ganz egal, was von nun an passieren würde – Flor war glücklich hier. Das war sie von der ersten Minute an gewesen. Sie liebte das Meer und die Berge, die Pension, die Stadt, den Sonnenblumenhof; sie liebte alles hier.

Und war das nicht Grund genug, dass Ben es auch lieben durfte? Das und noch mehr?

Doch, beschloss Ben, das war es. Das war es verdammt noch mal wirklich.

Und kurz darauf fiel er tatsächlich in einen unruhigen, aber tiefen Schlaf.

Achtzehn

Matea

Am nächsten Tag war Matea geradezu unerträglich gut gelaunt. Sie musste sich regelrecht zusammenreißen, um nicht zufrieden vor sich hin zu summen, während sie mit dem Rad von ihrem kleinen Haus am südlichen Stadtrand durch El Pont bis zur Pension fuhr. So viel Fröhlichkeit wäre definitiv zu auffällig gewesen. Vor allem, nachdem sie die Pension erreicht hatte, bemühte sie sich um ein möglichst neutrales Gesicht. Sie hatte Yemayá versprochen, ihr an diesem Vormittag in der Küche zu helfen, die Bestellungen für das Festessen am kommenden Freitag zu überprüfen und die finalen Bestandteile des Büffets noch einmal durchzugehen. Und sie wollte dabei lieber nicht konstant gelöchert und geneckt werden. Aber wenigstens vor sich selbst musste sie zugeben, dass sie sich viel zu sehr darauf freute, von Ben und Flor zu einer ganz anderen Arbeit abgeholt zu werden. Selbst wenn es bis dahin noch mehrere Stunden dauern würde. Vermutlich waren die beiden so früh am Morgen ja noch nicht einmal wach.

Schon aus der Eingangshalle hörte Matea Stimmen und derbes Gelächter, was darauf hindeutete, dass Yemayá nicht allein in der Küche war. Anita war bei ihr – und Matea war sofort klar, dass die Küchenchefin längst alles weitergeplaudert hatte, was sie am Vorabend in Erfahrung gebracht hatte, als Matea auf Ben gewartet und Yemayá die Gelegenheit für ein intensives Verhör genutzt hatte.

Als Matea eintrat, drehten sich die beiden um, und ein breites, verschwörerisches Grinsen erschien auf ihren Gesichtern.

»Mateeeaaa!« Yemayá, die gerade dabei gewesen war, Tomatenspalten für das Frühstücksbüffet zu schneiden, stützte die Ellbogen auf die Arbeitsplatte und das Kinn in beide Hände. »Warum siehst du denn heute bloß so fröhlich und ausgeschlafen aus?«

Anita, die auf der anderen Seite der Arbeitsplatte auf einem Hocker saß, den sie verbotenerweise aus dem Gastraum hereingeschleppt hatte, schlug die Beine in den vielfarbigen Leopardenprint-Leggins übereinander und wackelte mit den Brauen. »Ja, sie macht beinahe den Eindruck, als bräuchte sie nicht mal einen Kaffee, findest du nicht?«

Matea schüttelte lachend den Kopf und stellte ihre Tasche im Regal neben der Tür ab. »Das ist üble Verleumdung, wisst ihr das? Her mit dem Kaffee. Oder ich zeige euch, wie ausgeschlafen ich bin!«

»Oha, jetzt wird's gefährlich. Wie gut, dass ich mich vorbereitet habe.« Yemayá drückte, noch immer grinsend, einen Knopf an der Siebträgermaschine, die hinter ihr auf der Getränkeausgabe stand, und kurz darauf lief heißer dunkler Kaffee zischend und dampfend in eine frische Tasse und erfüllte die Küche mit seinem Duft.

»So«, forderte Anita, als die Küchenchefin die Tasse zu Matea hinüberschob. »Yemayá hat mir zwar schon alles erzählt, aber ich will es noch mal von dir hören: Was war da gestern los? Also ehrlich, da dreht man dir ein Mal den Rücken zu, um die Familie zu besuchen, und schon machst du einen romantischen Ausflug mit dem Herzensbrecher aus der 106? Skandalös!«

Matea lachte und pustete auf ihren Kaffee, obwohl sie nur zu genau wusste, dass das auf die Schnelle nicht half und sie sich trotzdem die Zunge verbrennen würde. »*Al contrari*, mein Schatz. Es war ein echter Touri-Ausflug. Also überhaupt nicht romantisch.«

Anita verdrehte die Augen. »Ins Meerjungfrauendorf. Ein Touri-Ausflug. Na sicher doch.« Sie seufzte. »Mach mir auch noch einen Kaffee, Yemayá, mein Herz, ich bitte dich. So viel Selbstverleugnung ist ja nicht auszuhalten.«

»Mmmhmm.« Yemayá machte einen vielsagenden Laut, während sie sich umdrehte, um die nächste

Tasse unter die Maschine zu stellen. »Und das war nicht mal alles, hab ich recht? Kann ja sein, dass euer Ausflug nicht so sonderlich romantisch war, ich meine, ihr hattet ja auch das Kind dabei und alles. Aber euer kleines Sit-in mit Wein im dunklen Restaurant bei Kerzenschein und Sternenlicht ...?« Sie seufzte übertrieben. »Das kann doch nur romantisch gewesen sein! Nicht wahr, Mati?«

Matea spürte, wie ihr das Blut in die Wangen schoss. Verflixt! Sie war an diesem Morgen so müde gewesen und so in ihre Gedanken an Ben vertieft – und an ihren Kuss, *vor allem* an ihren wunderschönen Kuss, aber auch an seine Worte, sein Verständnis und seine Nähe, die ihr so gutgetan hatten. So intensiv hatte sie diese Momente wieder und wieder in ihrem Kopf durchgespielt, dass sie völlig vergessen hatte, dass sie am frühen Morgen noch das Windlicht und die Weingläser hatte wegräumen wollen. Jetzt war es dafür natürlich längst zu spät. Matea seufzte leidgeprüft. »Mit euch als Freundinnen hat man es wirklich nicht leicht.«

Anita aber machte große Augen. »Ein Candlelight-Date? Wer bist du, und was hast du mit meiner geliebten Matea angestellt?«

Matea lachte verlegen und schlürfte an ihrem Kaffee. »Na ja«, murmelte sie und fluchte im nächsten Moment, weil sie sich tatsächlich die Zunge verbrannt hatte.

»Also, keine Sorge.« Anita tätschelte ihr die Wange und griff nach ihrer eigenen Kaffeetasse, die Yemayá ihr hingestellt hatte – direkt neben eine Schale mit Butterkeksen und ein Kännchen aufgeschäumter Milch. »Ich werde dich nicht nach Details ausfragen, versprochen. Du willst das nicht, und das ist dein gutes Recht. Also sag mir nur eins, damit ich beizeiten die Fan-Fähnchen für euch schwingen kann: Hast du dich in ihn verliebt?«

Normalerweise war Mateas erster Reflex, solche Fragen schnell und konsequent abzublocken. Denn wenn Anita erst einmal in Fahrt geriet, dann war sie nur noch sehr schwer zu bremsen – obwohl oder vielleicht gerade weil sie die meiste Zeit bloß ihre eigenen Beziehungsvorstellungen und Wünsche auf Matea projizierte. Auch heute tat sie das vermutlich, ziemlich sicher sogar. Trotzdem war etwas anders.

Sie selbst, Matea, war anders.

Denn da waren tatsächlich Gefühle, diesmal. Echte Gefühle. So tiefe, wie sie sie seit vielen Jahren für niemanden mehr empfunden hatte. Sie hatte immer gedacht, das sei besser so, hatte es gar nicht anders gewollt, aber heute ... *Heute* war alles anders. Und deshalb nickte sie, wenn auch etwas zögerlich. »Ich glaube ... ja. Irgendwie schon.«

Jetzt klappte Anita und Yemayá gleichermaßen der Mund auf. Mit dieser Antwort hatten sie nicht im Leben gerechnet, das war ihnen deutlich anzusehen –

vor allem Yemayá nicht, nachdem Matea am Abend zuvor, vor ihrem nächtlichen Treffen mit Ben, in der Küche noch vehement alle Kommentare in dieser Richtung abgeblockt hatte. Nein, sie hatten wirklich nicht damit gerechnet. Aber anstelle des Spotts trat nach dem ersten Schreckmoment eine offene, ehrliche Freude.

»Oh Mati – ehrlich?« Anita fiel Matea spontan um den Hals und drückte sie fest an sich. »Wie glücklich mich das macht! Das ist so großartig, ich weiß gar nicht, wohin mit mir!«

»Weg von ihrem Hals auf jeden Fall«, schlug Yemayá trocken vor. »Du erstickst sie sonst noch.«

»Ach was.« Matea umarmte Anita ebenfalls fest. Es rührte sie, dass ihre Freundin sich so mit ihr freute. Auch wenn das, was sie wirklich fühlte, so viel vorsichtiger und leiser war als Anitas Überschwang. Aber es war einfach nicht der Moment, das zu erklären.

Yemayá zuckte die Schultern. »Ich bin nur besorgt. Wenn du mir hier aus Sauerstoffmangel umkippst, wer denkt sich dann mit mir wilde neue Gerichte aus?« Sie lächelte breit. »Freut mich auch für dich, Mati. Wirklich.«

Matea winkte ab. »Ach. Eigentlich gibt es da noch gar nicht so viel zu freuen, ehrlich gesagt. Ich meine, dass ich diese Gefühle habe und sie mir sogar eingestehe, löst ja meine Probleme nicht.« Sie lachte ein wenig hilflos. »Eher im Gegenteil.«

»Oh. Aber wieso?« Anita musterte sie eingehend, während sie sich wieder auf ihren Hocker setzte. »Fühlt er nicht das Gleiche? Weiß er es denn überhaupt schon?«

Matea seufzte. »Nein. Also, doch. Ich vermute, er hat es gemerkt ...« Wieder lachte sie, auch wenn sich ihr Hals bedenklich rau anfühlte. Da half auch kein weiterer Schluck von dem viel zu heißen Kaffee.

»Was ist denn dann das Problem?«, fragte Yemayá verständnislos.

Matea seufzte nachdrücklich. »*Das* Problem, machst du Witze? Ich weiß kaum, wo ich anfangen soll vor lauter Problemen. Er ist nun mal der Vater von Rizas Tochter, wie ich euch ja erzählt habe, ob leiblich oder nicht. Er lebt in *Deutschland,* und das sind mal eben mehr als tausend Kilometer. Aber vor allem ist er verflucht noch mal Rizas Ex-*Ehemann.*«

Yemayá und Anita tauschten einen vielsagenden Blick.

»Und warum genau«, fragte Anita dann mit ungewohnter Vorsicht in der Stimme, »ist das ein Problem?«

»Ach.« Matea starrte in ihren Kaffee. »Wenn ihr sein Gesicht gesehen hättet, als er von ihr gesprochen hat, wüsstet ihr, was ich meine. Also, ich glaube nicht, dass da noch was zwischen ihnen ist, das meine ich nicht. Aber es hängt zu viel dran für ihn, versteht ihr?«

»Mmmhmm«, machte Yemayá noch einmal, stützte sich mit beiden Händen auf die Arbeitsfläche und musterte Matea kritisch aus ihren klugen schwarzen Augen. »Ehrlich gesagt, nein.«

Anita tauchte mit nachdenklichem Gesicht einen Keks in ihren Milchkaffee und schob auch Matea die Schale hin. »Also ... versteh mich nicht falsch, Mati«, sagte sie dann, und ihre Stimme klang sanft. »Aber denkst du nicht, du solltest das ihm überlassen und dich erst mal darauf besinnen, was du selbst fühlst? Wenn ihm das zu viel wird, wird er es dir schon sagen – also zumindest macht er auf mich nicht den Eindruck, als wäre er der Typ Mensch, der dir was vormacht oder sich gegen seine Überzeugung auf etwas einlässt, nur weil er sich nicht traut, dir die Wahrheit ins Gesicht zu sagen.«

Matea starrte in ihren Kaffee. »Du hast recht«, murmelte sie. »Der Typ ist er wohl wirklich nicht.«

Denn wenn er es wäre, dachte sie und spürte, wie sich bei dem Gedanken ihre Brust ein wenig schmerzhaft zusammenzog, wäre er vermutlich immer noch mit Riza zusammen und würde mit ihr durch die Weltgeschichte ziehen.

»Ich weiß, du hast Angst, verletzt zu werden, Mati«, sagte Yemayá sanft. »Das haben wir alle. Aber du bist schon groß, und er ist es auch. Ob es zwischen euch funktioniert oder nicht, werdet ihr schon herausfinden, und dann werdet ihr wie erwachsene Menschen damit umgehen. Aber herausfinden solltet ihr es, bevor ihr die Party absagt. Weil ihr es beide verdient habt.«

Diese Worte trieben Matea fast schon wieder Tränen in die Augen. »Ihr habt ja recht«, sagte sie und nahm sich nun doch einen Keks, obwohl sie kurz zuvor noch hätte schwören können, dass sie keinen Bissen hinunterbringen würde. »Ihr habt wirklich so recht.«

Yemayá lächelte. »Das wollte ich hören. Und wenn ihr jetzt bald mal fertig seid mit eurem Frühstück, dann könntest du dich endlich nützlich machen und mir helfen, während du dich darauf freust, ihn heute wiederzusehen. Ihr seht euch doch heute wieder, oder?«

Matea nickte und trank einen großen Schluck von ihrem Kaffee. Es stimmte ja, sie war zum Helfen hergekommen und nicht zum Tratschen; bald würden die Frühstücksgäste eintrudeln, und das Büffet fürs Fest wollte auch noch weitergeplant werden.

»Er besorgt heute zusammen mit Flor die nötigen Gerätschaften und ein Gerüst, um die Fassade zu reinigen. Wenn sie zurückkommen, bauen wir alles auf, und er zeigt mir, wie es funktioniert«, erklärte sie. »Oh, wo wir gerade davon sprechen, Anita: Hättest du zufällig Zeit dazuzukommen? Enric und Arnau wollte ich auch noch fragen.«

Anita grinste breit. »Aber hallo! Um nichts in der

Welt lasse ich mir das entgehen. Schade, dass du dich hier nicht wegschleichen kannst, Yemi. Das wäre eine perfekte Aktion für *las guaperas*.«

Yemayá zuckte die Schultern. »Du weißt, mir sind Messer und Pfannen lieber als Hammer und Akkuschrauber. Aber ich feuere euch von hier aus an.«

»Jaja, schon gut. Ich sag ja auch bloß, dass ich es großartig fände. Und so ein Akkuschrauber würde dir super stehen, keine Frage!« Anita rutschte von ihrem Hocker und trank ihre Tasse aus, trug sie zur Spüle und wusch sich die Hände. »Aber was soll's, dafür machen wir immerhin jetzt noch eine fabelhafte Co-Working-Session. Also her mit dem Gemüse!«

Matea lachte und stürzte ebenfalls ihren restlichen Kaffee hinunter, obwohl er eigentlich immer noch ein bisschen zu heiß dafür war. »Ganz genau so ist es.« Sie fing den Lappen auf, den Yemayá ihr zuwarf, um die Kaffeeränder und Kekskrümel von der Arbeitsplatte zu wischen. »Ich bin zu allem bereit, Chefin!«

Neunzehn

Matea

Es war sieben Minuten nach zwölf, als Flor schließlich in die Küche gehüpft kam, um freudestrahlend zu verkünden, dass sie und Ben auf ihrer Mission Erfolg gehabt hatten. Sie erschien ziemlich genau zu dem Zeitpunkt auf der Schwelle, als Matea nach gefühlt hundert gescheiterten Versuchen endlich Enric auf seinem Handy erreicht hatte – nur um eine endgültige Absage für den Nachmittag zu kassieren.

»Irgendjemand muss die Kinder in Empfang nehmen, wenn sie aus der Schule kommen, Mati«, sagte Enric gerade und klapperte im Hintergrund mit etwas, das nach Töpfen und Deckeln klang. »Und Arnau ist noch den ganzen Nachmittag unterwegs. Ich kann nicht hier kochen, auf die Kinder warten, die To-dos nachholen, die ich am Samstag für den Bühnenaufbau hab liegenlassen, und dir gleichzeitig schon wieder helfen. Morgen vielleicht, okay?«

Matea seufzte. In der Küche hantieren zu müssen, versetzte Enric immer in Stress. Es war sehr anstrengend, sich dann mit ihm auseinanderzusetzen. »Okay, okay. Hab schon verstanden. Es geht ja auch nur um die Familienpension, um die sich außer mir niemand kümmern will.«

Enric schnaubte. »*Hòstia*, ich hasse es, wenn du so etwas sagst, Mati. Das weißt du genau. Niemand ...«

»... hat mich je gezwungen, ich weiß. Entschuldige. Ich wollte nicht unfair sein.« Matea fuhr sich resigniert mit der Hand durchs Gesicht. »Ich hab einfach Angst, dass wir es nicht hinkriegen.«

»Werden wir aber. *Du* wirst es hinkriegen, Schwesterherz. Du kriegst immer alles hin. Du kannst uns später einweisen, und wir wechseln uns dann ab morgen ab, damit du dich auch um die anderen Dinge kümmern kannst.«

»Ihr könntet zumindest das Gerüst mit uns aufbauen«, sagte Matea mit Nachdruck – und kam sich zugleich ein wenig albern vor, ihm so hartnäckig ein schlechtes Gewissen zu machen. Es stimmte ja, er hatte den Hof und seine Familie, um die er sich kümmern musste und die an erster Stelle kamen. Die Pension war Mateas Unternehmen, und eines, das sie über alles liebte noch dazu. Ihre Beschwerde war im Grunde nichts als ein nervöser Reflex, den sie nicht unterdrücken konnte, eben *weil* sie das *Gira-sol* so liebte. »Das würde schon ziemlich helfen. Aber ja, ich sehe ein, dass es heute nicht geht. Wir kriegen das auch so hin, Anita ist ja da.«

Eine Weile sagte Enric nichts, sondern seufzte nur leise und klapperte weiter mit seinen Küchengeräten.

»Kommt doch nachher noch auf den Hof raus«, schlug er schließlich vor. »Du, Flor und Ben – und Anita, wenn sie Lust hat. Wenn ihr jetzt die Siesta durcharbeitet, habt ihr nachher bestimmt Hunger und etwas Entspannung nötig. Mein Essen ist nicht Arnaus, aber vergiften wird es euch auch nicht.«

Darüber musste Matea lachen, und sie war dankbar dafür. »Na schön. Das klingt nicht schlecht. Wir kommen vorbei.« Sie atmete einmal tief durch und sah hinüber zu Flor, die auf der Schwelle zur Küche stand und etwas unschlüssig von einem Bein aufs andere trat, als wüsste sie nicht, ob sie noch auf Matea warten oder doch schon vorauslaufen sollte. »Also, dann lege ich jetzt mal los. Bis später!«

»Bis später, Mati. Du schaffst das, ich weiß es. *Adéu!*« Sie hörte Enric noch einen Kuss aufs Mikrofon drücken. Dann hatte er aufgelegt.

Auch Matea steckte ihr Handy wieder weg und wandte sich endlich an Flor. »*Hola*, Flor. Wie schön, dass du mich abholst. Jetzt komme ich aber endlich.« Sie wandte sich um. »Was ist mit dir, Anita? Du kommst doch mit, wie versprochen? Nachdem mein Bruder mich schon hängenlässt ...«

Anita, die gerade einen Blätterteig auswalzte, sah auf. »Aber sicher. Ich komme gleich.« Sie grinste und zwinkerte Matea verschmitzt zu. »Geh doch schon vor und sag Ben in Ruhe hallo.«

Matea verdrehte liebevoll die Augen. »Jetzt lass das doch einfach mal.« Insgeheim aber musste sie zugeben: Je näher der Augenblick rückte, in dem sie Ben wieder begegnen würde, desto unruhiger wurde sie. Vermutlich war sie auch deshalb so ungeduldig mit Enric gewesen. Bei Tageslicht fühlten sich die Dinge, die in der Nacht passiert waren, einfach so irreal an. Als könnten sie gar nicht wirklich geschehen sein – und es war ihr tatsächlich sehr recht, sich so unbeobachtet wie möglich vom Gegenteil überzeugen zu können.

Und was, wenn nicht? Wenn er es sich doch anders überlegt hat?

Flor hatte Matea an der Hand genommen und plauderte fröhlich vor sich hin, während sie das Restaurant und den Eingangsbereich durchquerten. Sie erzählte von den Verhandlungen mit dem Malermeister, den sie und Ben aufgesucht hatten, wie sie Ben beim Dolmetschen geholfen und danach eine große Waffel mit Vanilleeis und Beeren zur Belohnung bekommen hatte. Jedes ihrer Worte war ein kleiner aufgeregter Juchzer, sie tanzte mehr, als dass sie ging, und es schien sie überhaupt nicht zu stören, dass Matea vor lauter Nervosität nichts Sinnvolles zu ihrem Gespräch beitrug.

Vor dem Eingang zur Pension saß Ben auf einer der Bänke im dürftigen Schatten des Nebengebäudes. Er hielt ein Buch in der Hand, das Matea als katalanisch-deutsches Wörterbuch zu erkennen glaubte, blätterte mit konzentriert gerunzelter Stirn darin und machte sich Notizen. Jetzt, da es auf die Mittags- und Siestazeit zuging, war die Gasse bereits recht leer. Es waren kaum noch einheimische Passanten unterwegs und der Hitze wegen auch nur verhältnismäßig wenige Touristen. Aber selbst die schien Ben gar nicht wahrzunehmen, so vertieft war er.

Als Flors helle Stimme die Gasse erfüllte, hob er allerdings den Kopf. Im nächsten Moment erschien ein Lächeln auf seinem Gesicht, er stand auf, klappte das Buch zu und schob es in die aufgenähte Tasche am Bein seiner Cargohose.

»Ich hab sie geholt, Ben!« Flor unterbrach ihre Erzählung, rannte voraus und sprang Ben auf den Arm. »Wir können gleich anfangen!«

»Sehr gut gemacht!« Ben grinste. Dann ließ er Flor von seinem Arm rutschen und kam Matea die letzten Schritte entgegen. »*Hola.*«

»*Hola.*« Matea lächelte, und für eine viel zu lange Sekunde erreichte ihre Nervosität ein unangenehmes Maximum, weil sie sich mit einem Mal furchtbar unsicher war, wie sie sich nun begrüßen sollten.

Aber Ben nahm ihr die Entscheidung ab, indem er sich zu ihr hinunterbeugte und sie auf die Wangen küsste. Nur auf die Wangen. Aber es fühlte sich kein bisschen weniger sanft und liebevoll an als ihr Kuss in der Nacht, und als er sich wieder zurückzog, streiften seine Finger erst ihren Unterarm und dann ihre Handfläche – eine federleichte Berührung, die einen angenehm warmen Schauer durch Mateas Körper jagte.

»Schön, dich zu sehen«, sagte er. »Aber wo ist denn deine Helfermannschaft?«

Matea seufzte schwer. »Die meisten sind so kurzfristig leider schon verplant. Anita kommt gleich noch raus.« Sie warf einen zweifelnden Blick auf den Anhänger mit den Gerüstteilen, der an seinen schwarzen Kleinwagen gekoppelt war und die Gasse vor der Pension fast vollständig verstopfte. »Meinst du, dass das auch zu zweit oder zu dritt klappt?«

»Na sicher.« Ben nickte. »Diese Blitzgerüste sind wirklich leicht zu handhaben, und ein kleines bisschen Erfahrung bringe ich ja mit.« Er zwinkerte ihr ermutigend zu. »Wollen wir gleich ausladen, damit wir die Straße zumindest wieder halbwegs freigeben können?«

Matea nickte, griff nach hinten und zog ihren Pferdeschwanz stramm. »Auf jeden Fall. Je schneller wir anfangen, desto schneller sind wir fertig.«

Tatsächlich dauerte es nicht einmal eine Stunde, bis das Gerüst vollständig an der Fassade des *Gira-sol* hinaufgewachsen war. Noch bevor die Glocke im Touristenturm der Basílica ein Uhr schlug, stand Ben zusammen mit Flor auf der obersten Plattform und überprüfte ein letztes Mal die Diagonalverbindungen, während Matea und Anita unten die Straße um das Gerüst mit Flatterband absperrten. Die Straßen waren noch siestaleerer als zuvor, das Auto hatten sie bereits wieder in einer Nebenstraße geparkt, die Sonne brannte fast unerträglich heiß auf sie herunter – aber das Gerüst war fertig.

»Tja, also«, sagte Ben, als er und Flor schließlich wieder neben Matea und Anita auf der Straße standen und sie gemeinsam an der eingerüsteten Fassade hinaufsahen. »Zeit für den richtig harten Job, würde ich sagen. Oder wollt ihr erst Pause machen? Essen? Siesta?«

»Oh, Essen!«, rief Flor sofort. »Bitte, ja!«

Matea und Anita wechselten einen Blick.

»Der *richtig* harte Job ...?«, ächzte Anita eine Spur zu theatralisch. »Ich bin jetzt schon völlig erledigt.«

Ben zuckte die Schultern. »Na ja, wir werden Schutzkleidung tragen müssen, wenn wir mit dem Sandstrahlen loslegen wollen, und das bedeutet, von oben bis unten in einem Gummianzug zu stecken – inklusive Kopfhaube und Visier. Das ist bei den Temperaturen leider wirklich kein Spaß. Wir sollten gut darauf achten, regelmäßig zu trinken und uns abzuwechseln. Oder wir fangen eben später an, aber ... na ja. Es gibt viel zu tun.«

Matea schüttelte rasch den Kopf. »Nein, lass uns

gleich anfangen. Jetzt bin ich sowieso schon durchgeschwitzt, und genug Kraft habe ich noch.«

»Aber ich ...«, setzte Flor mit leidender Miene an, und auch Anita verzog gequält das Gesicht.

»Außerdem haben Enric und Arnau uns für später noch auf den Hof eingeladen«, fügte Matea schnell hinzu und bemerkte zufrieden, dass wenigstens Flors Augen sofort wieder zu strahlen begannen. »Wenn wir jetzt gut vorankommen, haben wir uns das wirklich verdient.«

»Schön und gut, aber *ich* bin heute Abend nicht dabei, weil ich bei meinen Eltern bin, und ich habe *jetzt* Hunger und keine Power mehr«, maulte Anita und klang dabei fast kindlicher als Flor.

Matea warf ihr einen halb amüsierten, halb mitleidigen Blick zu. »Na ja, alle gleichzeitig können wir ja sowieso nicht arbeiten. Wie wär's, wenn du mit Flor zum Duschen und Essen reingehst, und wenn ihr fertig seid, löst du mich oder Ben hier ab?«

»Das ist eine tolle Idee!«, jubelte Flor und war schon halb unter dem Gestänge des Gerüsts hindurchgeflitzt und in der Pension verschwunden. »Komm, Anita!«, rief sie von der Tür aus.

Anita lachte und gab Matea einen dicken, schmatzenden Kuss auf die Wange. »Wie gut, dass ich bei dir immer nur ausreichend jammern muss. Ich befreie dich bald, versprochen.« Sie zwinkerte schelmisch. »Euch beiden dann mal viel Spaß!«

Mit diesen Worten hob sie noch einmal grüßend die Hand und schlüpfte dann ebenfalls unter dem Gerüst hindurch in die Pension.

»Tapfer«, sagte Ben anerkennend zu Matea, als von Flor und Anita nichts mehr zu sehen war. Im selben Moment spürte sie, wie seine Hand sich warm auf ihren Rücken legte – ganz leicht nur, und doch ohne Zögern. Sein Daumen strich sanft über den verschwitzten Stoff ihres Shirts, und ein angenehmer Schauer rieselte über Mateas Wirbelsäule.

»Ach«, erwiderte sie leise und sah zu ihm auf. »Es ist ja nun mal wichtig. Du bist viel tapferer als ich. Ich meine, es ist schließlich nicht deine Fassade, und … ach, ich weiß wirklich nicht, wie ich das je wieder gutmachen soll.«

Ben erwiderte ihren Blick – eine kleine Ewigkeit, wie ihr schien. »Aber für dich mache ich das gern, Matea.« Seine Stimme klang ein wenig belegt. Und noch tiefer als sonst. Mateas Herz klopfte schneller, und fast hätte sie dem Impuls nachgegeben, die Augen zu schließen und sich an ihn zu lehnen. »Sehr gern sogar.«

»Okay«, flüsterte Matea und spürte das Wort ein wenig rau in ihrem Hals kratzen. In diesem Moment wünschte sie sich, sie wären irgendwo ganz für sich. Irgendwo, wo niemand sie vielleicht vom Fenster aus beobachtete. Und als sie sah, wie Bens Blick dunkel und tief wurde und sich für einen Moment auf ihre Lippen heftete, war ihr klar, dass er sich dasselbe wünschte.

Matea schluckte. Dann lächelte sie – und fühlte sich diesmal wirklich tapfer. »Also fangen wir an?«

Ben nickte. Aber seine Hand verschwand nicht sofort von ihrem Rücken.

»Fangen wir an.«

Ben hatte nicht übertrieben. Es war wirklich ein harter Job. Und ein schmutziger. Trotzdem stellte Matea ziemlich schnell fest, dass es etwas seltsam Befriedigendes, fast Meditatives hatte, mit dem Sandstrahlgerät Zentimeter um Zentimeter Putz von der Wand zu spritzen, den nackten Stein darunter freizulegen und dabei ganze Sturzbäche zu schwitzen. Anita musste sie förmlich drängen, irgendwann den Schutzanzug auszuziehen, das Gerät an sie weiterzugeben und eine Pause einzulegen.

Aber auch mit Flor auf der Straße Hüpfkästchen oder Flatterband-Twist zu spielen oder einfach mit einer Wasserflasche auf dem Bordstein zu sitzen und Ben zu beobachten, wie er Anita Hilfestellung gab, in seinen Pausen mit Flor herumalberte oder selbst mit dem Sandstrahlgerät arbeitete, löste ein tiefes Gefühl der Zufriedenheit in ihr aus. Sie hatte ihre Mittagspause wirklich noch nie so wenig vermisst. Hin und wieder kam Yemayá nach draußen, um sie mit Snacks und Getränken zu versorgen und ausgiebig den Kopf darüber zu schütteln, dass sie sich freiwillig dermaßen der Hitze und der Mittagssonne aussetzten. Doch Matea fühlte sich tatsächlich kaum erschöpft, und wenn doch, dann auf eine sehr entspannte Art und Weise.

Und als die Schatten in die Gasse vor der Pension zurückkehrten und auch die Menschen sich allmählich wieder vor die Türen wagten, hatten sie tatsächlich schon ein beachtliches Stück geschafft.

»So.« Ben stellte das Sandstrahlgerät ab, zog sich die Schutzhaube vom Kopf und öffnete den Reißverschluss seines Anzugs. Darunter klebte ihm das Shirt klitschnass am Oberkörper. Auch seine Haare waren verschwitzt und seine Wangen gerötet. Sein kritischer Blick wanderte an der Fassade hinauf. »Das sieht doch schon ganz ordentlich aus. Wir kommen gut voran – ich würde vorschlagen, wir machen Schluss für heute.«

Matea stand vom Bordstein auf und stellte sich neben ihn, um ebenfalls ihr Werk zu begutachten. Die zuvor weiß verputzte Fassade war nun schon zu einem guten Drittel nackt und von einem feuchten Ockergelb. Es veränderte das Gesicht ihrer geliebten Pension völlig, und Matea spürte einen leichten Stich im Magen. Sie war sich noch nicht sicher, ob ihr das neue *Gira-sol* gefiel. Vielleicht musste sie sich nur daran gewöhnen, aber es brach ihr trotzdem ein wenig das Herz. Dieses Haus war immer weiß verputzt gewesen, solange sie sich erinnern konnte. So, wie sie es jetzt sah, wirkte es irgendwie verletzlich.

»Denkst du, wir werden bis Samstag fertig?«

Ben zuckte die Schultern und schälte sich ganz aus seinem Anzug. »Ich denke, es spricht nichts dagegen. Morgen könnte ich ja schon deutlich früher mit der Arbeit anfangen. Bevor es so furchtbar heiß wird.«

»He! Aber du hast gesagt, wir fahren noch mal ans Meer, Ben!«, ließ Flor sich vernehmen.

»Aber mehr in die Nähe von hier, Flor, das schaffen wir trotzdem.«

»Aber ...«

»Enric und Arnau helfen ja morgen auch mit«, sprang Anita hilfsbereit ein. »Und ich bin auch wieder dabei.« Sie war ebenfalls völlig durchgeschwitzt, aber auch sie hatte letztendlich sichtlich Spaß an der gemeinsamen Arbeit gehabt. Sie trank einen großen Schluck Wasser, schob sich die schweißfeuchten Haare mit beiden Händen aus der Stirn und streckte sich dann. »Aber jetzt muss ich erst mal los. Die Familie wartet. Und wenn ihr noch zum Hof wollt, solltet ihr auch langsam starten.«

»Ach. Stimmt ja.« Matea fischte ihr Handy aus dem Korb mit Snacks und Wasser, den sie im Treppenaufgang des gegenüberliegenden Hauses abgestellt hatten. Sie hatte seit Stunden keinen Blick mehr darauf geworfen. Jetzt entdeckte sie, dass Enric dreimal vergeblich versucht hatte, sie anzurufen. Matea runzelte die Stirn.

»Was ist los?«, fragte Anita.

»Ach nichts. Nur Enric.« Matea drückte auf den

Rückruf-Button und hob das Handy ans Ohr. Es klingelte, aber niemand nahm ab.

Auch Ben trat jetzt näher. »Alles in Ordnung?«

»Er hat versucht, mich anzurufen, aber jetzt geht er nicht ran.« Matea versuchte es als Nächstes bei Arnau. Aber auch der meldete sich selbst nach hartnäckigem Klingeln nicht, also gab sie es auf und schickte ihrem Bruder stattdessen eine rasche Nachricht, dass sie sich jetzt bald auf den Weg machen würden.

»Na ja. Wenn es wirklich wichtig gewesen wäre, hätte er in der Pension angerufen.« Sie zuckte die Schultern und schob das Handy in ihre Hosentasche. »Also, ich schlage vor, wir springen schnell unter die Dusche, und dann treffen wir uns am Fahrradschuppen im Hof. Einverstanden?«

Ben und Flor wechselten einen Blick.

»Klingt gut für uns«, sagte Ben und lächelte. »Stimmt's, Floreta?«

Flor strahlte. »O ja, perfekt!«, rief sie. »Einfach nur perfekt!«

Matea lachte. »Wunderbar. Dann sehen wir uns gleich.«

Zwanzig

Matea

Auch ohne kindlichen Enthusiasmus war es ein perfekter Tag zum Fahrradfahren. Der Himmel war strahlend blau, aber von den Bergen her wehte ein lauer Wind, der sich mit der Seeluft vermischte und sich leicht und frisch atmen ließ. Sie nahmen einen kleinen Umweg zwischen den Feldern hindurch, wo kaum Autos fuhren, sodass sie das Land, den Himmel und die Sonne ganz für sich hatten.

Flor fuhr voraus. Immer wieder beschleunigte sie und sauste ihnen wie ein kleiner Wirbelwind davon, ließ sich dann von ihrem eigenen Schwung weitertragen und breitete die Arme aus, als könne sie fliegen.

»Ben! Matea! Guckt mal, ich kann freihändig fahren!«

Ben und Matea, die nebeneinander fuhren, wechselten einen Blick und lachten. Dann streckte Ben die Hand in ihre Richtung aus, Matea tat es ihm gleich, und für einen langen Moment berührten sich ihre Fingerspitzen, ehe Matea ein Schlagloch umrunden musste und sich so wieder von ihm trennte. Das Gefühl von Bens Haut an ihrer aber blieb.

Ein perfekter Moment. An einem perfekten Tag, dachte Matea und war zugleich ein bisschen erstaunt, dass sie so etwas über einen Tag denken konnte, an dem sie stundenlang in einem Plastikanzug gesteckt und Putz von der Wand ihrer Pension gespritzt hatte. Aber genau so war es.

Wunderschön.

Das Gefühl wirkte noch immer in ihr nach, als sie kurz darauf über den geschotterten Zufahrtsweg auf den Sonnenblumenhof rollten.

Von Flor war schon Sekunden später nichts mehr zu sehen. Sie nahm sich kaum die Zeit, ihr Rad an die Stallwand zu lehnen, dann flitzte sie auch schon quer über den Hof und ins Hauptgebäude hinein, als wäre sie hier seit Jahren zu Hause.

»Arnau! Enric! Wir sind da-ha!«

Matea und Ben hingegen blieben noch einen Moment stehen, wie in einer stillschweigenden Übereinkunft, dass sie noch diesen winzigen Moment für sich brauchten. Sekundenlang standen sie einfach voreinander, jetzt endlich nicht mehr durch einen Drahtesel getrennt, und sahen sich in die Augen. Matea war sich natürlich bewusst, dass sie hier – direkt gegenüber dem Küchenfenster – alles andere als unbeobachtet waren. Daher machte sie nicht den letzten Schritt auf ihn zu, der sie noch trennte. Aber sie konnte sich auch nicht durchringen, den Moment jetzt schon aufzulösen.

Da räusperte Ben sich leise. »Also ... ich dachte, ich frage dich das lieber jetzt, ehe ich es nachher im Trubel wieder vergesse: Denkst du, wir könnten heute Abend noch mal was zusammen trinken? Ich werde auch sehr versuchen, vorher nicht einzuschlafen, versprochen.«

Matea lachte leise. »Wirklich gern. Und ich warte, solange es sein muss. Ich meine, du hast dir heute jedes bisschen Schlaf verdient. Und sogar auf deine Siesta verzichtet.«

Da hob Ben die Hand und strich ihr flüchtig mit den Fingerknöcheln über die Wange. Ganz kurz nur. Aber Mateas Herz antwortete mit einem regelrechten Donner darauf, als wolle es ihre Brust sprengen.

»Okay«, sagte er und lächelte. »Dann treffen wir uns heute Abend wieder dort.«

Matea nickte. »Okay«, flüsterte auch sie und räusperte sich, weil ihre Stimme plötzlich so rau klang. »Dann ... lass uns mal reingehen, oder?«

Ben nickte, ließ die Hand sinken und griff noch einmal nach Mateas Fingern, um sie sanft zu drücken.

»Okay«, sagte er noch einmal und ließ sie dann los, als wolle er sagen, dass dafür später noch viel Zeit war. »Lass uns gehen.«

In der Küche saß Arnau mit Flor auf der Bank am großen Tisch und schien ganz und gar vertieft darin, sich von ihr die bunten Perlenarmbänder und das kleine Täschchen zeigen zu lassen, die sie tags zuvor in Rocavella gekauft hatte. Als hätte er nicht einen einzigen Blick aus dem Fenster geworfen. Natürlich nicht.

»Sind Gemma und Levo eigentlich gar nicht da?«, fragte Flor gerade, als Matea und Ben den Raum betraten, und schlürfte an der eisgekühlten Holunderblütenlimonade, die Arnau ihr hingestellt hatte.

»Die sind noch in der Schule«, erklärte Arnau. »Du kannst nachher mit mir runter zur Kreuzung gehen und sie vom Bus abholen, wenn du Lust hast.« Er sah zur Tür. »Ah, da seid ihr ja auch«, sagte er und stand auf, um Matea und Ben zu begrüßen. »Willkommen, willkommen! Wie war die Fahrt?«

»Oh, sehr schön.« Matea seufzte zufrieden. »Aber ein kaltes Getränk wäre jetzt genau richtig. Wir haben seit heute Mittag durchgehend geschuftet.« Sie ließ sich auf einen Stuhl sinken. Erst jetzt wurde ihr bewusst, wie schwer ihre Beine inzwischen waren. »Wie kommt es, dass du schon wieder hier bist? Enric meinte, du wärst den ganzen Nachmittag unterwegs. Und wo ist er eigentlich?«

»Ach ...« Arnau wandte sich ab, um zwei weitere Gläser aus dem Schrank zu nehmen. »Oben.«

Matea runzelte verblüfft die Stirn. Das war eine

ungewohnt einsilbige Antwort von Arnau. Normalerweise hätte er sie und Ben jetzt ausgiebig nach dem Stand der Dinge befragt, sich entschuldigt, dass er nicht hatte dabei sein können, und sich erklären lassen, wie er sich in den nächsten Tagen einbringen konnte. Das war der Arnau, den Matea kannte und liebte.

Heute sagte er gar nichts weiter. Und war da nicht eine kleine Falte zwischen seinen Brauen gewesen, ehe er sich abgewandt hatte? Matea war sich nicht sicher. Als er ihnen die Limonade zum Tisch brachte, war davon jedenfalls nichts mehr zu sehen. Trotzdem hatte Matea den Eindruck, dass seine Miene nicht so entspannt und fröhlich wirkte wie sonst. Enrics verpasste Anrufe fielen ihr wieder ein, und mit einem Mal hatte sie ein ungutes Gefühl in der Magengegend.

Vielleicht, dachte sie, *hätte ich nicht trotzdem einfach hierherfahren sollen.*

»Ist alles in Ordnung?«, fragte sie behutsam. »Habt ihr euch wieder gestritten?«

Arnau warf ihr einen raschen Blick zu, und Matea wusste sofort zwei Dinge: Erstens, es war ganz sicher nicht alles in Ordnung. Und zweitens, er würde ebenso sicher nicht jetzt und hier mit ihr darüber reden. Matea sah kurz zu Ben, der scheinbar ganz mit Flor beschäftigt war – aber sehr wahrscheinlich hatte er ihren kurzen Wortwechsel doch gehört.

Matea erwiderte Arnaus Blick noch etliche Sekunden. Dann seufzte sie und trank schweigend einen großen Schluck Limonade, während Arnau sich wieder zu Flor auf die Bank setzte und in gewohnt resoluter Fröhlichkeit mit ihr scherzte. Konflikte wurden in Arnaus und Enrics Haushalt nicht vor Kindern ausgetragen. Das war eine eiserne Regel, die Matea verstand und schätzte. Aber es war nicht immer leicht.

In diesem Moment erklangen vertraute schwere Schritte auf der Treppe. Matea sah auf und wechselte erneut einen Blick mit Arnau. Doch diesmal war seine Miene nicht so leicht zu deuten.

»Mati?«, ertönte kurz darauf Enrics dunkle Stimme aus dem Flur.

Matea runzelte ratlos die Stirn. »Die bin ich!«, rief sie zurück. »Hier und anwesend!«

»Kommst du mal kurz?«

Jetzt verstand Matea wirklich gar nichts mehr. Was war denn hier nur los? Sie sah zu Ben, aber der schien immer noch ganz vertieft in eine Verhandlung mit Flor, wie viele Süßigkeiten an diesem Tag wohl noch vertretbar waren. Und spätestens jetzt war sich Matea sicher, dass sie sich die seltsame Stimmung nicht bloß einbildete. Wenn sogar Ben sie offenbar so deutlich spürte, dass er so tat, als würde er nichts bemerken, war sie wohl kaum zu bestreiten. Da allerdings auch von Arnau offenbar keine weitere Hilfe zu erwarten war, stand Matea auf und verließ die

Küche. Sie hatte ein unbestimmt mulmiges Gefühl dabei, obwohl sie noch immer nicht den Finger hätte daraufflegen können, woran es lag.

Enric stand im schummrigen Flur und wartete auf sie. Er hatte die Hände tief in den Taschen vergraben, und seine Miene war angespannt. Mateas mulmiges Gefühl verstärkte sich so sehr, dass es ihr beinahe den Magen umdrehte. Sie kannte ihren Bruder gut genug. Irgendwas war hier definitiv ganz und gar nicht in Ordnung. Deshalb verzichtete sie auf die übliche Begrüßung. »Hier bin ich. Was gibt's?«

»Machst du bitte die Tür zu?«

Matea atmete einmal tief ein und wieder aus. Dann tat sie, worum Enric sie gebeten hatte. »Kannst du mir jetzt bitte endlich sagen, was hier los ist? Warum hast du mich angerufen? Und wo hat Arnau seine Stimme gelassen?«

Enric antwortete nicht sofort. Stattdessen verzog sich sein Gesicht zu einer gequälten Grimasse.

»Mati ...«, sagte er endlich, und seine Stimme klang seltsam flach dabei. Ein letztes Mal holte er tief Atem und stieß die nächsten Worte dann mit all der Luft heraus. »Riza ist hier. Sie wartet oben.«

Es dauerte eine Weile, bis seine Worte Matea wirklich erreichten. Bis sie *verstand*, was er da gerade gesagt hatte. Sie konnte förmlich spüren, wie es – langsam und eiskalt – in sie hineinsackte.

»Was?«, flüsterte sie endlich. Erst jetzt begriff sie,

wie unmöglich der Gedanke in all den Jahren geworden war, sie könnte ihre Schwester jemals wiedersehen. Selbst jetzt, wo Riza angeblich nur ein paar Treppenstufen von ihr entfernt war, erschien ihr das ganz und gar unmöglich.

Aber Enric nickte nur und warf einen Blick über die Schulter. »Sie ist heute Morgen aus Belgien hier angekommen. Jetzt wartet sie oben, weil sie nicht wusste, ob ... du sie sehen willst.«

»Aus Belgien«, wiederholte Matea flüsternd. Ihr Gehirn klammerte sich mit geradezu absurder Vehemenz an diesem Gedanken fest, als wäre die Information in irgendeiner Weise relevant. Nicht das Warum, nicht das Wie oder die Frage, woher Riza wusste, dass Ben und Flor hier waren. Denn dass es ein Zufall sein konnte, war völlig ausgeschlossen. All die Jahre kaum ein Lebenszeichen, und ausgerechnet jetzt? Nein, jemand musste sie darüber benachrichtigt haben. Und das konnte nur bedeuten ...

»Hast du ...« Sie stockte, setzte dann noch einmal an, weil sie es einfach nicht fassen konnte. »Wie ...?« Sie schüttelte den Kopf und versuchte es ein letztes Mal, obwohl ihre Kehle wie zugeschnürt war: »Hättest du das die ganze Zeit tun können? Sie einfach herbestellen?«

Er hat die ganze Zeit ihre Nummer gehabt. Vielleicht haben sie sich sogar regelmäßig geschrieben. Und mir all die Jahre nichts davon gesagt.

Der Gedanke bohrte sich wie eine stumpfe Nadel in Mateas Brust. Sie fühlte sich plötzlich verraten und allein gelassen. Seit Rizas Verschwinden hatte sie gedacht, sie und Enric würden auf derselben Seite stehen, dieselbe Enttäuschung empfinden, ihre Schwester auf dieselbe Weise vermissen. Und jetzt ...

Aber Enric presste die Lippen zusammen und schüttelte den Kopf. »Nicht so, wie du denkst, Mati. Es ist ...« Er atmete einmal tief durch, aber es klang seltsam rau. »Sie hat uns vor einem halben Jahr geschrieben. Mir und Arnau. Einen Brief mit einer Handynummer, in dem stand, wenn ein Mädchen namens Flor hier auftauchen und nach ihr fragen sollte, sollten wir ihr Bescheid geben, dann würde sie sofort herkommen.« Sein Blick huschte zur geschlossenen Küchentür, hinter der Ben und Flor mit Arnau plauderten und lachten. »Seitdem haben wir uns hin und wieder kurz geschrieben, aber sie hat darauf bestanden, nur für Flor herzukommen, und dass du nichts von unserem Kontakt erfahren darfst, weil du ...« Er räusperte sich und blinzelte angestrengt. »Sie wollte es dir nicht noch schwerer machen. Ach Mati, du weißt gar nicht, wie viel ich deswegen mit ihr gestritten habe! Und wie ich gehofft habe, dass sie vielleicht trotz allem dieses Jahr zum Fest kommt, aber ... du kennst sie ja.« Er seufzte schwer. »Ich schwöre dir, ich hatte mir vorgenommen, wenn sie zum Fest wieder nicht hier ist, rede ich nie wieder ein Wort mit ihr. Aber dann sind Ben und Flor hier aufgetaucht, und ... na ja. Was hätte ich anderes tun sollen?«

Matea sagte nichts. Sie konnte nicht. Natürlich begriff sie, was in Enric vorgegangen sein musste. Warum er das getan und warum er ihr nichts davon gesagt hatte. Sie wusste jetzt auch, worüber er sich mit Arnau gestritten hatte und warum Enric so bitter wirkte, obwohl er sich in diesem Streit doch offenbar durchgesetzt hatte. Enric wünschte sich schon so lange, seine Zwillingsschwester würde endlich nach Hause kommen. Natürlich hatte er diese Chance nicht ungenutzt verstreichen lassen können, selbst wenn es ihn hart treffen musste, dass sie bereit war, für Flor nach El Pont zurückzukehren, für ihn aber nicht. Ein Teil von Matea begriff das alles, sehr gut sogar. Ein anderer, nicht zu geringer aber, weigerte sich einfach.

Enric sah sie noch immer an, als warte er auf eine Antwort. Eine Absolution. Oder wenigstens ihr Verständnis. Aber Matea blieb stumm.

Enric räusperte sich. »Bitte. Was soll ich ihr sagen, Mati?«

Es kam Matea vor wie eine Ewigkeit, bis sie endlich ihre Stimme wiederfand. Und eine Antwort.

»Ist das denn nicht völlig egal? Sie ist doch gar nicht meinetwegen hier. Das hast du gerade selbst erklärt. Warum interessiert es sie dann, ob ich sie sehen will?

Ich kann auch einfach gehen, denn um mich geht es hier ja offensichtlich nicht. Problem gelöst.« Sie presste die Lippen zusammen und schluckte die Tränen hinunter, die ihr in die Augen steigen wollten. Weil es sie eben doch verletzte, tief verletzte, und sie das umso wütender machte. »Sie ist hier, um ihre Tochter zu sehen, woher auch immer dieser Sinneswandel kommt, nachdem sie sie ja offenbar genauso sitzen lassen hat wie uns. Aber wenn sie Flor tatsächlich sehen will, stehe ich ihr dabei doch nicht im Weg, was denkt ihr denn, was ich für ein Monster bin?« Sie ballte die Hände zu Fäusten. »Oder kommt jetzt vielleicht wieder der Punkt, an dem ihr mir für alles die Schuld geben wollt? Da mache ich nicht mit, Enric, okay? Wirklich, es ist mir egal, was du ihr sagst. Auch wenn ... wenn ...«

Sie brach ab. Ihre Stimme versagte, weil ihr erst jetzt wirklich klar wurde, was all das noch zu bedeuten hatte. Auf wie vielen Ebenen Rizas Auftauchen alles kaputt machte. Sie war nicht nur Flors Mutter. Sie war auch Bens Ex-Frau. Er suchte sie nur für Flor, das hatte er gesagt, aber woher sollte Matea wissen, dass das wirklich stimmte? Dass seine Überzeugung Bestand haben würde, wenn er sie tatsächlich wiedersah? Niemand konnte wissen, was geschehen würde, wenn sie sich gleich gegenüberstanden, aber eines war sicher:

Es war nichts mehr übrig von ihrem perfekten Tag.

Und es würde auch sehr wahrscheinlich kein neuer kommen. Nicht mit Ben. Nicht mit Flor. Nicht so, wie Matea es heute gehofft hatte.

»Du bist kein Monster. Das habe ich nie gedacht. Niemand hat das. Hör auf mit dem Quatsch, Mati.« Die leise Stimme kam von oben an der Treppe. Matea hatte in all den Jahren fast vergessen, wie sie klang. Aber jetzt brauchte sie sich nicht einmal umzudrehen, um sie wiederzuerkennen.

Sie tat es trotzdem.

Und dort, auf der obersten Stufe, stand sie: Riza. In einem übergroßen T-Shirt, das ihr fast bis zu den Knien reichte, und einer verwaschenen Leggins, das glatte goldbraune Haar zerzaust und das Gesicht ohne jedes Make-up. So hatte sie damals bei ihren Schwestern-Abenden immer ausgesehen, fiel Matea vage ein. Als alles noch irgendwie in Ordnung gewesen war. Als sie beide, so verschieden sie waren, noch eine verschworene Einheit gebildet hatten und Rizas Zimmer ihr gemeinsamer sicherer Hafen gewesen war. Es ergab ein surreales Bild, diese beiden Versionen ihrer großen Schwester übereinanderzulegen; wie bei einem Sprung in der Zeit, den Matea fast körperlich spürte.

Schier endlose Sekunden starrten sie sich einfach nur an. Matea von unten, Riza von oben. Als hätten sie sich gegenseitig hypnotisiert.

»Spielt doch auch gar keine Rolle«, brachte Matea

endlich heraus und trat einen Schritt zur Seite. »Es ist doch so. Du bist nicht meinetwegen hier. Also, was auch immer du vorhast: Tu es. Ich habe darüber nicht zu urteilen. Es ist dein Leben, dein Ex und dein ... dein Kind.« Sie spürte, wie ihre Stimme brach bei dem letzten Wort, und sie wusste, Riza hatte es gehört. Ihr Gesicht verzog sich schmerzhaft, als hätte Matea den Finger in eine offene, vielleicht sogar empfindlich schwärende Wunde gelegt.

Matea sah zu Enric, doch der stand nur mit vor der Brust verschränkten Armen da und starrte auf die geschlossene Haustür, als könnte er sich nicht entscheiden, wen von ihnen beiden er ansehen oder ob er nicht doch lieber flüchten sollte. Es tat Matea leid, dass er so zwischen den Stühlen stand. Sie hätte ihm wirklich gegönnt, sich einfach über die Rückkehr seiner Zwillingsschwester freuen zu können, auf die er doch seit so vielen Jahren hoffte und um die er ja offenbar im vergangenen Jahr noch einmal auf eine ganz neue und sicher auch sehr schmerzhafte Art gerungen hatte. Aber so einfach war es nun mal nicht. Für niemanden von ihnen.

»Na los.« Sie wies auf die Küchentür. »Worauf wartest du denn noch? Wenn du nicht denkst, dass ich ein Monster bin, musst du ja auch keine Angst vor mir haben.«

Riza sagte nichts mehr. Und vielleicht war es das, diese stumme Bestätigung von allem, was Matea ihrer Schwester gerade vorgeworfen hatte, was Matea innerlich den Rest gab. Am liebsten wäre sie auf der Stelle davongelaufen. Sie tat es nur nicht, weil Enric ihr im Weg stand.

Mit zögernden Schritten und angespanntem Gesicht kam Riza nun die Treppe herunter. Sie sah Matea nicht mal mehr an, sondern nur noch Enric, der sich nun endlich doch entschied, ihren Blick zu erwidern. Ein gequältes Lächeln erschien auf seinem Gesicht, als er ihr fragend zunickte und Riza das Nicken erwiderte. Dann drehte er sich um, trat mit betont festem Schritt zur Küchentür und öffnete sie.

»Flor?« Matea hörte ihn tief durchatmen. »Hier möchte dich jemand sehen.«

Matea schloss die Augen, als Riza sich zaghaft an Enric vorbeischob. Am liebsten hätte sie auch nicht hingehört, als Riza beinahe flüsternd »*Hola, carinyo*« sagte, und auf gar keinen Fall wollte sie Flors spitzen Freudenschrei hören, wenn ihr größter Wunsch endlich wahr wurde.

Aber der Freudenschrei kam nicht.

Stattdessen erklang ein lautstarkes Poltern, wie ein schwerer Stuhl, der zu Boden krachte. Darauf folgte endlose Augenblicke lang eine nahezu absolute Stille.

Dann sagte Flor: »*Mamà!*«

Und brach in Tränen aus.

Einundzwanzig

Ben

Es war wie in einem Traum.

Zuzusehen, wie Flor auf ihre Mutter zustürzte, sich schluchzend in ihre Arme warf, wie Riza sie fest an sich drückte und mit ebenfalls tränenerstickter Stimme auf sie einredete – all das hatte Ben sich so oft ausgemalt, dass er tatsächlich wiederholt davon geträumt hatte, und es fühlte sich immer noch wie in einem Traum an, es jetzt wahrhaftig zu erleben. Er konnte nur nicht sagen, ob es ein schöner Traum oder ein Albtraum war.

Nein.

Was es für ihn war, das wusste er. Es zerriss ihm förmlich das Herz, Flor so glücklich zu sehen, und zugleich lähmte ihn der Anblick so sehr, dass er nur dasitzen und sie stumm anstarren konnte, während in ihm Tausende Gedanken und Gefühle tobten, aber vor allem ein Gefühl immer größer wurde: Angst. Die Angst, dass Riza hier war, um ihm Flor wieder wegzunehmen.

Und Matea? Wo steckt eigentlich Matea?

Der Gedanke tauchte unerwartet, aber dafür umso heftiger in seinem Kopf auf – gerade in dem Moment, als er draußen in der Diele die Haustür geräuschvoll ins Schloss fallen hörte.

Matea!

Mit einem Mal hatte Ben das überwältigend dringliche Gefühl, dass er ihr sofort nachlaufen musste, wohin auch immer sie gerade floh. Zu deutlich stand ihm diese Traurigkeit vor Augen, die er in den letzten Tagen immer wieder an ihr wahrgenommen hatte. Er wollte nicht, dass sie so fühlte. Er wollte nicht, dass sie damit ganz allein war.

Mit einem Ruck stand er auf und marschierte zur Tür, an Arnau und Enric vorbei, deren Blicke irgendwo zwischen überrascht und verständnisvoll schwankten.

»Wo gehst du hin, Ben?« Natürlich blieb sein Aufbruch auch von Flor nicht unbemerkt. »Wir fahren noch nicht, oder? Wir sind doch gerade erst gekommen!« Ihre helle Stimme klang geradezu panisch. Es schnitt Ben ins Herz, sie so zu hören. All die Sicherheit und Unabhängigkeit, die sie in den letzten Tagen hier neu entdeckt zu haben schien; das Vertrauen darauf, dass er immer da war und auf sie wartete, selbst wenn er sich nicht in ihrer unmittelbaren Nähe befand … in diesem Moment war das alles wieder völlig verschwunden. Und deshalb drehte Ben sich noch einmal zu ihr um – so schwer es ihm auch fiel, und so dringend er Matea hinterherstürmen wollte, ehe sie endgültig fort war – und lächelte sie an.

»Ich habe bloß unsere Tasche an den Fahrrädern vergessen«, sagte er so ruhig er konnte. »Ich bin sofort wieder da. Ich fahre noch nicht, und schon gar nicht ohne dich, das weißt du doch.«

Flor schniefte, und ein verheultes Lächeln erschien zaghaft auf ihrem Gesicht, während ihre Finger sich immer noch an Rizas Shirt klammerten. »Okay. Du kommst gleich wieder rein. Versprochen?«

Diesmal fiel ihm das Lächeln leichter. »Versprochen ist versprochen, und wird auch nicht gebrochen.«

Nun traf sein Blick Rizas, und als sie die Lippen zusammenpresste und genau wie Flor heftig gegen die Tränen anblinzelte, sah Ben in ihren Augen den gleichen bitteren und zugleich so unnötig eifersüchtigen Frust wie vor einem Jahr: Sie hatte es schon immer gehasst, wenn er und Flor Deutsch miteinander sprachen.

Ich fühle mich wie eine Ausgeschlossene, hatte sie es genannt und ihm vorgeworfen, dass er das nur tun würde, weil er eifersüchtig auf ihre und Flors eigene Sprache sei. Weil er deshalb auch eine mit ihr wollte. Damals schon war das nichts als Unsinn gewesen, und heute noch viel mehr. Aber gerade jetzt hatte Ben weder die Zeit noch die Nerven, sich in Riza hineinzuversetzen und sich um Verständnis zu bemühen.

Ohne ein weiteres Wort wandte er sich ab und lief endlich hinaus.

Die Nachmittagssonne schien ihm ins Gesicht, als er auf den Hof trat, und er musste sekundenlang gegen das grelle Licht anblinzeln, ehe er überhaupt etwas erkennen konnte. Aber dann entdeckte er sie. Drüben an der Scheune, wo sie ihr Rad hinter seinem hervorzerrte und es über den Hof in Richtung Zufahrtsstraße zu schieben begann.

Ben setzte sich erneut in Bewegung. »Matea?«

Sie musste ihn gehört haben, aber sie sah sich nicht nach ihm um. Ihre Schritte wirkten steif und ihre Schultern verkrampft, und sie hielt den Blick starr auf den Vorderreifen ihres Rads gerichtet.

»Matea!« Ben beschleunigte seine Schritte. Sie tat es ihm gleich, schob ihr Rad ebenfalls schneller vorwärts, bis sie die kiesbedeckte Fläche vor der Scheune hinter sich gelassen hatte, und machte Anstalten, auf den Sattel zu steigen.

»Matea! Warte!« Jetzt rannte er quer über den Hof in Richtung Zufahrt. »*Si us plau*, Matea! Warte!«

Diesmal blieb Matea tatsächlich stehen und drehte sich zu ihm um. Wartete, allerdings ohne dazu von ihrem Rad zu steigen. Sie sagte nichts, sah ihm nur entgegen, aber in ihren Augen erkannte Ben, dass sie tief verletzt war. Verzweifelt und auf eine unendlich traurige Art hoffnungslos. Und wenn er auch nicht völlig begriff, warum sie so fühlte, traf es ihn trotzdem mitten ins Herz.

»Matea ...« Er blieb bei ihr stehen, nicht weiter entfernt als vorhin, vor nicht einmal einer halben Stunde, als sie dort an der Scheune von ihren Fahrrädern gestiegen waren und sich für die Nacht im dunklen Restaurant verabredet hatten. Und doch fühlte es sich jetzt an, als hätte sie sich seither um Welten von ihm zurückgezogen.

»Wo gehst du hin?«, fragte er, und sie beide wussten, dass damit nicht gemeint war, welchen Weg sie nehmen oder welches Ziel sie ansteuern würde, wenn sie jetzt auf ihr Rad stieg. Was er wirklich wissen wollte, war, wohin ihr gemeinsamer Weg von nun an führen würde. »Bitte ... geh nicht.«

Sie blinzelte. Zweimal. Eine einzelne Träne hing in ihren Wimpern. Sie wischte sie weg – und schüttelte den Kopf. »Es tut mir leid. Es ist nicht deine Schuld. Aber ich muss jetzt hier weg. Ich halte das nicht aus.«

Ben fuhr sich ratlos mit beiden Händen über das Gesicht. Er spürte, wie Matea sich schon jetzt immer noch weiter von ihm entfernte, obwohl sie sich noch nicht vom Fleck gerührt hatte. Und es tat weh.

»Vielleicht können wir ...«, begann er in einem verzweifelten Versuch, noch irgendetwas zu retten. Dabei war ihm klar, noch während die erste Silbe seinen Mund verließ, dass er scheitern musste. Er wusste ja nicht einmal, was er ihr überhaupt vorschlagen wollte. Was konnte ihnen jetzt noch helfen, wenn ihnen doch offenbar sogar die Worte fehlten, um darüber zu reden? »Ich meine, ich weiß nicht, ob ...« Er warf einen hilflosen Blick zurück zum Haus, brach ab und setzte erneut an. »Ich muss mit Flor sprechen. Sie braucht mich jetzt. Verstehst du?«

Er sah, wie sie schluckte. Weitere Tränen sammelten sich an ihrem Wimpernkranz, und wieder wischte sie sie weg. Ben hätte sie so gern in den Arm genommen. Aber er wagte es nicht, weil sie ihn mit ihrem abweisenden Blick von sich fernhielt.

»Schon gut«, sagte sie leise und machte eine vage Handbewegung, die von ihr zu ihm und wieder zurück wies. »Vielleicht ... war das mit uns von Anfang an keine so gute Idee. Auch wenn ich es gern herausgefunden hätte.«

Ben spürte, wie ihm der Mund aufklappte.

Die Worte trafen. Tief.

Eine kleine Ewigkeit, so schien es ihm, konnte er nichts tun, als Matea einfach nur anzustarren. Dem Schlag nachzuspüren, den sie ihm gerade versetzt hatte. Mit einer schrecklichen Bitterkeit begriff er, wie sehr er bereits gehofft hatte, dass das, was zwischen ihnen so vorsichtig zu wachsen begonnen hatte, sich noch weiterentwickeln würde.

»Matea ...«, brachte er heraus und verstummte wieder.

Diesmal löste sich eine Träne aus ihrem Auge und rollte über ihre Wange, gefolgt von einer zweiten, als sie blinzelte.

»Schon gut«, wiederholte sie, die Stimme nicht viel mehr als ein gebrochenes Flüstern. »Es ist okay.« Sie räusperte sich, und danach klang ihre Stimme fester. »Vielleicht ... bist du ja heute Nacht im Restaurant. Wenn nicht ...« Sie zuckte verkrampft die Schultern. Dann brach sie den Blickkontakt endgültig ab. »Mach's gut, Ben.«

Und bevor Ben noch etwas sagen oder tun konnte, trat sie in die Pedale und fuhr vom Hof.

Er stand immer noch dort und starrte auf die längst wieder verlassene Zufahrtsstraße, als hinter ihm die Tür des Haupthauses aufging und Enric zu ihm auf den Hof trat. An der Hand hielt er Flor.

»Hey, Ben.« Enric lächelte, als sie auf ihn zutraten, auch wenn er noch immer recht angespannt wirkte. »Deine Tochter hat ein Anliegen.« Er stupste Flor aufmunternd gegen die Schulter.

Flor, deren Gesicht noch immer ein bisschen verheult aussah, blinzelte und rang sichtlich nach Worten. »Ja. Mamà hat gefragt ... sie möchte ... Also, sie hat mich gefragt, ob ich heute Nacht mit ihr hier auf dem Hof übernachten will, aber ich ... also ich weiß nicht ...«

Es zerriss Ben beinahe das Herz, sie so verunsichert zu sehen. Die Flor, die er kannte, wusste immer genau, ob sie etwas wollte oder nicht. Sie begeisterte sich überschwänglich oder lehnte etwas trotzig und vehement ab, und dazwischen gab es nicht viel.

Das hier aber war etwas anderes. Diese ganze Situation musste sie, genau wie Ben, emotional in den Moment zurückwerfen, in dem sie sich entschieden hatte, bei Ben zu bleiben – und dafür ihre Mutter für ein ganzes Jahr völlig aus den Augen zu verlieren, obwohl sie das zu diesem Zeitpunkt natürlich noch nicht hatte wissen können. Fast dieses ganze Jahr und viele Gespräche mit einem Kinderpsychologen hatte es gebraucht, bis Flor langsam begonnen hatte, sich von den Schuldgefühlen freizumachen, die sie seither quälten. Von der Angst, selbst dafür verantwortlich zu sein, dass ihre eigene Mutter sie womöglich nicht mehr liebte. Aber alles, was sie an Selbstsicherheit und Vertrauen zurückgewonnen hatte, war in dem Moment verpufft, als sie Riza so überraschend wieder gegenüberstand.

Und Ben begriff: Auch Flor hatte in Wahrheit nicht daran geglaubt, dass es jemals wieder dazu kommen würde, dass sie ihre Mutter wiedersah. Und statt einfach glücklich zu sein, hatte sie nun umso größere Angst, dass Ben und Riza beide einfach verschwinden könnten. Oder dass sie sich erneut zwischen ihnen entscheiden müsste. Dass sie wählen sollte, welches Leben sie von nun an führen wollte.

Kein so kleiner Mensch, dachte Ben, sollte eine solche Entscheidung treffen müssen. Schon gar nicht allein, und vor allem nicht zweimal innerhalb so kurzer Zeit. Und deshalb ...

»Vielleicht bist du ja heute Nacht im Restaurant«, hörte er Mateas Stimme in seinem Kopf. *»Wenn nicht ...«*

Mit einem seltsam leeren Gefühl in der Brust warf Ben einen letzten Blick auf die verlassene Zufahrtsstraße. Und sosehr es ihn auch schmerzte – er wusste, was er zu tun hatte. Was *richtig* war, für ihn und für den kleinen Menschen, für den er Verantwortung übernommen hatte.

»Hey.« Er ging vor Flor in die Hocke und fasste sie sanft bei den Schultern. »Alles gut, Floreta. Ich bin hier.« Er zog sie behutsam in seine Arme. Flor vergrub das Gesicht an seiner Schulter, schmiegte sich warm und vertraut an ihn, und er spürte, wie das angespannte Zittern, das ihren kleinen Körper von innen heraus schüttelte, zumindest etwas nachließ. Eine ganze Weile hockten sie einfach so da.

»Möchtest du, dass ich auch hierbleibe?«, fragte Ben schließlich leise und strich ihr liebevoll über das Haar.

Flor nickte an seiner Schulter. »Ja«, flüsterte sie und schniefte.

Ben sah zu Enric auf. »Ginge das für euch in Ordnung? Ich würde auch die Küchenbank nehmen.«

Enric winkte ab. »Ach was. Der Hof hat genug Zimmer. Wenn es dich nicht stört, dass es morgens unter der Woche bei uns etwas unruhig zugeht, kannst du hier übernachten, solange du willst.«

Flor richtete sich auf und drehte sich zu Enric um. »Ach. Ben wacht nie auf«, erklärte sie, ehe Ben selbst etwas erwidern konnte, und nun lachte sie schon wieder ein bisschen, während sie sich mit dem Handrücken über die gerötete Nase wischte. »Er hat den Schlaf des Todes.«

Auch Enric lachte. »Na, dann wäre das ja immerhin geklärt.«

Flor umarmte Ben noch einmal ganz fest. »Ja, du sollst hierbleiben«, sagte sie, und diesmal klang ihre Stimme schon wieder viel sicherer. »Aber ich schlafe bei Mamà im Zimmer, okay? Ich bin ja sonst immer bei dir.«

Ben drückte sie sanft an sich. »Na klar, Floreta. Ganz so, wie du es willst.«

Zweiundzwanzig

Ben

Beim Abendessen hatte Flor zu ihrer normalen Fröhlichkeit zurückgefunden. Vielleicht war sie sogar fröhlicher als jemals zuvor. Sie saß zwischen Gemma und Riza auf der Bank, futterte fröhlich Hähnchenschenkel mit Ofengemüse in sich hinein und lauschte mit blitzenden Augen den Geschichten, die Riza von ihren Reisen im letzten Jahr erzählte. Von der langen Fahrt über die Panamericana, von ihren Abenteuern, die sie im tropischen Urwald und in den riesigen Metropolen Lateinamerikas erlebt hatte, bis es sie schließlich vor wenigen Wochen zurück nach Europa verschlagen hatte. Jetzt lebte sie in einer belgischen Stadt namens Gent, die in der Nähe von Brüssel lag und, so sagte Riza, einfach wunderschön war. Sie fühlte sich sehr wohl dort und wollte auf jeden Fall eine Weile bleiben, ehe sie weiterzog.

Auch Riza machte jetzt einen glücklichen, entspannten Eindruck – ganz anders als die überreizte, aufgelöste Person, die kaum zwei Stunden zuvor in die Küche gestolpert war. Sie hatte sich von Flor und den anderen Kindern über den Hof führen lassen, sich alles angesehen, was Flor ihr präsentierte, als gehörte es ihr selbst, und sich jede noch so kleine Geschichte über die Monate angehört, in denen sie getrennt gewesen waren.

Ben gegenüber war sie allerdings weniger entspannt. Weder vor noch nach ihrem Rundgang über den Hof hatte Riza ihm auch nur ein einziges Mal länger als einen Sekundenbruchteil in die Augen gesehen. Und auch jetzt mied sie seinen Blick standhaft, als wollte sie gar nicht erst wissen, was er über ihre Anwesenheit dachte.

Kein Wunder, wenn er bedachte, wie nachdrücklich er ihr damals nahegelegt hatte, ihm nie wieder unter die Augen zu treten. Allerdings ahnte er, dass sie darüber noch würden sprechen müssen, wenn sie irgendwann bereit dazu war. Denn bei allem, was Riza sich hatte zuschulden kommen lassen – auch Ben hatte etwas gutzumachen. Es würde kein leichtes Gespräch werden, dessen war er sich ziemlich sicher – obwohl Riza, wie er mit einiger Irritation feststellte, heute wieder sehr viel mehr der Frau glich, die er damals kennengelernt hatte. Jener bezaubernden Fremden, in die er sich Hals über Kopf verliebt hatte. Von der Riza, die er später kennen- und in gewisser Weise auch fürchten gelernt hatte, war jetzt nichts mehr zu sehen. Keine Spur jener Person, die ihm wegen eines falschen

Wortes ins Gesicht explodiert war, sodass er es irgendwann kaum noch wagte, eine eigene Meinung zu haben – bis es ihm eines Tages die Selbstbeherrschung so gründlich zerrissen hatte, dass er sich bis heute dafür schämte. Nachdem ihre Wiedersehenstränen erst einmal getrocknet waren, war Riza nichts anderes als fröhlich, herzlich, einnehmend und wunderschön. Vielleicht schöner als je zuvor.

Und trotzdem fühlte Ben ... gar nichts, während er sie beobachtete; wie sie mit Flor lachte und die beiden sich neckten, als wären sie nicht länger als eine Stunde getrennt gewesen. Er empfand kein Bedauern, kein leises Vermissen. Nicht mal Wut oder Enttäuschung. Nur die leise rumorende Sorge, wie lange diese Stimmung sich wohl halten konnte – und eine eigentümliche Dumpfheit, in der seine Gedanken immer wieder zu Matea wanderten.

Er hätte heute Abend bei ihr sein sollen. Nein – bei ihr sein *wollen*. Aber sein Platz war hier; nicht bei Riza, aber sehr wohl bei Flor. Er hatte sich bewusst dazu entschieden, und weil er nach wie vor überzeugt war, dass es die *richtige* Entscheidung war, versuchte Ben Rizas Spiel mitzuspielen, so gut er konnte. Versuchte zu lächeln, zu lachen und im richtigen Augenblick zu scherzen, während er darauf wartete, dass der Abend endlich vorbeiging.

Seine Gedanken aber blieben bei Matea.

Die ganze Zeit.

Es war bereits nach zehn Uhr am Abend, als Riza endlich ein großes Gähnen aus Flors Richtung zum Anlass nahm, den Aufbruch in Richtung Bett zu signalisieren. Ben hätte sie schon eine halbe Stunde früher dorthin gebracht, mindestens, schließlich brauchte Flor in einer unbekannten Umgebung immer deutlich länger zum Einschlafen. Aber das zu sagen, hätte vermutlich nur dazu geführt, dass Riza Flor aus purem Trotz noch länger aufbleiben ließ, und das wollte Ben gerade heute auf keinen Fall riskieren.

»Gute Nacht, Ben!«, sagte Flor, als sie ein letztes Mal auf seinen Schoß krabbelte und ihn deutlich länger und fester als sonst umarmte. »Morgen schlafe ich wieder bei dir, okay? Immer abwechselnd!«

Sie sagte das, als wolle sie Ben beruhigen, aber in Wahrheit war sie es natürlich selbst, die Sicherheit brauchte und zumindest ein kleines bisschen das Gefühl, die Kontrolle über die Situation zu behalten. Er gab ihr einen Kuss auf die Stirn. »Einverstanden. Gute Nacht, Floreta. Schlaf gut. Ich gehe auch bald ins Bett.«

Flor nickte und rutschte von seinem Schoß. »Weißt du noch, was Matea gesagt hat? *Bona nit. Que tinguis un bon son, que descansis i dormis amb els angelets!*«

Bens Brust zog sich schmerzhaft zusammen, als er diese Worte hörte, und er spürte überdeutlich die überraschten Blicke von Riza und Enric, die mit dem

Ausspruch vermutlich eine ähnlich intime Kindheitserinnerung verbanden wie Matea. »Ja, das weiß ich noch. Du hast das schön gesagt. Jetzt kann ich sicher sehr gut schlafen.«

Flor nickte zufrieden, und offenbar war sie tatsächlich einigermaßen beruhigt. »Dann bis morgen, Ben!« Damit nahm sie Riza an der Hand und verschwand mit ihr die Treppe hinauf. Ben hörte ihre fröhliche Stimme, die immer leiser wurde – bis oben eine Tür ging und sie gar nicht mehr zu hören war.

Ben blieb mit Arnau und Enric am Küchentisch zurück. Eine ganze Weile herrschte seltsam betretenes Schweigen. Bis Arnau irgendwann aufstand, demonstrativ gähnte und sich streckte.

»Also, ich werde mich dann auch auf den Weg ins Bett machen. Der Tag war ... lang, und morgen wird's nicht besser, fürchte ich.« Er seufzte, was überraschend ehrlich klang, und wandte sich an Ben. »Kommst du mit nach oben? Dann zeige ich dir, wo du schlafen kannst und wo das Gästebad ist.«

Ben nickte und stand auf.

Enric brummte halblaut und erhob sich ebenfalls. »Ich drehe noch eine Runde über den Hof«, sagte er und gab Arnau einen Kuss. »Dann komme ich nach. Gute Nacht, Ben.«

Damit verschwand er aus der Tür in die Dunkelheit hinaus.

Ben folgte Arnau die Treppe hinauf in den oberen Flur des Hauses, wo mehrere Türen zu beiden Seiten abgingen. Hinter einer davon hörte er Riza mit sanfter Stimme singen. Flor hingegen war erstaunlich still geworden.

»Also, hier ist unser zweites Gästezimmer«, erklärte Arnau und blieb vor einer der Türen stehen. »Und hier, direkt gegenüber, ist das Gästebad. Du findest Handtücher, Gästezahnbürsten und so weiter in den Körben unter dem Waschbecken. Frische Bettwäsche liegt dort auch im Regal.« Er lächelte aufmunternd, obwohl auch er tatsächlich sehr erschöpft wirkte. »Also dann, schlaf gut, Ben. Trotz allem. Tut mir leid, dass das alles so plötzlich über euch hereingebrochen ist. Ich wünschte, es wäre anders gelaufen.« Er machte eine kurze, nachdenkliche Pause. »Auch für Mati.«

Ja. Gerade für sie, dachte Ben. Aber er sprach es nicht aus.

»Gute Nacht, Arnau«, sagte er stattdessen. »Und danke.«

Arnau lächelte noch einmal. »Keine Ursache. Ich würde gern mehr für euch tun. Vielleicht fällt uns morgen etwas ein. Aber nun erst mal gute Nacht.« Er hob noch einmal grüßend die Hand. Dann ging er den Gang hinunter und verschwand hinter einer weiteren Tür.

Der Flur war nun leer. Riza sang immer noch. Und

Ben wusste, es würde noch eine ganze Weile dauern, bis es ihm gelingen würde einzuschlafen, ganz egal, wie müde er war. Aber wenigstens versuchen sollte er es wohl.

Mit einem resignierten Seufzen machte er sich auf den Weg ins Bad.

Als er eine Viertelstunde später in Shorts und Shirt und mit einem großen Bündel Bettwäsche auf den Armen das Bad verließ, war es im Flur endgültig still geworden – aber dafür war er nicht mehr leer. Ben fuhr heftig zusammen, als er die Tür öffnete und sich im Halbdunkel einer schmalen Gestalt gegenübersah.

»Riza!«

Ihr glattes dunkles Haar war zerzaust, und sie blinzelte, als wäre das spärliche Licht auf dem Flur noch zu hell für sie. Ben atmete tief durch, um sein heftig pochendes Herz zu beruhigen. »Hast du mich erschreckt.« Er räusperte sich. »Wartest du schon lange?«

Riza schüttelte den Kopf. Wie schon den ganzen Abend über sah sie ihm nicht ins Gesicht, sondern knapp an ihm vorbei, als würde sie mit der Badezimmertür hinter ihm reden. »Ich bin gerade erst rausgekommen.«

Ben nickte befangen. »Konnte sie nicht gut einschlafen?«

Riza zuckte die schmalen Schultern und verschränkte die Arme vor der Brust, als wollte sie einen Schutzwall zwischen ihnen errichten. Dann schüttelte sie den Kopf. »Doch«, sagte sie leise. »Oder zumindest okay. Es hat nicht so lange gedauert. Ich bin nur noch neben ihr liegen geblieben. Weil es so ein schönes Gefühl war.«

Ben nickte. Das Gefühl kannte er sehr gut.

Eine kleine Ewigkeit, so schien es ihm, blieben sie stumm, und wieder hatte Ben den absurden Eindruck, einer Fremden gegenüberzustehen – nicht der Frau, mit der er drei Jahre zusammengelebt, für die er mehrmals sein Leben mit allen Sicherheiten aufgegeben und deren Kind er als sein eigenes angenommen hatte.

»Willst du mich gar nicht anschreien oder sonst wie niedermachen?«, sagte Riza schließlich. Ihre Stimme bebte von bitterem Sarkasmus. Aber nun endlich sah sie ihn an, direkt in die Augen, und Ben bemerkte, dass sie gerade erst geweint haben musste. »Es muss doch schlimm für dich sein, mich zu sehen.«

Ben ließ sich Zeit mit der Antwort. Er schob mehrere Möglichkeiten im Kopf hin und her, was er hätte sagen können, aber alles, was ihm einfiel, war ungerecht oder zu wütend. Also hob er am Ende nur die Schultern. »Na ja. Ich denke nicht, dass das eine Rolle spielt. Flor ... hat dich unglaublich vermisst, weißt du. Sie hat sich nichts mehr gewünscht, als dich hier zu treffen. Und du hattest es ihr versprochen, also ... ist es gut, dass du nun auch wirklich gekommen bist.« Er seufzte tief. »Mit mir hat das ja nicht wirklich etwas zu tun. Oder damit, ob ich dich sehen will.«

Nun war es Riza, die eine Weile schwieg. Ben sah ihr an, dass sie nicht mit so viel Verständnis von seiner Seite gerechnet hatte. Ihre Miene wurde weicher, als sie ihn erneut ansah – aber zugleich auch deutlich entschlossener.

»Ich hab sie auch vermisst, Ben«, sagte sie unerwartet ruhig und schob dabei das Kinn vor. »Du machst dir keine Vorstellung davon, wie sehr. Und ich möchte mich nicht noch einmal so von ihr trennen.«

Ben spürte, wie eine steile Falte zwischen seinen Brauen entstand. Er ahnte, dass das Gespräch in wenigen Augenblicken eine sehr unangenehme Wendung nehmen würde. Und es gab nichts, was er dagegen tun konnte. »Ach. Dann willst du zurück nach Deutschland kommen und bei ihr bleiben?«, fragte er – und wusste, noch bevor er die Worte ganz ausgesprochen hatte, dass davon natürlich keine Rede sein konnte.

Riza starrte ihn an. Wich dann seinem Blick aus und kehrte wieder zu ihm zurück. »Das kann ich nicht«, sagte sie leise, aber bestimmt. »Und das weißt du genau. Ich bin immer noch ich, Ben.«

Ben unterdrückte ein zynisches Schnauben. »Natürlich. Du bist du. Was auch sonst.«

»Ich nehme sie mit«, verkündete Riza, und ihre Stimme klang nun beinahe trotzig. »Nach Gent, meine ich. Ich will sie wenigstens fragen, ob sie es sich noch einmal überlegen möchte. Das wollte ich dir sagen, damit du Bescheid weißt. Und dich bitten, dass du dich nicht einmischst, wenn sie ja sagt.«

Es kostete Ben unendlich viel Kraft, keine Miene zu verziehen. Ruhig zu bleiben. Vernünftig mit ihr zu reden. Es war, als würden sie das gleiche Gespräch führen wie vor einem Jahr, in einer absurden Wiederholung der gleichen absurden Argumente.

Nun, zumindest Ben war entschlossen, es diesmal besser zu machen. Obwohl er am liebsten schon jetzt die Bettwäsche auf den Boden gepfeffert und Riza angebrüllt hätte. Was ihr überhaupt einfiel. Wie sie auch nur auf den Gedanken kommen konnte, ihm und Flor so etwas antun zu wollen. Er tat es nicht, weil er oft genug darüber nachgedacht hatte. Es gab nicht nur seine Seite der Geschichte. Und ob er wollte oder nicht, er verstand auch ihre.

»Ich dachte mir schon, dass du das tun würdest«, sagte er also und spürte, wie sein Kiefer sich verspannte in dem Versuch, locker zu bleiben. »Und falls du fürchtest, dass ich gleich ausraste, keine Sorge. Darüber bin ich hinaus. Ich weiß inzwischen, dass das falsch von mir war, und ich brülle dich nicht an. Aber überleg dir gut, ob du das, was du da vorhast, wirklich willst. Ob du Flor damit wirklich glücklich machst oder einfach nur dich selbst. Ich glaube, du weißt es, Riza. In Wahrheit weißt du, dass du das nur für dich tust und nicht für sie und dass ihr bald an demselben Punkt sein werdet wie vor einem Jahr.«

»Ich bin ihre *Mutter*!«, fuhr Riza auf. »Es ist nicht schlecht für sie, bei mir zu sein! Lass Flor gefälligst selbst entscheiden, ob sie mit mir glücklich ist oder nicht!«

Ben seufzte erneut. »Herrgott, Riza, können wir *bitte* wie erwachsene Menschen darüber reden und vielleicht *nicht* mitten in der Nacht auf dem Flur?« Es kostete ihn alle Willensanstrengung, jetzt nicht doch lauter zu werden als nötig. »Flor ist acht Jahre alt, denkst du nicht, die Verantwortung für so eine Entscheidung ist ein bisschen zu viel für sie allein? Siehst du allen Ernstes nicht, dass es sie schon fertigmacht, auch nur zu entscheiden, mit wem von uns sie schlafen gehen soll?« Er schüttelte resigniert den Kopf. »Bürde ihr nicht schon wieder so viel auf, Riza. Drück dich nicht schon wieder vor der Verantwortung, deine Entscheidung selbst zu treffen. Und gib ihr nicht das Gefühl, sie wäre an irgendetwas schuld. Lass sie nicht schon wieder denken, du hättest sie nicht mehr gern. Das ist Flor gegenüber einfach nicht fair.«

»Nicht fair«, wiederholte Riza mit belegter Stimme. »Okay.« Sie starrte ihn an, und schon wieder standen ihr Tränen in den Augen. Sie atmete einmal tief durch. »Dabei warst du es doch, der mir verboten hat, sie je wieder zu kontaktieren.«

Ben schloss kurz die Augen. Konzentrierte sich darauf, die Wut zu unterdrücken, die in ihm aufwallen wollte. Es war schwer. Fast unmöglich. Er musste dieses Gespräch beenden, oder er würde doch noch die Beherrschung verlieren.

»Ich wiederhole mich, Riza: Lass uns morgen darüber sprechen. Ausgeschlafen und in Ruhe. Ich möchte jetzt gern ins Bett gehen. Aber eines sage ich dir schon jetzt: Ich werde nicht einfach dabeisitzen und nicken, wenn du versuchst, sie zu überreden, mit dir zu kommen und so weiterzumachen wie vorher. Wir müssen eine vernünftige Lösung finden, verstehst du? Mit ihr zusammen. Nicht hier und im Streit. So nicht, okay?«

Riza presste die Lippen noch fester zusammen. Endlose Sekunden sagte sie kein Wort, und Ben konnte sehen, wie verzweifelt auch sie um Beherrschung rang.

»Okay«, brachte sie endlich heraus. »Okay. Dann gute Nacht, Ben.«

Mit diesen Worten drängte sie sich an ihm vorbei, verschwand im Bad und schloss mit Nachdruck die Tür hinter sich.

Trencadís – Mosaik

Riza

Ich weiß nicht, ob es selbstsüchtig ist, was ich hier tue.

Nun ja, ich weiß zumindest, dass die anderen es mir vorwerfen. Matea. Ben. Sogar Enric und Arnau, obwohl sie doch getan haben, worum ich sie gebeten habe, und ich sie auf meiner Seite geglaubt habe. Ich sehe es in ihren Gesichtern. Ich sehe, dass sie denken, ich hätte meine Chance verspielt – und das Recht, meinen Platz in dieser Familie wieder in Anspruch zu nehmen.

Ich kann es ja verstehen. Sie denken so, weil durch mein Verhalten so vieles zerbrochen ist. Nicht nur in meinem Leben, sondern auch in ihren.

Aber kann ich, solange ich lebe und solange sie lebt, das Recht darauf verlieren, meine Tochter zu vermissen? Sie sehen zu wollen und zu ihr zu gehen, wenn sie mich auch vermisst?

Ich bin nicht hergekommen, um irgendjemanden zu verletzen. Ich bin hergekommen, weil ich keinen anderen Ausweg mehr wusste. Ich bin hergekommen, um Flor zu sehen. Um sie endlich wieder in den Arm nehmen zu können. Kann das denn wirklich so falsch sein? Ich habe zu lange darauf verzichtet. Dieses Jahr ohne sie war die Hölle. Ich will sie wieder in meinem Leben haben – mein eigenes Kind. Das kann doch nicht zu viel verlangt sein!

Aber Ben hat auch recht. So hart es ist, das zuzugeben. Ich darf diese Entscheidung nicht für mich treffen und so tun, als wäre es Flors. Und in Wahrheit ... in Wahrheit bin ich mir gar nicht so sicher, dass es sie wirklich glücklich machen würde, mit mir zu gehen.

Ich muss mit ihr reden. Ich muss herausfinden, was sie sich wirklich wünscht. Gleich morgen früh.

Ach, ich habe so vieles kaputt gemacht in meinem Leben. Gute Dinge, wie das mit Ben und mir. Das Vertrauen meiner Tochter. Und vieles davon bereue ich so sehr, dass ich es manchmal kaum mit mir selbst aushalte.

Aber muss das denn wirklich das Ende sein? Muss ich den Rest meines Lebens vor den Scherben sitzen und weinen? Sollte ich nicht besser versuchen, ein neues, schönes Bild daraus zu legen?

Ich würde es so gern. Wenn sie mich nur ließen.

Wenn Flor mich nur lässt.

An: Ben Schilling
Auf dem Sonnenblumenhof in El Pont

Von: Flor Josell i Vives
Unterwegs mit Mamà

Lieber Ben,

du schläfst noch, und Mamà sagt, ich soll dich
nicht wecken, sondern dir lieber schnell einen
Brief schreiben, damit du dir keine Sorgen machst,
wenn du wach wirst! Mamà und ich machen heute
einen Ausflug zu zweit. Sie sagt, sie will mal
ganz in Ruhe mit mir reden, und wir wollen uns
eine richtig schöne Zeit machen. Sei nicht traurig!
Nächstes Mal nehmen wir dich bestimmt mit.

Bis bald, Ben! Ich hab dich lieb
Deine Flor

TEIL III

AUF DER SONNIGEN BRÜCKE

Dreiundzwanzig

Matea

Als am nächsten Morgen die ersten Sonnenstrahlen in Mateas Zimmer fielen und ihr unbarmherzig ins Gesicht leuchteten, weil sie vergessen hatte, die Vorhänge zuzuziehen, hatte sie das Gefühl, kaum geschlafen zu haben. Und ganz abwegig war der Gedanke wohl auch nicht – kurz war die Nacht allemal gewesen.

Auf der Heimfahrt vom Sonnenblumenhof hatte Matea mit aller Macht versucht, ihre enttäuschte Hoffnung und die frustrierte Traurigkeit zurückzudrängen und das Gefühl, dass ihr – wieder einmal – etwas weggenommen worden war, das sie hätte glücklich machen können. Dabei hatte sie doch kein Recht, wütend auf Ben zu sein oder ihm Vorwürfe zu machen, sagte sie sich wieder und wieder. Er war ihr nichts schuldig, und es war wichtig und richtig von ihm, dass er für seine Tochter da war, wenn sie ihn brauchte. Ihm das übel zu nehmen, war egoistisch, wenn nicht sogar kindisch.

Trotzdem waren ihr den ganzen Abend über immer wieder die Tränen gekommen, ob sie nun an der Rezeption saß, die Souvenirbestände im Laden auffüllte oder im Restaurant aushalf.

Trotzdem konnte sie nichts gegen die Bilder von Ben und Riza tun, die sich ihr aufdrängten. Zusammen auf dem abendlichen Hof. Wie sie sich aussprachen. Versöhnten.

Und trotzdem hatte sie bis weit nach Mitternacht im verlassenen Restaurant auf Ben gewartet, obwohl sie wusste, dass er nicht kommen würde – bis schließlich Yemayá nach ihrem Feierabend aus der Küche kam, sie an dem Tisch sitzen sah, den sie in der Nacht zuvor noch mit Ben geteilt hatte, und sich kurzerhand an seiner Stelle zu ihr gesetzt hatte.

»Nein, übel nehmen solltest du ihm das alles nicht«, hatte sie auf Mateas Bericht hin gesagt und damit wie immer genau die richtigen Worte gefunden. »Aber traurig zu sein, das ist dein gutes Recht, und das solltest du dir nicht verbieten, Schatz!«

Und da war Matea doch noch eingeknickt und hatte hemmungslos alles herausgeweint, was sich seit Rizas unerwartetem Auftauchen in ihr aufgestaut hatte.

Bestimmt eine ganze Stunde hatten sie so dort gesessen, und Yemayá hatte geduldig zugehört und ihr bloß hin und wieder Wein nachgeschenkt.

Danach war es Matea etwas besser gegangen, aber

an Schlaf war dennoch nicht zu denken gewesen. Nicht mal an ihren üblichen Rückzugsort auf dem Turm der Basílica hatte sie gehen können, weil sie ja selbst dafür gesorgt hatte, dass dieser nun auch mit Gedanken an Ben verknüpft war.

Also war sie nach einem langen, rastlosen Spaziergang durch die Gassen von El Pont in ihr Haus zurückgekehrt, nur um dort ebenfalls lange keine Ruhe zu finden - bis sie irgendwann vor lauter Erschöpfung eben doch eingeschlafen war.

Jetzt, knapp dreieinhalb Stunden später, war es immer noch viel zu früh. Aber an einer Fahrt zum Sonnenblumenhof führte auch heute kein Weg vorbei. Frische Baguettes fürs Restaurant mussten abgeholt werden, und ganz davon abgesehen hatte Matea irgendwann in einer der schlaflosen Stunden der letzten Nacht entschieden, dass sie es ganz unabhängig von ihrer eigenen Geschichte mit Ben und Flor Riza nicht durchgehen lassen wollte, sich womöglich still und heimlich wieder aus dem Staub zu machen. All die Jahre hatte sie so vieles mit sich herumgeschleppt, was sie ihre Schwester fragen oder ihr sagen wollte. Und wer wusste, ob sie je wieder die Gelegenheit bekommen würde, es loszuwerden, wenn sie es jetzt nicht tat. Allein bei dem Gedanken zog sich alles in ihr zusammen vor Nervosität. Aber sie hoffte, dass sie sich leichter fühlen würde, wenn sie das Gespräch hinter sich gebracht hatte.

Und was Ben betraf ... objektiv betrachtet war er doch auch nicht mehr als ein Sommerflirt, aus dem beinahe mehr geworden wäre. Dass es nun doch nicht passiert war, war vielleicht sogar wirklich das Beste für sie alle. Sie musste das einfach vernünftig sehen, und jetzt, im sanften Morgenlicht, war Matea sogar recht zuversichtlich, dass ihr das mit der Zeit gelingen würde. Es gab keinen Grund, sich vor Ben zu verstecken. Nein, er schuldete ihr nichts. Aber sie ihm auch nicht.

Also stieg sie rasch unter die Dusche, dann schlüpfte sie in ein frisches Sommerkleid und radelte los.

Es war noch immer früh, als sie die letzte lang gestreckte Kurve der Carrer erreichte, ehe der Zufahrtsweg zum Sonnenblumenhof abzweigte. Matea war schnell gefahren, deutlich schneller als sonst, sie schwitzte und spürte von der Erfrischung der Dusche kaum noch etwas.

Als sie um die Kurve fuhr, sah sie den Bus, der – zumindest planmäßig – alle zwei Stunden hier entlangkam und etwas umständlich über El Pont, Roses und Castelló d'Empuries bis nach Figueres fuhr. Oft kam er viel zu spät, oder zu früh, und meistens kam er gar nicht, weil der Fahrer sich den Umweg über die Landstraßen sparte, wo ohnehin nur selten jemand einstieg. Wenn man sich wirklich sicher sein wollte, den Bus zu erwischen, war man gut beraten, vorher in der Zentrale in Figueres anzurufen und sich mit dem diensthabenden Fahrer verbinden zu lassen. So oder so war es ein ziemlich großer Zufall, dass der Bus ausgerechnet jetzt am Hof vorbeifuhr.

Was Matea allerdings wirklich stutzig machte, war die Tatsache, dass er sogar anhielt. Der Bus stoppte an der Haltestelle, die sonst eigentlich nur der Schulbus anfuhr, der Gemma und Levo nach El Pont in die Schule brachte. Er hielt an und ließ zwei Personen einsteigen, die definitiv nicht Gemma und Levo waren: eine junge Frau mit einem dunkelblauen Wanderrucksack und ein Kind mit einer sehr viel kleineren, leuchtend grünen Ausgabe desselben Rucksacks.

Riza und Flor!

Matea hielt an. »Riza!?«, rief sie.

Aber entweder hörten die beiden sie über dem Geräusch des Motors nicht, oder sie beachteten sie absichtlich nicht. Sie stiegen ein, die Türen des Busses schlossen sich, und er fuhr weiter, direkt auf Matea zu.

Als er an ihr vorüberrollte, entdeckte Flor sie. Sie klopfte an die Scheibe, lachte und winkte, und Matea sah, dass ihre Lippen ihren Namen formten. Riza aber sah sie nicht.

Dann war der Bus an ihr vorbei.

Etliche Sekunden lang stand Matea da wie betäubt, unfähig einzuordnen, was sie da gerade gesehen hatte. Warum stieg Riza mit Flor in den Bus? Wo war Ben, und war das mit ihm abgesprochen?

Sie fährt mit ihr weg. Die Erkenntnis dröhnte plötzlich laut wie ein Paukenschlag in Mateas Kopf. *Sie will mit ihr zum Bahnhof in Figueres, und dann haut sie mit Flor ab, wer weiß wohin diesmal.*

Und im selben Moment war Matea sich plötzlich sicher, dass Ben ganz bestimmt nichts davon wusste. Ihr erster irrationaler Impuls war, in die Pedale zu treten und dem Bus hinterherzuradeln, so schnell sie nur konnte. Ihn vielleicht an einer der nächsten Haltestellen einzuholen, selbst einzusteigen und Riza zur Rede zu stellen.

Aber sie wusste, dieses Rennen konnte sie nur verlieren. Daher stieg sie wieder auf ihr Rad und raste die Zufahrt zum Hof hinauf, so schnell sie nur konnte.

»Arnau?!«

Sie ließ das Rad einfach vor dem Eingang zu Boden fallen und rannte ins Haus.

»Enric!«

Aber die Küche war leer. Natürlich, Enric war um diese Zeit praktisch immer irgendwo draußen auf dem Hof unterwegs. Die Baguettes warteten auf ihren Blechen auf der Arbeitsplatte, aber auch von Arnau war nichts zu sehen. Nur ein Zettel lag auf dem Küchentisch.

Bon dia, Mati! Bin in der Werkstatt, mach dir Kaffee, wenn du magst. Küsse, Arnau

Matea fluchte. Ausgerechnet heute! Und wo war Ben?

»Ben?«

Ohne weiter darüber nachzudenken, hastete Matea die Treppe hinauf und riss die Tür zum Gästezimmer auf.

»Ben!«

Als sie in den Raum stolperte, wäre sie fast auf ein buntes Kuvert getreten. Jemand musste es unter der Tür durchgeschoben haben. Matea hob es auf und starrte einen Moment lang wie betäubt darauf. Sie kannte dieses Briefpapier.

Und diese Kinderschrift.

An: Ben Schilling
Auf dem Sonnenblumenhof in El Pont

Von: Flor Josell i Vives
Unterwegs mit Mamà

»Matea?«

Bens Stimme klang verschlafen, erschrocken und verwirrt zugleich. Er saß im Bett, die Haare zerwühlt und das Gesicht schlafzerknautscht, und er hatte offensichtlich Schwierigkeiten, die Situation einzuordnen. »Was ...?«

»Riza ist weg.« Matea hatte in diesem Moment keine Kapazitäten für eine einfühlsame oder diplomatische Formulierung. »Und Flor auch. Ich hab die beiden in den Bus nach Figueres steigen sehen.« Mit raschen Schritten ging sie hinüber zum Bett und reichte Ben den Brief. »Hier. Das lag an deiner Tür.«

Ben starrte sekundenlang auf den Brief. Dann riss er ihn auf und überflog die wenigen Zeilen, während er schon die Beine aus dem Bett schwang, hastig aufstand und seine Kleider vom Stuhl in der Ecke klaubte. Er fluchte auf Deutsch und machte sich auf den Weg ins Bad. Auf halbem Weg allerdings hielt er noch einmal inne und drehte sich zu Matea um.

»Kannst du rausfinden, wo Enric und Arnau sind? Mein Auto ist noch bei der Pension, und ...«

»Klar«, sagte Matea schnell. »Arnau ist in der Werkstatt, ich sag ihm Bescheid. Wir können ganz sicher sein Auto nehmen.«

Ein winziges, wenn auch mattes Lächeln erschien für einen Sekundenbruchteil auf Bens Gesicht. Und in diesem Moment wurde auch Matea bewusst, dass sie *wir* gesagt hatte. Nicht *du*.

Wir.

»Danke, Matea«, sagte Ben leise. »Ich komme, so schnell ich kann.«

Matea nickte bloß. Dann war Ben auch schon zur Tür hinaus, und sie rannte die Treppe hinunter, um Arnau in der Werkstatt zu suchen.

Vierundzwanzig

Ben

Matea fuhr, und vermutlich war das ganz gut so, dachte Ben – und das nicht nur, weil Matea die Strecke zum Bahnhof von Figueres viel besser kannte als er. In seiner Verfassung hätte er wirklich keinen sicheren Autofahrer abgegeben. Ständig drifteten seine Gedanken zu Riza. Zu dem, was sie getan hatte. Er verstand es einfach nicht! Immer wieder ging er in Gedanken ihren Streit des vergangenen Abends durch. Was hatte er getan, um sie zu diesem Schritt zu treiben? Was hatte sie Flor erzählt, um sie zu überzeugen? Er bekam es einfach nicht zusammen.

Matea fuhr zügig, deutlich zügiger vermutlich, als es erlaubt war, obwohl auf den Landstraßen nur wenige Schilder mit Geschwindigkeitsbegrenzungen aufgestellt waren. Arnaus grüner Kombi sauste zwischen den Feldern hindurch, und Ben wusste, dass er selbst sich sehr sicher schon jetzt hoffnungslos verfahren hätte.

»Wir kommen gleich auf die Carrer«, erklärte

Matea, »und da bleiben wir dann auch. Der Bus macht noch ein paar Schleifen durch die Ortschaften, und wenn wir uns die sparen, sind wir ziemlich sicher vor ihnen am Bahnhof.« Sie fischte in ihrer Rocktasche nach ihrem Handy, entsperrte es blind und hielt es Ben hin. »Kannst du Anita eine Nachricht schicken, dass sie bitte die Baguettes vom Hof holen und bis zwölf Uhr in die Pension bringen soll? Schreib ihr auch, dass es ein Notfall ist und dass Arnau ihr alles erklärt, wenn sie dort ist.«

»Okay.« Ben nickte und begann zu tippen. Als er die Nachricht abgeschickt hatte, sah er wieder zu Matea hinüber.

»Danke nochmals«, sagte er und legte das Handy in der Mittelkonsole ab. »Ehrlich, Matea. Danke. Und ... es tut mir leid wegen gestern. Es ist mir wichtig, dass du das weißt. Ich ... wäre gern ins Restaurant gekommen. Zu dir.«

Ihr Lächeln war abwesend und so klein, dass Ben sich nicht sicher war, ob er es sich vielleicht nur einbildete. Sie nahm den Blick nicht von der Straße.

»Keine Sorge«, sagte sie und drückte noch etwas mehr aufs Gas. »Das ist auch für mich eine persönliche Angelegenheit.«

Sie erreichten Figueres etwa zwanzig Minuten später. Matea kurvte zielsicher durch die dicht befahrenen Straßen und drängte sich mit für Ben beeindruckender Rücksichtslosigkeit in eine gerade frei werdende Parklücke direkt vor dem niedrigen Bahnhofsgebäude. Dann schaltete sie den Motor ab und sackte mit einem Stöhnen in den Sitz zurück.

»Uff, das wäre geschafft. Wir sollten sie jetzt auf jeden Fall überholt haben. Von hier aus können wir den Bus jedenfalls nicht übersehen. Sie müssen definitiv an uns vorbei.«

Auch Ben atmete auf. Erst jetzt wurde ihm klar, wie angespannt er die ganze Zeit gewesen war und wie sehr er gefürchtet hatte, dass sie es vielleicht nicht schaffen würden, vor dem Bus in Figueres zu sein. Er sah zu Matea, die an die Decke des Wagens starrte und offenbar bewusst tief ein- und ausatmete, als wäre sie gerade eine lange Strecke gerannt. Mit einem Mal spürte er wieder überdeutlich all die Zuneigung und Dankbarkeit, die er für sie empfand. Und dass er auf keinen Fall hinnehmen wollte, dass das, was noch nicht mal richtig angefangen hatte, schon wieder zu Ende war. Und obwohl er noch immer nicht wusste, ob das eine gute Idee war oder wie sie darauf reagieren würde, streckte er seine Hand aus, um sie über ihre zu legen und sanft ihre Finger zu streicheln.

Er sagte nicht noch einmal Danke. Bat nicht noch einmal um Verzeihung, weil er seiner Tochter am Abend zuvor den Vorzug gegeben hatte. Aber er hoffte, dass sie alles, was er ihr gegenüber empfand, in dieser kleinen Berührung spüren konnte.

»Matea, ich …«

Es war seltsam, wie ihm immer wieder die Worte abhandenkamen, wenn sie in der Nähe war. Wie alles, was er hätte sagen können, plötzlich unzureichend erschien. Und wie am Ende dann jedes Mal ein einziger Blick völlig genügte.

Matea wandte ihm das Gesicht zu, und für einen kostbaren Moment war alles andere egal. In diesem Moment gab es nur sie beide, in diesem Auto, und nichts anderes war wichtig. Ben spürte ihre Hand unter seiner leise beben, er sah, wie ihr Blick sich auf seine Lippen richtete und wie ihre Wangen sich leicht röteten.

Da ertönte draußen ein zweifaches, dröhnendes Hupen, das sie beide herumfahren ließ.

»Der Bus!« Matea stieß die Tür auf und stieg hastig aus dem Auto. Ihre Hand glitt aus seiner, und für eine Sekunde spürte Ben unter all der Aufregung, die nun wieder in ihm aufwallte, eine Spur von Bedauern. Dann aber sprang auch er aus dem Wagen und scannte mit den Augen nervös die Menschen, die in diesem Moment aus den sich öffnenden Türen des Busses strömten.

Es waren viele. Menschen jeden Alters und Geschlechts, groß und klein, schmal und kräftig, mit heller und dunkler Haut und allem dazwischen.

Und trotzdem …

»Wo sind sie?« Bens Herz pochte nervös unter

seinem Adamsapfel, als er aussprach, was doch gar nicht sein konnte: »Ich kann sie nicht sehen.«

Es war unmöglich, sie zu übersehen, da war er sich sicher. Flor hätte er auch in der größten Menge gefunden, mit ihrem grünen Rucksack erst recht.

Aber auch Matea schüttelte ratlos den Kopf und sah sich suchend nach allen Seiten um. »Ich weiß auch nicht. Das ist definitiv der richtige Bus. Sie können in keinem anderen sein, es sei denn ...«

Vergeblich versuchte Ben, seine staubtrockenen Lippen zu befeuchten. »Meinst du, sie könnten vorher ausgestiegen sein?«

»Theoretisch ... natürlich.« Matea zuckte hilflos die Schultern. »Vielleicht in Roses, oder ... ach verdammt! Es tut mir leid, Ben!«

Die Türen des Busses schlossen sich. Mit einem letzten Hupen bahnte der nun leere Wagen sich seinen Weg durch die enge Wendeschleife vor dem Bahnhof.

Und dann war er weg. Die Menschenmenge zerstreute sich. Aber von Riza und Flor fehlte noch immer jede Spur. Ben spürte, wie sein Mut sank und einer zähen, trübgrauen Verzweiflung Platz machte. Es konnte einfach nicht wahr sein. Riza konnte Flor doch nicht einfach mitgenommen haben, nicht einfach so, nicht ohne ...

Aber er wusste: Sie konnte.

Und sie hatte es getan.

Einfach so.

Ben hatte das Gefühl, nicht atmen zu können.

Eine schmale Hand schob sich in seine und drückte sanft zu. »Es tut mir leid«, wiederholte Matea leise.

Ben presste die Lippen zusammen und schüttelte den Kopf. »Du ... du kannst ja nichts dafür. Es ... Sie ...«

In diesem Augenblick klingelte in Mateas Rocktasche ihr Handy. Erschrocken fuhren die beiden auseinander.

»Das ist Arnau! Vielleicht hat er etwas gehört!« Mit fliegenden Fingern zerrte Matea das Handy aus der Tasche, um den Anruf anzunehmen. »Arnau? *Sí, diguem!* Was hast du ...« Sie stockte, und ein ungläubiger Ausdruck trat auf ihr Gesicht.

»Was ist?« Am liebsten hätte Ben geschrien. Oder ihr das Telefon aus der Hand gerissen.

Matea schluckte sichtbar, nahm das Handy vom Ohr und hielt es ihm entgegen. »Das ist nicht Arnau. Es ist Riza. Sie ... will dich sprechen.«

Riza. Aber was? Wieso? Hat sie ... Nein.

Bens Gedanken setzten einen Herzschlag lang aus.

Flor.

In seinen Ohren rauschte es. Seine Finger fühlten sich taub an, als er das Handy aus Mateas Hand nahm und an sein Ohr führte. »Was?« Er konnte kaum seine eigene Stimme hören.

Noch bevor Riza sprach, wusste er, dass sie weinte. Und dass etwas Furchtbares passiert war.

»Ben? Oh, Gott sei Dank. Ben, ihr müsst mir helfen! Es ist ... Flor, sie ... sie ist ...« Sie schluchzte auf, und ihre Stimme brach zu einem heiseren Flüstern.

»Sie ist weggelaufen.«

Fünfundzwanzig

Matea

Wieder fuhren sie auf der Carrer. Wieder viel zu schnell. Wieder so unglaublich angespannt. Nur war es eine andere Anspannung diesmal. Eine andere Angst.

Ben telefonierte immer noch. Diesmal mit Anita, nachdem er zuvor mit Enric und Arnau gesprochen und sie für die Suche mit eingespannt hatte. Er hatte das Busunternehmen informiert und in der Pension angerufen, falls Flor sich irgendwie dort meldete. Jetzt diskutierte er mit Anita darüber, was sie noch zur Suche beitragen konnte. Währenddessen steuerte Matea Arnaus Auto in Richtung Roses. Dorthin, wo Riza war.

Ben hatte sie am Telefon ziemlich schnell und schroff abgewürgt. Er hatte sich nicht die Zeit genommen, sie zu beruhigen, nachdem sie ihnen erklärt hatte, wo sie Flor verloren hatte – auf dem Markt in Roses, im dichtesten Gedränge von Touristen und Einheimischen. Ein Kinderspiel für ein kleines Mädchen, das nicht gefunden werden wollte, einfach unterzutauchen. Ein scheinbares Ding der Unmöglichkeit, sie dort aufzuspüren – oder von ihr wiedergefunden zu werden, wenn sie das wollte. Und obwohl Ben kein Wort sagte, spürte Matea nur zu deutlich, wie wütend er war. Die aus Angst um sein Kind geborene Wut brachte die Luft im Auto förmlich zum Knistern.

Als sie auf den Parkplatz abbogen, wo sie sich mit Riza verabredet hatten, legte Ben auf und gab Matea das Handy zurück.

»Sie kommt her, so schnell sie kann. Dann können wir uns aufteilen und den Markt absuchen. Viel mehr bleibt uns ja nicht übrig.« Seine Stimme klang anders als sonst, wie gepresst von all der Anspannung.

Matea stellte den Motor ab und legte Ben für einen winzigen Moment die Hand auf den Oberschenkel.

»Wir finden sie«, sagte sie mit so viel Überzeugung, wie sie nur aufbringen konnte. »Ganz bestimmt.«

Sie sah, wie er die Lippen zusammenpresste. Dann öffnete er den Mund, um etwas zu sagen – und schloss ihn wieder, bevor er auch nur einen Ton hervorgebracht hatte. Sein Blick glitt an Matea vorbei aus dem Fenster, und seine Miene verfinsterte sich schlagartig. Dann stieß er mit einem Ruck die Beifahrertür auf, stieg aus und knallte sie wieder hinter sich zu, um über den Schotter des Parkplatzes auf eine schmale Gestalt zuzustapfen, die am Rand auf sie wartete.

Riza.

Selbst aus der Ferne sah sie blass und verstört aus, geradezu verloren in ihrem übergroßen Shirt und der alten Leggins. Als sie Ben sah, stürzte sie einige Schritte auf ihn zu – nur um im nächsten Moment wie zur Salzsäule erstarrt stehen zu bleiben.

Ihre Lippen bewegten sich. Aber erst, als auch Matea ausgestiegen war und sich etwas zögernd den beiden näherte, hörte sie, was sie sagte.

»... was zur Hölle hast du dir dabei gedacht?«, schleuderte Ben ihr gerade entgegen, als sie nah genug herangekommen war, um einzelne Worte zu verstehen. »Mir mein Kind zu stehlen und einfach abzuhauen, klammheimlich, während ich schlafe? Was ist nur mit dir los?«

Matea sah, wie Riza die Fäuste ballte, aber sie wich nicht zurück. »Ich wollte mit ihr reden, Ben. Nur ganz in Ruhe mit ihr darüber *reden*, was sie sich wünscht und wie es ihr geht!«

»Oh, natürlich.« Noch ein Schritt, jetzt stand er direkt vor ihr. Sein ganzer Körper schien zum Zerreißen gespannt, die Schultern starr und auch seine Fäuste so fest geballt, dass die Knöchel weiß hervortraten. »Und dafür musstest du dich frühmorgens mit ihr aus dem Haus schleichen, damit es bloß niemand mitbekommt? Hast du deshalb gewollt, dass sie auf dem Hof übernachtet? War es die ganze Zeit dein Plan, sie einfach *mitzunehmen*?«

»Nein!« Rizas Antwort war beinahe ein Schrei. »Ich habe dir gerade gesagt, was ich vorhatte! Die Idee ist mir gestern erst gekommen, weil *du* gesagt hast, dass wir eine langfristige Lösung *mit Flor zusammen* finden müssen!«

»Damit habe ich aber nicht gemeint, dass du sie ohne weitere Absprache einfach wegschleppst!« Jetzt brüllte Ben regelrecht. So hatte Matea ihn noch nie erlebt, und sie blieb auf dem Fleck stehen, wo sie war – ganz sicher war es besser, jetzt nicht dazwischenzugeraten. Ben war groß und seine Stimme tief und laut. Riza hatte dem nichts Vergleichbares entgegenzusetzen, und obwohl Matea in diesem Streit definitiv auf Bens Seite war, verstand sie sehr gut, dass ihrer Schwester unter diesem Sturm die Tränen kamen. Aber sie wich noch immer nicht zurück.

»Hättest du denn Ja gesagt?«, stieß sie hervor und machte sogar noch einen Schritt auf Ben zu. »Nein, das hättest du nicht! Weil du mir nämlich nicht vertraust! Du hättest mir nie geglaubt, dass ich sie wieder zurückbringe!«

Ben rang sichtlich nach Atem. Einmal. Zweimal. Ließ die Schultern sinken. Öffnete die Fäuste. »Nein«, brachte er dann endlich halbwegs gefasst hervor. »Nein, das hätte ich wirklich nicht geglaubt.

Und jetzt sieh mir in die Augen, Riza, und sag mir, dass ich das nicht zu Recht so sehe.«

Riza biss sich auf die Unterlippe. »Ich habe ihr gesagt, dass ich nicht wieder nach Deutschland komme«, flüsterte sie und starrte Ben mit gerecktem Kinn in die Augen. »Und dass ich sie auch nicht mit nach Belgien nehmen kann, weil mein Nomadenleben sie nicht glücklich machen wird. *Deshalb* ist sie weggelaufen.«

Endlose Sekunden lang war es still. Weder Ben noch Riza sagten jetzt noch ein Wort. Stumm sahen sie sich an, so viel Ungesagtes zwischen sich, das in diesem Moment zugleich so belastend und so unwichtig schien.

Es war dieser Moment, in dem Matea sich entschied einzugreifen. Weil es vielleicht der einzige Moment war, in dem sie ihr auch zuhören würden.

»Hört auf«, sagte sie und machte zwei Schritte auf die beiden zu.

Ben und Riza wandten sich zu ihr um, beide mit so erstaunten Gesichtern, als hätten sie völlig vergessen, dass außer ihnen noch andere Menschen auf der Welt existierten.

»Wir finden Flor nicht wieder, indem ihr euch streitet«, sagte Matea. »Klärt das später, okay?«

Ben und Riza wechselten einen Blick. Rizas Wangen brannten plötzlich feuerrot.

»Du hast ja recht«, murmelte Ben, und an seiner

Stimme hörte Matea, wie unangenehm es ihm war, so die Beherrschung verloren zu haben. Nicht nur sie kannte ihn offenbar nicht so – sondern er selbst sich auch nicht.

Glücklicherweise bog in diesem Moment auch Anitas blauer Renault auf den Parkplatz ein. Matea atmete auf.

»Also lasst uns anfangen. Zusammen finden wir sie. Ganz bestimmt.«

Sechsundzwanzig

Ben

Ben konnte sich nicht erinnern, wann er das letzte Mal so verzweifelt gewesen war. So zerrissen und voll schrecklicher Angst. Vielleicht hatte er ein Gefühl wie dieses noch nie in seinem Leben gespürt. Und es wurde immer stärker, je länger er mit Riza über den Markt von Roses irrte, der sich jetzt, wo es auf die Mittagszeit zuging, bereits deutlich leerte. Viele der Stände wurden jetzt abgebaut, auch die Zahl der Besucher verringerte sich.

Und noch immer keine Spur von Flor.

Riza hatte kaum noch ein Wort gesagt. Als ihr Streit auf dem Parkplatz in sich zusammengefallen war, schien auch in ihr etwas zusammengefallen zu sein. Sie wirkte noch zittriger und blasser, als Ben sich fühlte, und in ihren Augen standen konstant Tränen, von denen sie aber keine einzige herausließ. Ben fühlte sich von Sekunde zu Sekunde schlechter, weil er ihr zusätzlich zu ihrer eigenen Verzweiflung auch noch seine Wut aufgeladen hatte. Ungerechte Wut.

»Hör mal, Riza.«

Sie blieb stehen und drehte sich zu ihm um. Und erst jetzt, wo sie ihm wieder direkt ins Gesicht sah, erkannte Ben das ganze Ausmaß ihrer Verzweiflung. Sie gab sich die Schuld an Flors Verschwinden, und es zerriss sie von innen heraus. Und zum ersten Mal, seit sie sich hier in Katalonien wiederbegegnet waren, verspürte Ben das ehrliche Bedürfnis, sie zu trösten. Sie zu stützen, wenn das irgendwie möglich war. Und sich im Gegenzug vielleicht sogar von ihr stützen zu lassen.

»Es tut mir leid«, sagte er.

Rizas Augen weiteten sich vor Überraschung. »Was?«

Ben seufzte leise. »Es tut mir leid«, wiederholte er. »Dass ich dich angebrüllt habe. Heute und ... damals auch. Das war falsch. So etwas ist immer falsch. Und ungerecht. Ich wollte nicht, dass das jemals wieder passiert, aber ... Ich konnte einfach nicht anders. Ich war so ... verzweifelt. Wütend. Alles.«

Er sah sie schlucken, und für einen Moment war er überzeugt, dass sie ihm eine bissige Antwort entgegenschleudern würde. Dann aber sanken ihre Schultern herab. »Mir tut es auch leid«, sagte sie. »Ich hätte das nicht ohne dich machen sollen. Aber ich dachte auch nicht, dass du Flors Brief so falsch verstehen würdest, wirklich. Ich dachte, wenn du ihn liest, würdest du sicher wissen, dass alles in Ordnung ist. Ich ... hatte nicht daran gedacht, wie gründlich ich dein Vertrauen in mich zerstört habe.« Sie atmete geräuschvoll ein, fast war es ein Schluchzen. Aber Tränen erlaubte sie sich noch immer nicht. Nur ihr Blick war verhangen – und unendlich verzweifelt.

»Ben ... was machen wir, wenn ...?«

»Nein. Sag das nicht.« Er fiel ihr ins Wort, bevor sie das Schreckliche aussprechen konnte. »Wir finden sie. Wir *müssen* sie finden. Wir ...«

In diesem Moment, als hätten seine Worte es heraufbeschworen, vibrierte in seiner Hosentasche das Handy. Ben riss es heraus und nahm den Anruf an. Wilde Hoffnung rauschte durch ihn hindurch wie eine Welle. »Matea? Was ist? Gibt's was Neues?«

»Kommt sofort zum Parkplatz!« Mateas Stimme überschlug sich fast vor Aufregung. »Ein Busfahrer hat ein Mädchen mit einem grünen Rucksack an der Carrer gesehen.« Ben hörte Matea nach Luft ringen, ebenso atemlos, wie er selbst sich gerade fühlte. »Flor ist auf dem Weg zurück nach El Pont. Zu Fuß!« Noch ein angestrengter Atemzug, fast ein Lachen.

»Wir haben sie gefunden, Ben!«

Siebenundzwanzig

Ben

Zum dritten Mal an diesem Tag fuhren sie in Arnaus grünem Kombi die Carrer entlang. Zum dritten
Mal hatte Ben das Gefühl, der Aufruhr, der in seinem
Inneren wütete, müsste ihn jeden Moment einfach
in Stücke reißen. Er war durchgeschwitzt vom Kopf
bis zu den Fußsohlen, und das Blut rauschte ihm in
den Ohren. Tausend Gedanken und Ängste rasten
durch seinen Kopf. Flor, allein an der Carrer. Wenn
sie ... wenn jemand ... wenn ...

Doch als er sie endlich sah, die winzige Gestalt mit
dem weithin leuchtenden grünen Kinderrucksack
auf dem Rücken, wie sie ganz allein am Rand eines
im Wind wogenden Sonnenblumenfeldes auf die in
der Ferne leuchtenden Berge zumarschierte – da war
sein Kopf mit einem Schlag wie leergefegt. Nichts
war mehr übrig, kein Gedanke, kein Gefühl außer
unendlicher Erleichterung.

Flor. Himmel, da ist sie. Sie ist es wirklich!

»Da!«, schrie in diesem Moment auch Riza von

der Rückbank. »Da ist sie! Halt an, Mati! Halt sofort an!«

Matea ließ sich nicht zweimal bitten. Riza hatte kaum zu Ende gesprochen, da kam der Wagen schon mit knirschenden Reifen am Straßenrand zum Stehen. Und noch ehe die Räder ganz zum Stillstand kamen, hatte Ben die Tür aufgerissen und sprang nach draußen.

»Flor!«

Flor blieb stehen und drehte sich um. Selbst aus der Ferne konnte Ben sehen, dass sie sehr geweint haben musste und vielleicht immer noch weinte. Aber als sie ihn erkannte, ging ein Leuchten über ihr Gesicht – und im nächsten Augenblick rannte sie auch schon auf ihn zu und warf sich in seine Arme.

»Ben!« Sie umarmte ihn fest und drückte ihm fast brutale Küsse auf Wangen und Stirn. »Oh Ben, du bist hier! Du bist mich abholen gekommen! Woher wusstest du denn, wo ich bin?« Und noch während sie redete, begann sie auch schon wieder zu weinen. Sie umklammerte ihn, als hinge ihr Leben davon ab, und schluchzte so sehr, dass es sie am ganzen Körper schüttelte. »Ich ... ich dachte, ich finde den Weg nicht. Und ich hatte kein Handy, und ... und ich wollte ... ich ...«

»Schsch«, murmelte Ben und wiegte sie hin und her, strich ihr über den Rücken und drückte seine

Wange gegen ihr Haar. »Es ist alles gut. Alles ist gut. Ach Floreta, was hast du dir nur dabei gedacht?«

Flor antwortete nicht mehr. Sie konnte nicht, weil sie so furchtbar weinte.

»Ich wollte zu *dir*«, presste sie irgendwann zwischen zwei Schluchzern hervor. »Einfach bloß zu dir. Und nach Hause!« Ein noch heftigeres Schluchzen schüttelte sie von oben bis unten durch. »Bitte sei mir nicht böse, Ben!«

»Ist schon gut, Floreta«, murmelte Ben, drückte sie an sich und streichelte ihren Rücken. »Ist schon gut. Ich bin doch nur froh, dass du wieder da bist.« Er räusperte sich belegt und sah über die Schulter zurück zum Auto. Dort stand Matea, noch halb in der Fahrertür, und wartete. Und irgendwo dazwischen, auf halber Strecke zwischen ihm und Matea, stand Riza. Hilflos. Unschlüssig. Als wagte sie sich nicht näher heran.

Ben strich Flor sanft über den Kopf. »Schau mal, Floreta«, flüsterte er behutsam. »Riza ist auch da. Sie hat mir Bescheid gesagt, dass du weggelaufen bist, und wir haben dich gesucht.«

Flor schniefte noch einmal besonders laut. Dann aber hob sie den Kopf, um über Bens Schulter zu spähen - und rutschte kurz darauf zu Boden, um zu Riza zu rennen und sich nun auch in ihre Arme zu werfen. Ben folgte ihr langsam. Versuchte Riza diesen Moment zu lassen, obwohl er Flor am liebsten noch mindestens eine Stunde im Arm gehalten hätte.

Aber sie war nun einmal nicht nur sein Kind. Das würde sie nie sein. Und er würde nie wieder versuchen, die beiden dauerhaft voneinander zu trennen.

»Und jetzt?«, flüsterte Riza über Flors Schulter hinweg, als er nah genug herangekommen war, während sie ihre Tochter mit Tränen in den Augen hin und her wiegte.

Ben hob ein wenig unschlüssig die Schultern. Es gab zu viel, was sie klären mussten. Zu viele Dinge, die noch unsicher waren, um sie ausgerechnet jetzt anzusprechen.

Er drehte sich zu Matea um, die immer noch etwas verloren neben Arnaus Auto stand, aber ein Lächeln versuchte, als ihre Blicke sich trafen. Was auch immer sonst in ihr vorgehen mochte, es war ihr anzusehen, wie erleichtert und gerührt und vor allem froh auch sie war, dass sie Flor wohlbehalten wiedergefunden hatten.

»Vielleicht«, schlug sie vor und räusperte sich ein wenig befangen, »fahren wir erst mal alle zum Hof zurück. Arnau hat sicher irgendwas besonders Gutes zu essen und zu trinken für uns, das haben wir alle nötig. Und dann reden wir. Ganz in Ruhe. Einverstanden?«

Riza drückte Flor noch etwas fester an sich. »Einverstanden«, flüsterte sie. »Du auch, Floreta?«

Und mehr als ihr Nicken und das zögernde Lächeln, dass nun wieder unter Flors Tränen erschien, brauchte niemand von ihnen, um zu wissen, dass dies das Richtige war.

Zumindest für den Moment.

TEIL IV

BRIEFE AN DIE ZUKUNFT

Achtundzwanzig

Ben

Die Türen zum Restaurant und zum Innenhof standen weit offen, als Flor und Ben an ihrem letzten Abend im *El Gira-sol* die Treppe in den Eingangsbereich herunterkamen. Sie hatten den Tag auf dem Sonnenblumenhof bei Enric, Arnau und Riza verbracht und sich noch duschen und umziehen müssen, nachdem sie alle zusammen für das Festessen zurück nach El Pont gefahren waren.

Schon von draußen sahen sie, dass der Raum wie verwandelt aussah. Die Tische waren mit frischen Tischdecken, glänzend poliertem Steingut-Geschirr und blitzenden Wein- und Wassergläsern eingedeckt. Anita hatte alles mit Sonnenblumen Gestecken und bunten Tonperlenketten dekoriert, Servietten gefaltet und Kerzen in leere Weinflaschen gesteckt. Nahezu jeder Platz schien schon besetzt zu sein, und die spanische Gitarrenmusik vom Band war kaum noch zu hören über dem Raunen und Lachen der vielen Stimmen.

»Oh, sie haben schon angefangen!«, rief Flor und riss bestürzt die Augen auf. »Schnell, Ben, schnell!«

»Ganz ruhig, Flor.« Ben legte ihr eine Hand auf die Schulter. »Schau mal, das Büffet ist noch nicht eröffnet, und hier auf dem Aushang steht, dass es erst um halb neun offiziell losgeht. Wir sind also superpünktlich.«

»Aber es gibt keinen freien Tisch mehr! Wo sind denn die anderen bloß?« Flor ließ nervös den Blick schweifen. Dann aber hellte sich ihre Miene plötzlich auf. »Oh, guck mal, Ben, da sind sie ja!«

Ben folgte ihrem ausgestreckten Finger, und tatsächlich: An einem langen Tisch im Außenbereich, ganz in der Nähe der Bühne, saß die ganze Familie Tosell. Nach ihrer langen gemeinsamen Aussprache mit allen drei Tosell-Geschwistern und natürlich Arnau hatten sie sich schließlich darauf geeinigt, dass Rizas Anwesenheit in El Pont nicht vor den Eltern und Großeltern geheim gehalten werden durfte – und dass auch Flor und Ben dem Rest der Familie vorgestellt werden sollten. Und obwohl sie noch immer nicht abschließend geklärt hatten, wie ihre Zukunft von nun an aussehen würde, war die Stimmung seitdem viel gelöster und friedlicher als vielleicht je zuvor in Bens Zeit mit Riza. Vor wenigen Tagen noch hätte er es für unmöglich gehalten, je wieder auch nur entspannt mit ihr am selben Tisch sitzen zu können. Und nun bedauerte er beinahe, dass ihre gemeinsame Zeit sich ihrem Ende näherte. Denn dass Riza nicht mit ihnen nach Deutschland zurückkehren und dort sesshaft werden würde, daran hatte sich nichts geändert. Ganz zu schweigen davon, dass das auch nicht das war, was er wollte.

»Ben! Flor! Hier drüben!«, rief in diesem Moment auch schon Anita, die ebenfalls am Familientisch saß, und winkte mit beiden Armen zu ihnen herüber. Flor war schon auf dem Weg durch den Saal und wurde vor allem von Gemma und Levo enthusiastisch begrüßt.

»Du sitzt neben mir, Flor!«, verkündete Gemma zufrieden.

»Oh, wie cool, danke!«, jubelte Flor. »Man kann von hier aus total gut die Bühne sehen! Es ist wirklich der allerbeste Platz! Hoffentlich kommt bald die Live-Band!«

Auch Ben näherte sich jetzt dem Tisch. »*Bona nit* zusammen.«

»*Bona nit, guapo!*« Anita grinste und klopfte einladend auf den Platz neben sich.

Flor hatte sich derweil bereits ein Stück Brot geschnappt und war mal wieder auf ihren Stuhl geklettert, um Ausschau zu halten wie ein Matrose im Krähennest eines Piratenschiffs.

»Heute sind aber viele Kinder da«, verkündete sie kurz darauf zufrieden. »Aber wo ist denn Matea? Ich kann sie nirgends sehen. Ist sie in der Küche?«

»Die wird irgendwo rumschwirren und etwas vorbereiten«, erklärte Arnau, schenkte Ben von dem Wein ein und Flor von der Limonade. »Oder vielleicht zieht sie sich noch um.«

»Hmmm.« Flor trippelte unruhig auf ihrem Stuhl und reckte sich so hoch auf die Zehenspitzen, wie sie konnte. Ben hätte es nicht gewundert, wenn sie tatsächlich noch auf den Tisch gestiegen wäre, aber zum Glück schien sie auf den Gedanken noch nicht gekommen zu sein.

»Wie lange dauert es denn noch, bis es anfängt?«

Ben sah auf die Uhr. »Na ja, es ist jetzt zwanzig Uhr siebenunddreißig«, sagte er. »Also eigentlich müssten sie ...«

Enric, der neben Arnau saß, lachte laut auf. »Ihr Deutschen und eure Versessenheit auf Pünktlichkeit, es ist nicht zum Aushalten.«

Er hatte den Satz noch nicht ganz zu Ende gesprochen, als an einigen Tischen Applaus laut wurde, der sich rasch durch den Gastraum bis in den hintersten Winkel ausbreitete.

»Oh, es geht los!«, rief Flor strahlend. Und kurz darauf betrat, in einem ocker- und goldfarbenen Sommerkleid, tatsächlich Matea die Bühne und griff nach dem Mikrofon.

»*Bona nit* euch allen! Schön, dass ihr da seid.« Sie ließ den Blick über die an den Tischen versammelten Gäste schweifen. »Es ist schon wieder der letzte

Abend der Frühjahrssaison«, fuhr Matea fort, »und wie immer jährt sich damit der Tag, an dem ich die Pension von meiner liebsten *yaya* übernommen habe – und zwar nun schon zum siebten Mal.« An dieser Stelle lächelte sie ihrer, Rizas und Enrics Großmutter zu, die strahlend vor Stolz am Kopf des Familientisches saß. Ben hatte sie in den letzten zwei Tagen als eine resolute, warmherzige Frau kennengelernt und bedauerte ein wenig, dass sie nicht mehr Zeit miteinander hatten verbringen können. Die alte Frau hatte Flor vom ersten Moment an ins Herz geschlossen, und umgekehrt ebenso.

»Danke, *yaya*, dass du mir dein Lebenswerk anvertraut hast«, fuhr Matea fort. »Und danke, dass du mich bis heute so unglaublich unterstützt. Überhaupt, wie jedes Jahr wieder, und jedes Jahr wieder so sehr von Herzen: Euch allen danke! Meinem fantastischen Team; Mamà, Papà – und natürlich dir, Enric, und deiner Familie, die ganz und gar auch meine Familie ist. Danke, dass ihr selbst meine wildesten Ideen wahr werden lasst. Wir haben hier und heute das verflixte siebte Jahr hinter uns gebracht – und was für ein Jahr das war! Vielen von euch werten Gästen ist sicher aufgefallen, dass in den letzten Tagen ein Gerüst an unserer Fassade stand, weil wir wegen eines Wasserschadens den Putz erneuern müssen. Danke an alle fleißigen und tapferen Helfer, die sich in den letzten Tagen bereitgefunden haben, im wahrsten Sinne des Wortes mit Hochdruck dafür zu sorgen, dass wir dieses Problem noch vor Beginn der Hauptsaison weitgehend lösen konnten.« Sie räusperte sich und trank einen Schluck Wein. »Ja, es war ein wildes Jahr«, fuhr sie dann fort, »und eine besonders wilde letzte Woche. Aber! Wir sind immer noch hier, und wir singen, tanzen und feiern immer noch. Und deshalb: Auf die nächsten sieben Jahre!« Sie hob das Weinglas, und die Gäste taten es ihr feierlich nach. Für einen Moment war es beinahe still, weil alle tranken, auch Flor, der Ben ihr Glas hinaufreichen musste, weil sie immer noch auf dem Stuhl stand.

»Sobald ich endlich zu Ende getratscht habe«, fuhr Matea fort, ehe der Geräuschpegel wieder zu sehr ansteigen konnte, »werde ich das Büffet eröffnen, damit ihr nicht länger hungern müsst. Es dauert nicht mehr lange, versprochen. Und für nach dem Essen freue ich mich euch ankündigen zu dürfen, dass es fabelhaften katalanischen Flamenco geben wird, live gespielt von ›El Arc d'Iris‹. Ich finde diese Band wunderbar und freue mich, wenn ihr sie besonders begeistert bejubelt, das hat sie sich wirklich verdient!« Sie räusperte sich und trank noch einen Schluck. »Und damit bin in nun auch schon fast am Ende meiner Begrüßung. Aber bevor wir nun endlich probieren dürfen, was Yemayá sich dieses Jahr für uns ausgedacht hat, möchte ich noch drei Gäste besonders willkommen heißen. Und zwar zum einen meine große Schwester Riza, die viele von euch sicher noch kennen – die Weltenbummlerin ist endlich nach Hause gekommen.«

Eine Mischung aus Raunen, Lachen und gerührtem Murmeln ging durch die Reihen der Gäste.

»Und schließlich meine entzückende Nichte Flor und ihren Vater Ben, die mich in dieser Woche mehr als einmal gerettet haben – im wahrsten Sinne des Wortes.«

Flor stieß einen aufgeregten Kiekser aus, als Matea sich zu ihnen wandte und ihnen zuwinkte.

»Hallo, Matea!«, rief sie laut und winkte ebenfalls wild mit dem Brotstück in ihrer Hand. Die anderen Gäste lachten.

Auch Matea winkte noch einmal lachend zurück. »Ich freue mich unglaublich, dass ihr hier seid. Aber genug geredet. Wir haben alle Hunger! Und keine Sorge – es fehlt jetzt nur noch eine letzte Überraschung.« Sie machte eine bedeutungsvolle Pause, und Ben glaubte zu sehen, dass sie etwas nervös ihre Lippen befeuchtete. Und waren das etwa Flecken auf ihren Wangen, vor Nervosität? Sie warf einen Blick über den Hof zu Jonás, der an diesem Abend für die Tontechnik verantwortlich war, und gab ihm ein Zeichen, das Ben nicht deuten konnte. Er sah zu Arnau, Enric und Anita, aber die wirkten ebenso verblüfft.

»Einigen unter euch dürfte bekannt sein«, fuhr Matea in diesem Moment endlich fort, »dass ich eine leidenschaftliche Karaoke-Hasserin bin. Mein geliebter Schwager versucht seit Jahren erfolglos, mich zu bekehren. Aber ... da dies ein besonderes Fest in einem besonderen Jahr ist, habe ich mich entschlossen, diesmal eine Ausnahme zu machen. Es wird also an diesem Abend noch eine Karaoke-Show geben! Die Liste der verfügbaren Lieder liegt am Büffet bereit, und ihr alle seid herzlich eingeladen, euch dort einzutragen.« Ein breites Grinsen erschien auf ihrem Gesicht, vor allem, als Arnau begann, lauten Applaus auf den Tisch zu klopfen, und die gesamte Gesellschaft klatschend und johlend mit einfiel.

Am lautesten aber jubelte Flor.

Matea war derweil knallrot im Gesicht geworden. Selbst im Bühnenlicht war das deutlich zu sehen. »Ja, damit habt ihr nicht gerechnet, ich weiß. Aber wisst ihr, womit ihr noch weniger gerechnet habt?« Erneut gab sie Jonás ein Zeichen, und ein Raunen lief durch die Menge, als die ersten Töne von *Cometas por el cielo* von La Oreja de Van Gogh erklangen. Matea schloss die Finger fest um das Mikrofon. Dann wandte sie sich wieder zum Familientisch um und sah Ben direkt in die Augen.

»Dieses Lied ist für dich, Ben.«

Neunundzwanzig

Matea

Als Matea das Mikrofon ausschaltete und von der Bühne stieg, zitterten ihre Knie so sehr, dass sie ihr Weinglas abstellen und sich an einem der Verstärker festhalten musste. Sie hatte nicht damit gerechnet, dass es sie emotional so schwer erwischen würde, ein Liebeslied ins Publikum zu singen. Aber es fühlte sich gut an. Es fühlte sich sogar erstaunlich gut an. Nach Aufbruch und nach Hoffnung, auch wenn sie weder so ganz genau wusste, wohin der Aufbruch ging, noch worauf sie hoffte.

Oder vielleicht wusste sie es eben doch, dachte sie und warf einen Blick zum Familientisch, wo Ben und Flor mit allen anderen saßen und lachten und scherzten, als würden sie schon ewig dazugehören. Daher griff sie erneut nach ihrem Weinglas, straffte die Schultern und ging zum Tisch hinüber, wo dank Yemayás weiser Voraussicht inzwischen bis zum Rand gefüllte Teller voller Köstlichkeiten auf sie warteten, ohne dass sie sich in die lange Büffetschlange hätte stellen müssen, die sich in Windeseile gebildet hatte.

Als Matea an den Tisch trat, applaudierte ihr die ganze Familie noch einmal. Diesmal war Arnau derjenige, der am lautesten klatschte.

»*Estrelleta meva!*«, rief er. »Etwas Besseres hättest du dir nicht ausdenken können. Wir sind alle so gerührt.« Er wischte sich übertrieben theatralisch eine imaginäre Träne aus dem Auge.

Matea lachte. »Alter Schauspieler. Du wartest doch nur auf deinen eigenen großen Auftritt.« Aber sie konnte nicht anders, als verstohlen zu Ben zu sehen, der sein besonderes, so unglaublich charmant verlegenes Lächeln lächelte, und erneut spürte sie, dass ihre Wangen sich röteten und ihre Knie noch ein bisschen weicher wurden.

»Das war wirklich wunderschön, *carinyo*«, sagte ihre Großmutter. Anders als bei Arnau war die Rührung in ihrer Stimme echt. »Und ihr habt das hier alles so wunderschön gemacht. Schöner als je zuvor! Selbst die Fassade – sie ist so anders als früher, und so hübsch dabei!« Ihre Wimperntusche war ein bisschen verschmiert, vermutlich von den Tränen der Rührung, die sie bei Mateas Ansprache geweint haben musste. Vielleicht auch bei ihrem Gesang. Wahrscheinlich sogar bei beidem.

Wie immer war Maria Luisa Santo i Ornell die Königin des Tisches, und sie saß dort so stolz und glücklich, dass Matea nicht anders konnte, als ebenfalls stolz und befreit zu lächeln. Sie küsste ihre Großmutter innig auf beide Wangen, ehe sie sich auf den letzten freien Platz am Tisch zwischen Arnau und Ben setzte. »Ich bin nur froh, wenn du auch froh bist, *yaya*«, sagte sie. »Das hier ist und bleibt immer dein Haus, das weißt du. Aber jetzt lasst uns endlich anfangen. Yemayá hat wirklich wieder Unfassbares in dieser Küche gezaubert. Ihr werdet essen, bis ihr platzt, weil es so gut ist.«

Sie rückte ihren Stuhl an den Tisch und zog den Teller zu sich heran. »*Que aprofiti!*«

Auch die anderen wünschten guten Appetit und machten sich hungrig über das Essen her. Matea genoss es im Stillen, dabei so nah neben Ben zu sitzen. Sie hatten in den letzten zwei Tagen keine Gelegenheit gefunden, sich noch einmal allein zu treffen, geschweige denn in Ruhe miteinander zu sprechen. Matea hoffte sehr, dass sie heute noch eine Chance dazu bekommen würde – gerade jetzt, wo sie den Schritt nach vorn gewagt und dieses Lied für ihn gesungen hatte. Die Art, wie manchmal sein Blick und sein Lächeln auf ihr ruhten oder seine Hand wie versehentlich ihre streifte, ließ vermuten, dass er ähnlich darüber dachte.

»Machst du denn heute Abend wieder das Kinderprogramm, Nini?«, fragte in diesem Moment Arnau mit vollem Mund und trank einen großen Schluck Bier.

Anita auf der anderen Seite des Tisches grinste. »Da kannst du Gift drauf nehmen. Die Kissenburg mit Bastelecke und epischer Battle-Arena ist längst eingerichtet. Ich hab meinen Titel als Kommandantin der Bunten Schar nicht umsonst, weißt du? Außerdem habe ich dieses Jahr Riza als Adjutantin.«

Matea sah verblüfft zu ihrer Schwester hinüber. Davon hatte sie nichts gewusst. Aber Riza zuckte nur die Schultern und grinste schief. »Ich wurde von meiner Tochter als Geschichtenerzählerin engagiert. Wie sollte ich da Nein sagen?«

Levo, der an Arnaus anderer Seite saß, riss die Augen auf. »Eine Battle-Arena? Cool! Als was kämpfen wir?«

Anitas Grinsen wurde noch ein bisschen breiter. »Als was du willst, *chaval*. Wir werden dir schon eine passende Ausrüstung zusammenstellen.«

Gemma seufzte übertrieben theatralisch. »Das war *so klar*. Ich möchte lieber basteln, Nini. Können wir Ohrringe und Zopfgummis machen?«

»Ich will beides!«, warf Flor begeistert ein. »Und Mamàs Geschichten hören!«

»Wieso glaubst du, dass das eine das andere ausschließt?«, sagte Anita zu Gemma. »Du musst noch viel lernen, Paradiesküken.«

Arnau lachte. »Ich freue mich jetzt schon auf all die Flausen, die ich den Kindern in den nächsten Wochen wieder austreiben darf. Nicht.«

Anita lachte hämisch, schob sich einen letzten gedünsteten Sonnenblumenstängel in den Mund und stand auf. »O ja. Und ich werde auch gleich damit anfangen, sie ihnen einzupflanzen. Der frühe Paradiesvogel fängt die Kinder.« Sie grinste. »Na los, meine Adjutantinnen und Adjutanten! Sammeln wir die restliche Schar ein. Wer die meisten Kinder rekrutiert, bekommt einen Speziallolli mit Zauberkraft! Und keine Sorge, den besten Nachtisch gibt es auch bei mir.«

Sie zwinkerte Matea zu, und ihr Blick wurde weich. »Keine Sorge. Wir kriegen sie alle. Wart's nur ab.«

Und dann hast du freie Bahn mit Ben.

Das sagte Anita nicht, aber Matea kannte ihre beste Freundin gut genug, um zu verstehen, wie sie es meinte. Und in diesem Moment wurde ihr auch klar, warum sie ausgerechnet Riza für die Bunte Schar angeheuert hatte. Und dass das vielleicht gar nicht in allererster Linie Flors Idee gewesen war.

Matea erwiderte Anitas Lächeln und spürte ihr Herz dabei plötzlich bis in die Fingerspitzen pochen.

Nervös beobachtete sie, wie Anita und Riza sich kurz darauf mit Gemma, Levo und Flor im Gefolge zwischen den Tischen hindurcharbeiteten, wobei sie immer wieder stehen blieben, um Kinder anzusprechen, die sich alle fast augenblicklich der kleinen Schar anschlossen und ihrer neuen Kommandantin fröhlich schwatzend in eine etwas abgelegene Ecke des Hofes folgten, die Anita mit viel Liebe für ihr Kinderprogramm vorbereitet hatte.

»Erstaunlich«, murmelte Ben, der den Zug ebenfalls verfolgt hatte. »Ich wusste, dass sie gut ist. Aber so ...«

Matea lachte und spürte, wie ein Teil ihrer Nervosität von ihr abfiel. Was auch immer im Lauf der letzten Woche geschehen war; mit Ben zu sprechen war einfach immer leicht und gelang ihr wie von selbst. »Ja, so ist Anita. Sie macht jedes Jahr das Kinderprogramm auf dem Fest, und man muss aufpassen, dass man die Kinder überhaupt noch irgendwann wiedersieht, so begeistert sind sie jedes Mal – also, voneinander, meine ich.«

Ben lachte. »Ich weiß. Flor liebt sie auch abgöttisch.« Er schenkte sich Wein nach, grinste schief und hob die Karaffe. »Darf ich dir von deinem eigenen Wein anbieten?«

»Oh, sehr gern.« Matea schob ihr fast leeres Glas in seine Richtung. »Der ist gut, oder? *El Pescador*, falls du ihn wiedererkennst – nur diesmal ohne Schnickschnack. Wir regeln hier nämlich alles nur über Beziehungsklüngel, musst du wissen. *Chinchín!*« Sie stieß ihr Glas leicht gegen seines. Während sie beide tranken, trafen sich ihre Blicke. Und obwohl sich ihr Gespräch immer noch angenehm leicht anfühlte, kehrte Mateas Nervosität plötzlich mit Macht zurück und erinnerte sie an die Dinge, die sie ihn noch unbedingt fragen wollte.

»Kann ich dich ...«, begann sie.

»Ich wollte ...«, setzte Ben im gleichen Moment an.

Beide verstummten perplex und lachten dann.

»Das passiert uns in Zukunft wahrscheinlich noch öfter«, mutmaßte Ben und grinste. Aber täuschte Matea sich, oder wirkte jetzt auch er eine Spur nervös?

»Diesmal du zuerst«, sagte er.

Matea räusperte sich. »Na schön, also ... Ich würde gern mit dir ein Stück spazieren gehen, wenn du Lust hast. Draußen, wo es nicht so laut und voll ist. Der ... Abend ist wirklich schön.«

Ein belustigtes Funkeln trat in Bens Augen. »Na so was.« Er stellte sein Glas beiseite - und im nächsten Moment spürte Matea, wie er unter dem Tisch nach ihrer Hand griff und sie sanft drückte. »Ziemlich genau das wollte ich dich auch fragen.«

Gemeinsam traten sie kurz darauf in die dunklen Gassen von El Pont hinaus, die sich jetzt, wo ihre Bewohner begannen, zu essen und in Restaurants einzukehren - oder eben auf Mateas Fest zu Gast waren -, sichtlich geleert hatten.

Wie selbstverständlich schwiegen sie, während sie nebeneinander herliefen. Und beinahe ebenso selbstverständlich spürte Matea kurz darauf erneut Bens Hand, die nach ihrer griff, als hätte er die ganze Zeit über nur auf diesen Moment gewartet.

Noch immer schweigend liefen sie Hand in Hand weiter. An der Rambla Sant Pau vorbei, an der Basílica und der Bodega und der Eisdiele, zu der Matea ihm und Flor an ihrem ersten Tag in El Pont den Weg auf eine Serviette gezeichnet hatte.

Auf der Brücke über den Fluss schließlich blieben sie stehen und sahen über die Brüstung ins Wasser, das im Licht des Mondes und der Straßenlaternen silbrig funkelte.

»Morgen reist ihr also schon wieder ab«, überwand sich Matea endlich zu sagen und musterte Ben von der Seite. Er hatte den freien Arm auf die Brüstung gelegt und sah in die abendlichen Schatten der Gassen, die Matea so vertraut waren und die sich doch, mit Ben an ihrer Seite, so neu und anders anfühlten. Auf eine gute Weise.

»Ja«, sagte Ben leise. »Das ist wohl so.«

Matea schluckte ein wenig mühsam, als sie spürte, wie der Druck seiner Finger um ihre ein wenig stärker wurde. »Aber ... ihr kommt ja wieder, habe ich gehört.«

»Oh, das müssen wir«, bestätigte Ben mit einem schiefen Lächeln. »Du hast ja gehört, dass Flor und Riza sich regelmäßig hier treffen wollen. Wir müssen also nur noch festlegen, wann ... und wie oft ...« Er seufzte bedauernd. »Es könnte wohl des Öfteren Winter werden, wenn ich meine übliche Auftragslage bedenke.«

Matea atmete zweimal tief und bewusst durch. Dann fasste sie sich ein Herz. »Und du ... also ... könntest du dir nicht vorstellen, hier vielleicht einen ... allerletzten Neuanfang zu machen? Zusammen mit Flor? Hier bei uns, ich meine ... so auf Dauer. Die Pension ... hmm ... na ja, an der sind in Zukunft sicher noch öfter Restaurationsarbeiten nötig. An anderen Häusern in der Gegend vermutlich auch. Und ... wenn ich noch mal singen muss, um dich zu überzeugen, würde ich sogar das tun.«

Sie war beim Sprechen immer schneller geworden, weil sie fürchtete, dass sie der Mut verlassen würde, wenn sie zu große Pausen einlegte.

Da hörte sie Ben lachen. Ein leises, sehr sanftes Lachen. Dann wandte er sich ihr zu und strich behutsam mit den Fingerknöcheln über ihre Wange.

»Das wäre wunderschön, Matea«, murmelte er rau. »Das mit dem Singen vor allem. Danke übrigens dafür. Ich hab mich sehr gefreut, ich weiß nicht, ob du es bemerkt hast ...« Er lachte erneut, wurde aber schnell wieder ernst. »Und ganz ohne Scherz: Auch ein Neuanfang hier ... mit dir, und mit Flor, das wäre wirklich wunderschön. Nur ... ich kann das nicht allein entscheiden, verstehst du? Und vor allem nicht so schnell. Ich meine, mir wäre es lieb, wenn Flor wenigstens die Grundschule zu Hause beenden könnte, und ...« Er seufzte. »Ach, das sind Details. Ich will dir einfach nichts versprechen, das ich vielleicht

nicht halten kann. Für den Moment will ich nur ...«
Er nahm ihre noch immer ineinander verschränkten
Hände und zog Mateas Arm hinter seinen Rücken,
bis sie eng umschlungen beieinanderstanden. »Für
den Moment will ich nur, dass du weißt, dass ich es
mir auch wünsche. Und dass ich tun will, was ich
kann, um es eines Tages möglich zu machen.«

Während er sprach, waren sich ihre Gesichter
immer nähergekommen. Die letzten Worte spürte
sie in seinem sanften Atem auf ihren Lippen, kurz
bevor sie seine berührten.

Und so standen sie auf der Brücke im wasserfun-
kelnden Mondlicht und küssten sich - sanft, innig
und zärtlich. Ein Versprechen für sie beide, ein Versprechen an die Zukunft. Und Matea spürte: Was
auch immer die Zeit noch für sie und ihre Familie
bereithalten würde - diese Brücke würde für sie
immer ein Ort der Zukunft und der Hoffnung sein.

An: Jeriza Josell i Vives
Latinka 6
4000 Sofia
BULGARIA

Von: Flor Josell i Vives
Carrer de la ribera 11
17993 El Pont Assolellat
ESPAÑA (Catalunya)

Liebe Mamà,

wie geht es dir? Die Sommerferien sind jetzt fast
vorbei. Bald geht mein erstes Schuljahr hier in
Katalonien los! Ich bin ein bisschen aufgeregt. Zum
Glück gehen Gemma und Levo auf die gleiche
Schule. Ich komme sogar in Levos Klasse! Das ist
cool, obwohl Levo in letzter Zeit echt nervt.

Komm bald mal wieder vorbei, ja? Oder wir
telefonieren per Video, okay?

Hab dich lieb, beste Mamà! 1000 Küsse
Deine Flor

An:

Flor Tosell i Vives

Carrer de la ribera 11

17993 El Pont Assolellat

ESPAÑA (Catalunya)

Von:

Jeriza Tosell i Vives

Latinka 6

4000 Sofia

BULGARIA

Meine liebste Flor,

wie gut, dass du mir schreibst! Jetzt weiß ich auch sicher,
dass meine neue Adresse funktioniert. Leider wird es nach
dem Umzug noch etwas dauern, bis ich euch wieder in
El Pont besuchen kann. Aber warum kommst du nicht
in den Winterferien her? Ben soll dich in Girona in ein
Flugzeug setzen, und ich hole dich ab. Vielleicht haben
wir dann sogar schon Schnee, und zu Weihnachten
können wir gemeinsam zurück nach Katalonien fliegen
und mit der Familie feiern. Was sagst du?
Alles Weitere wie immer per Mail oder am Telefon!
Ich drücke und küsse dich sehr, meine Flor.
Ich liebe dich.

Deine Mamà